U0541726

灼灼烈心

退戈 ◇ 著

湖南文艺出版社
博集天卷

世界在她第一次看见的烟火表演中明亮了起来,又在第一个陪她跨年的人身边变得寂静无声。她循着光的方向,视线最终落在严烈的脸上,对方漆黑的瞳仁里此刻全是焰火的余光,皓曜炙热地与她对视。

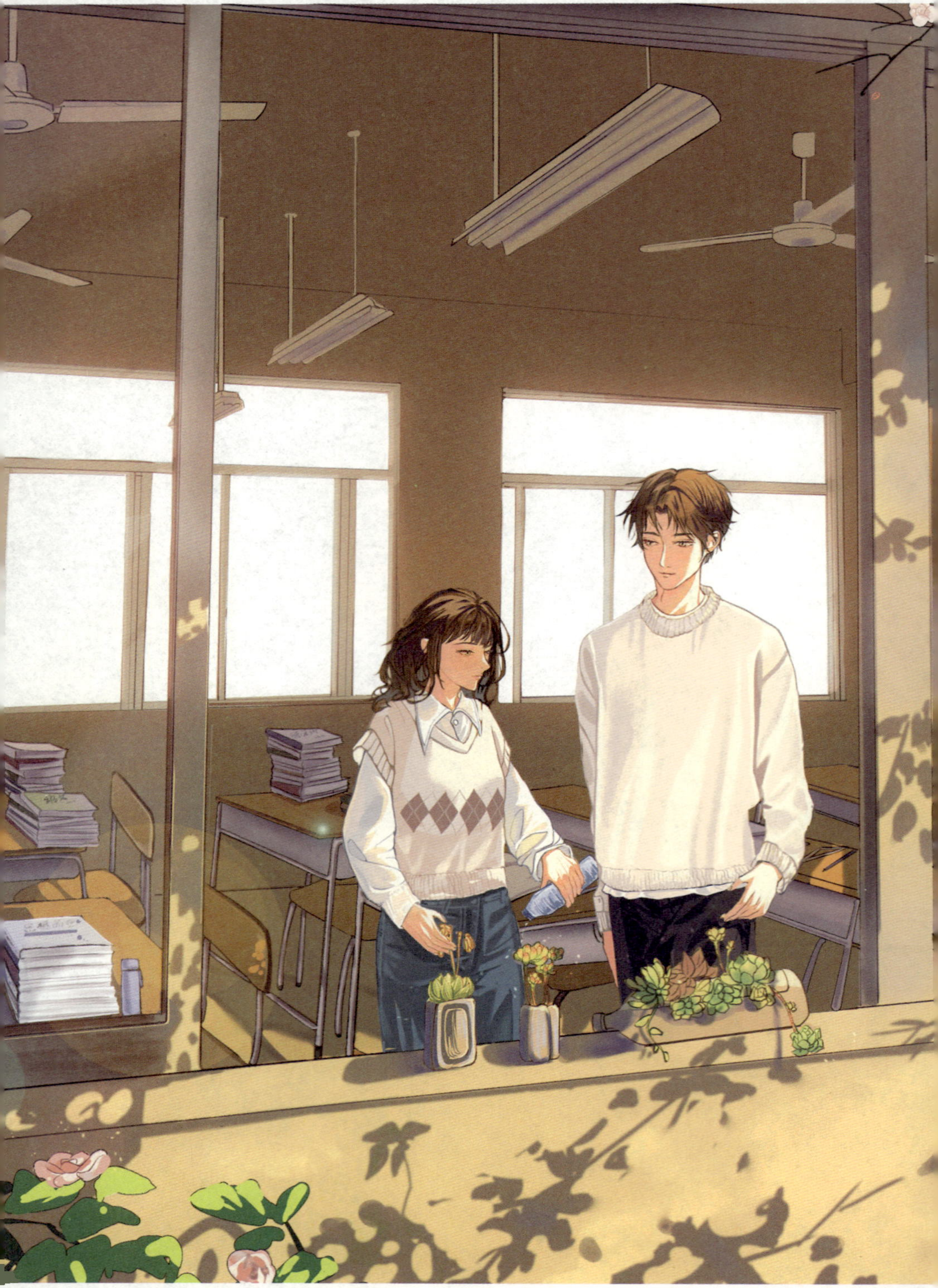

灼灼烈心

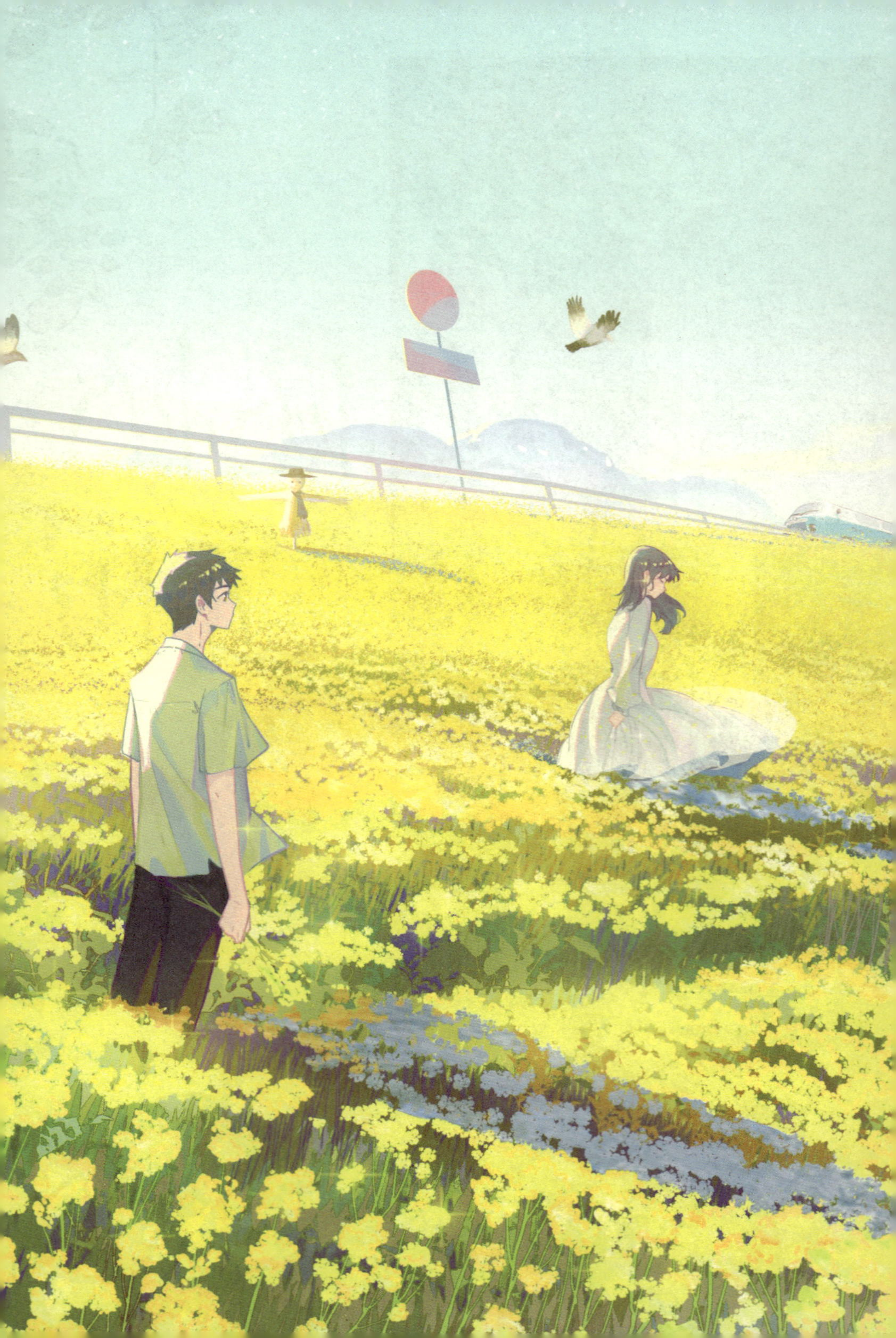

目录

第一章　风滚草　　　001

第二章　幸运星　　　033

第三章　运动会　　　075

第四章　努力开的花　099

第五章　家长会　　　137

第六章　密室逃脱　　173

第七章　新年快乐　　205

第八章　迫切长大　　243

那么努力开的花，怎么能随便叫它们野花？它们有自己的名字吧。

第一章

风滚草

方灼手中拿着两把伞，站在入门的大厅口。潮湿的寒气连同飞溅的水花，从大开的玻璃门被风卷携着飞涌进来。

她脚上穿着一双破旧开裂了的帆布鞋，洗到褪色粗糙的鞋面被路边的泥泞浸得斑驳不堪，裤腿上也沾染了零星的污渍。大约是担心弄脏浅色的地砖，她拄着伞站在门口的位置。

方逸明提着公文包从楼梯口出来的时候，就看见方灼正浅笑着跟他的同事说话。

方灼脸上的皮肤不算很白，但五官精致，气质清冽，加上身材高挑，光往那儿一站，就十分打眼。

过于宽大的衣领下露出一截修长白净的脖颈，说话的神情低缓平静，看着姿态大方，让他瞬间回忆起某张快要遗忘的面孔。

方逸明还在犹豫，方灼注意到他，先行喊了一句："爸。"

听到声音，同事转过身来，露出惊讶的神色。方逸明迟疑片刻，走上前问："你怎么过来了？"语气听不出是否高兴，倒是语速有些急促。

"有孝心啊！"那位中年女性已经接话道，"我都不知道你还有个这么懂事的女儿，我以为你只有一个儿子。小姑娘长得真漂亮，大眼睛高鼻梁的，我实话实说啊，净挑着你俩优点长都没这么好看。"

方逸明的鼻梁是高挺的，但脸型和眉眼偏向刚硬。他妻子陆女士也面貌普通，大概是因为性格影响，面相还带着点刻薄。其实方灼跟他们夫妻都不大像。

方逸明眼神一沉，唇角勉强勾了勾，让人看不出表情。

方灼说："我像我妈妈。"

妇人盯着她的脸打量了会儿，笑着挥手道："我又不是没见过你妈年轻时候长什么样儿，要说像嘛是有两分像，但还是更像你爸一点。"

方灼委婉道："我母亲姓叶。"

妇人愣了下，眼神瞥向方逸明，显然并不知道这位跟自己共事了十几年的同事还有个前妻。

方逸明干巴巴地笑了下，解释说："她以前一直在乡下跟她奶奶住，我妈去世后才搬过来。现在高三了，一般在学校留宿。我见她都少。"

"哦。"妇人是个很热情又健谈的人，闻言追问了句，"来这里还习惯吧？"

方灼说："高二转的学，差不多习惯了。"

妇人扫见她校服上的标识，点头说："Ａ中，挺好一学校，不错的。"

Ａ中不算Ａ市最一流的那批学校，但校风不错，升学率也挺高。

只是，这套校服方灼穿着明显不大合身，颜色也有些陈旧，多半是买的二手。她心底觉得有些违和，倒也没往深处想。

见两人还要寒暄，方逸明突兀地问了句："你来这里做什么？"

方灼还未开口，同事已大嗓门地说道："这还用问吗？给你送伞啊！老方你这人真是，太一板一眼了。"

方灼将手中的黑伞递过去，微低着头，看起来谦恭有礼。"家里的伞还放在门口，就给你送过来了。"

方逸明一言不发将伞接过来，跟同事招呼了声，转身往外走。

雨已经小了不少，轻柔地往下坠落。

方逸明抓着伞柄，将伞面抖开，扭头瞥了眼方灼。大概是实在没理由跟她不高兴，张了张嘴，没什么起伏地说："我去接你弟弟，你自己回家吧。"

方灼淡淡道："好。"

严烈从补习班出来，一边低头敲打着手机，一边沿着店铺前的遮雨棚快步穿行，抽空儿一抬眼，看见了站在街边一动不动的方灼。

他放缓脚步，离方灼只剩下不到两米的距离。对方像是没有察觉，专注地望着街对面那栋寻常的大楼。

微合半敛的眉眼，放到别人身上，应该会有种悲悯的亲和，但在方灼的脸上，却只显得冷漠疏离。

她鼻尖、耳朵上的皮肤，因为冷气而变得微红，给她拒人千里的冷酷气质里莫名平添了两分倔强，同时让她笑容里的讽刺变得更为清晰。

严烈对她并不了解，虽然做了一年左右的同学，但说过的话加起来可能不超过十句。

他以前一直以为方灼这种生人勿近的孤僻性格，应该是个喜怒无常的人，此时看她静静地站在那里，像棵无声无息的树一样，带着旁观者的傲然，意识到可能不是。

不等他捋明白那种感觉，方灼已察觉到他的存在，抽回视线，在他身上扫了一圈，而后唇角下压，将那抹令人捉摸不透的哂笑收了回去，恢复了历来的无波无澜。她没有停留多久，默然转身离去。

严烈的手机仍旧举在半空，他注视着方灼的背影，觉得这人古怪的脾性竟然变得清晰了一点。

因为他也惯常对某人摆出那样的表情。

方灼坐在沙发上，她名义上的弟弟蹲在不远处的茶几前看电视。他手里握着遥控器，低头玩着手机，视线只偶尔在屏幕中的综艺节目上过一眼。

窗外的雨将歇未歇，细小而疏落的斜雨还在不知疲倦地下着。

没多久，陆女士下班回来，开门看见方灼的时候，换鞋的动作顿了一下，随即抬头喊了声她儿子的名字，高声督促他去写作业，没多看方灼，转身走进厨房，帮方逸明做饭。

油烟机的噪声混合着两人的低语传了过来，听不大真切，间或混合着餐具的敲打声，陆女士暴躁地将餐盘摆放出来。

半个小时后，厨房传来一阵拉扯着的长音，喊方小弟过去吃饭。

桌上摆了三副碗筷，一家三口围坐在长方桌的一端，自顾着开始饭桌上的闲聊。

综艺节目里的嘉宾正在做游戏，夸张的笑声映衬着现实中絮叨的谈话，让这荒诞的一幕多出了一点滑稽。

方灼想笑。

她刚来的时候，陆女士虽然也不欢迎，但这个家还没有这么泾渭分明。看来陆女士的耐心在一年后彻底走到了尽头。

方灼又在沙发上坐了会儿，等节目放到广告的时候，起身走向餐桌，在空着的木椅上坐下，静静地盯着他们。

可能是被看得不大舒服，方逸明张嘴想说什么，被陆女士夹菜的动作打断。

埋头吃饭的少年回头瞪了方灼一眼。他的眼神里有着狼崽子的狠戾，大抵是不屑得搭理，咋舌一声，又转了回去，挪动着木椅离方灼远一点。

方灼眼皮颤了颤，展平放在膝盖上的手指，面无表情地眨了下眼睛。

她开口道："这学期的学费还没交。"

方逸明朝陆女士抬了抬下巴："下午让你去取钱，带了吗？"

"别急嘛。"陆女士说话的时候轻声慢调的，明明应该会叫人觉得温柔，偏偏总带着种让人不大舒服的语气在，听起来变得阴阳怪气。她说："我之前跟你商量的事，你考虑得怎么样了？"

方灼平静又坚决地道："不行。"

"我也是为了你好。"陆女士的筷子在盘子里挑来挑去，拿捏着语气说，"我找了好多关系才给你安排进去的。你去三中，学校会重点培养。要是明年考上一本，三年学费全退。平时成绩好的话，每学期奖学金还好几千块钱呢。你在Ａ中跟不上人家进度。上次你老师还打电话给我说，你的基础太差了。"

方逸明始终沉默。

陆女士放下筷子说："你别看他，你看我。"

方灼将视线转向她，重复了一遍："不行。"

方灼没见过自己的母亲，从她懂事起，就跟奶奶生活在乡下。

奶奶不怎么喜欢她，同样也不怎么喜欢方逸明。平时给方灼的关切很少，不常跟她说话，更不会跟她谈起关于她母亲的事。方灼还是从出生证明上得知自己母亲的全名的。

但奶奶从来没有阻止过方灼上学。方灼的学费，就是从她的失地农民养老保险里攒出来的。

在预见自己将要去世时，她捡了家里全部的土鸡蛋，揣着一个红布包，沉默地领着方灼，蹒跚着去往孙女彼时就读的学校。

不知道她和校领导说了什么，最后班主任亲自带着方灼到A中走关系，让方灼破例参加一次考试，合格后才转学到这所中学。

A中从各方面看都是一所不错的学校，而三中只是一所不入流的高中，这两年过一本线的学生只有个位数。

方灼加重语气道："给我学费。"

其实方灼一直是明白的。她就像一团飘扬在沙漠里的风滚草，风一吹就走了，四处漂泊，没有哪个地方真的在欢迎她。

只是沙漠宽广浩荡，而她的世界狭小拥挤，两侧还林立着高耸的城墙。

她厌恶那种漫无天日又孤独枯寂的生活。

她想要攀过高高的墙头，仰望似海的星辰；想要穿过重重的阴影，迎接太阳的光辉。

在她成长的过程中，无数人怀着怜悯或同情的目光，拍着她的肩膀对她说："你要好好读书。"

所以在她的世界里，唯一一条能走的路就是读书。

要么认命，要么读书。

她凭着一股倔强滚爬到现在，任何人都不能再来破坏她的人生。

陆女士闻言脸色沉了下来，生硬道："我们家里的经济情况，没有你想象得那么好。你弟弟要上初三了，他成绩特别优秀。你明白吗？"

方灼直视着她，陈述道："从法律的角度来说，我还没有成年，你们有抚养我的义务。"

陆女士笑出声来:"义务教育是九年!你懂法律吗?"

"我确实不大懂,但是我想成年人应该懂。"方灼说,"你们没有履行过这项义务,哪怕是按照抚养费的最低标准来算,这么多年的费用,也应该足以支付我的学费。"

一直埋头不吭声的中年男人终于按捺不住,不满道:"你这是什么意思?"

方灼半合下眼,盯着面前木质餐桌上的纹路。"我知道你们工作单位的地址,我也见过你们的同事。"

方逸明脸色一白,意识到什么,绷紧的五官开始酝酿升腾的怒火。

木筷被重重拍到桌上,一根飞了过去。陆女士气急,霍然起身,狠狠瞪视方灼一眼,又一把抽掉方逸明手中的筷子,斥责道:"还吃什么饭!你看看你生的女儿,你听听她说的是人话吗?还只是个学生就敢来威胁我们,方逸明,当初我跟你结婚的时候,你可说了这人不用我管!"

她说得激动,可是没人搭腔。方灼侧过头,眼尾上挑,斜睨着她,反问道:"你觉得我在威胁你,是因为你也知道自己做的事见不得人?"

陆女士半口气噎在喉咙里,还要再骂,被方逸明抬手拦住。

不知是难得的愧疚心作祟,还是顾忌方灼的心思深沉,方逸明胸膛几个剧烈起伏,最后还是忍了下去,皱着眉头道:"把学费给她。"

餐桌另一边,方小弟将碗一摔,两手抱胸往后一靠,不吃了。

方灼补充说:"还有生活费。"

"你要跟我们两清了是不是?"陆女士难以置信,指着大门道,"我可以给你,你给我滚出去,再也别回来!"

方灼起身走到沙发旁,提起自己的背包,毫不留恋地走出了大门。

陆女士也拿过挂在一旁的挎包,踩着拖鞋冲出防盗门,从包里摸出一沓刚取出来的纸币,没数多少,直接暴躁地砸了过去。

"你下个月满十八岁了对吧?我就当你还有半个月,这些都给你,不用找了!"

红白色的纸币纷纷扬扬撒了满地,还有几张纸币随着楼梯口通风窗里飘来的凉风被吹向下方的台阶。

声控灯亮了起来,将方灼的脸照得更加苍白。

夜风袭过,寒气扑打在众人裸露的皮肤上,他们这才意识到天色已经如墨黑了。

方灼紧抿着唇,手指勾着背包的肩带往上提了提,语气冷厉起来,一字一句道:"捡起来。"

四周一片死寂。

"我要是不能上学,没关系。我就每天抱一个牌子,去你儿子的学校,坐在他的教室门口,给他的同学还有老师讲讲,我是如何因家庭冷漠拿不到贫困补助上不了学。他上高中我就跟到高中,他上大学我就跟到大学。天冷天热了,我去你们单位也可以。"

声线分明轻缓,却听得几人心生胆怯。

昏暗的灯光仿佛被吸进了方灼漆黑的瞳孔,纤长的睫毛遮住了她阴晦幽深的眼睛。

她又说了一遍:"捡起来。"

陆女士面皮颤抖,被方灼话语里的威胁撼在原地,心生悔意,可尊严又不容许她向方灼低头。正在两难之际,方逸明错步上前,将地上的纸币一张张捡起来。

方小弟扒着门框,犹豫叫道:"爸。"后者严肃地挥挥手,示意他回房间里去。

等纸币全部收拾齐整,方逸明抬起头,正好从下方直直与方灼眼神交汇。

那种居高临下的审视,全然没有任何感情,甚至带着点森然恐怖。

方逸明怔了怔,尴尬地别开视线,第一次意识到方灼并不像他想象中的那么怯懦好欺负。原先要打圆场的话,也被咽回了肚子里。

方灼跟她母亲一点都不像。方逸明恍惚想道。叶曜灵是一个很单纯的人。

他将钱递过去,方灼顿了两秒才接走。

像是为了故意折磨他们,方灼一张张数得很仔细,当着两人的面儿,一连数了三遍。直等到陆女士耐心告罄,才停下动作。

总共是五千。

方逸明反应迟钝，又从兜里摸出两百块钱，一并塞给方灼。

"学费加宿舍费，还有些别的费用，要交四千两百块。"方灼扯过背包，把钱小心放到中间的夹层里，没看任何人，只淡淡说了句，"两清的买断费，凑整儿一千块。"

方逸明嘴唇翕动，想说"不是"，岂料方灼紧跟着接了句："比我想得值钱。"

她瞥向陆女士，看出对方的拘谨和不安，笑了一下，扯起唇角，颇为恶劣道："我还会回来的。"

陆女士用力拽过方逸明，将门重重合上。

沉重的拍打声后，楼上传来一丝轻微响动，纵然对方放轻了脚步，那点细碎的声响在寂静的楼梯间里还是有些明显。

一墙之隔的门内，陆女士没了体面，歇斯底里地闹道："方逸明，你一个月才赚多少钱？你搞清楚一点，你儿子今年可是初三，他一个月的补习费是多少钱？吃穿用度多少钱？你是打算从你儿子身上扒下一层皮来补偿外面那个白眼儿狼？那咱俩也别过了！"

方灼对这个家庭已经没有了所谓的念想，抬步往楼下走去。

所有激烈的纷杂和争吵，最后结束的这样平静。就像不管是多汹涌的浪潮，拍打进海面之后，也只能留下短暂的波纹。

推开防盗门的时候，细雨随着夏末的第一丝沁凉喷洒下来。方灼将钱揣在兜里，手指紧紧握着，却感觉所有的体温都被那一沓厚厚的纸币给吸走了。

也许他们之间的亲情本身就不是那么温热。

碎发被雨水打湿，顺着落到脸颊上。方灼埋头走在屋檐下，没走两步，就听头顶响起一道声音。

"喂！"

楼上窗户推开，方小弟手中抓着伞，示意着朝她丢了下来。

方灼弯腰捡起，听上面的人说："你的东西都拿走，别再回来了！"

话音刚落，人就被方逸明拽了回去。

方灼将雨伞撑开，在原地茫然站了一会儿。

她没有手机，没有导航。学校宿舍已经关门，公交末班车不知道是否已经停运。

这座城市向迷途的人展示了最为陌生的一面。

她沿着街道漫无目的地走了一段，最后选了家二十四小时营业的便利店，在外面的长椅上坐了下来，打开书包，借着店内的灯光翻动起书本。

光线隔了一层玻璃，被削得暗淡，方灼没看多久就感觉眼眶发涩，收拾好东西，轻轻朝后一靠，半倚在玻璃上休息。

看见熟悉的蓝色身影从视野中走过，严烈放下吃了一半的汉堡，认真辨认了一下，确定那人是方灼，心说怎么会那么巧。

对方似乎很疲惫，坐在店前，怀里紧紧抱着背包，没多久就睡了过去。

严烈犹豫了下，继续坐着观察。本来想看看方灼什么时候会离开，等他吃完桌上的晚饭，又打了一局游戏，抬起头，发现视野中的人竟然还在。

他走过去，本来想将人叫醒，又摸不准她留在这里的原因。抬起的手最终还是悬在半空没有落下，只有身影为她遮住了一半的路灯光影。

不知是受昏沉的光色影响，还是方灼最近的生活不大规律，从严烈的角度看去，她的脸色白得有些可怕，嘴唇也因干渴而起了皮，一截露在外面的细小手腕，可以窥出她身材的清瘦。

严烈一时回忆不起方灼在学校里的情景，因为二人交际实在太少。只记得她似乎很忙碌，总是行色匆匆，也不大合群，总是一脸对什么都不感兴趣的表情。

每个人都有那么点怪癖，严烈直觉还是不要去打扰她的清净比较好。

他走进便利店，在柜台上挑了两个包子、一碗甜粥，还有两个小蛋糕，结完账后，压着声音跟值班的收银员商量道："你把东西给外面的那个人，就说是卖不完，要过期了，所以送给她吃。"

收银员顺着他的视线寻过去，才发现店外坐着一个人，从隐约的背影来看，跟面前这个俊秀青年穿着同样的校服，当即爽快答应。

　　严烈自己也拿了瓶饮料，走出门后，在方灼跟前站了两秒，随即转身离开。
　　阴影消失没多久，方灼就睁开了眼睛。
　　她倒还没有露宿街头的勇气，光包里揣着的那笔钱就让她睡不安稳。
　　收银员提着袋子紧跟着出来，见方灼醒了，本来想照着严烈的吩咐说的，可对上方灼仰视的眼神，不知道怎么，到嘴的话跟会发烫似的，拐了个弯变成了："你同学挺担心你的。饿了没有？吃点东西吧。"
　　方灼迟缓地低下头，将注意力移到他手中的白色塑料袋上。
　　收银员觉得这个女生太成熟了。与其说是成熟，不如说是被这个社会摩擦过的疲惫。
　　在以为她会拒绝的时候，她伸出手来，礼貌地说了一句："谢谢。"
　　"没什么。"
　　收银员将手揣进兜里，准备进去，迈进半只脚，又退了回来，说道："这两天都下雨，外头虫子多。你要不找家店进去坐坐？"
　　见方灼就差把"没钱"两个字写在脸上，他无奈笑了笑，随意指了个方位，说："前面那条街有家肯德基，夜里也开的。那儿的员工态度比较好，你是学生，他们应该不会为难你。角落有一排沙发椅睡着挺舒服，你运气好的话还能赶上。不行的话，附近有医院。注意保管好随身财物。"
　　方灼听着，点了点头，斟酌片刻，拎着包起身。
　　包子还有些微的热意，随着她收紧的指尖传递到她的手心。
　　她观察着路况，走到红灯前的时候，忍不住低头吃了一口。
　　热气随着咸鲜的内馅溢满她的口腔，将她原本冰凉的五脏六腑都温暖了起来，也让她后知后觉地意识到自己的饥饿。
　　她很认真地吃着，直到红灯转绿，绿灯又转红。
　　细雨迷蒙，夜凉风急。
　　这才是她今天的第一顿饭。
　　璀璨的霓虹灯火连成一路，通往深邃没有边际的夜色深处。

方灼失神地眺望着天空尽头,觉得自己的未来一如这条光河,也许并不笔挺明晰,但已经无可躲避地铺陈在眼前。

A中是周日下午有课,高三生要早到自习。

严烈吃过早饭就来学校了,把包挂在桌边,一直等方灼出现。

他也不知道自己是哪里来的好奇心,莫名对这位新同桌有那么一点关注。

结果到下午1点左右,自习课已经开始了二十分钟,方灼才姗姗来迟。

她小心地推开后门,蹑手蹑脚地走进来。靠近时身上带着一身寒气,沉默地将背包放下,拿过桌边的另外一件外套还有一个小刷子,又走了出去。动作快得让严烈想开口询问都没有机会。

严烈全程盯着她,看出她还穿着昨天的衣服,鞋面上带着泥泞,布料半干半湿,猜到她昨天应该没有回家。

想上厕所的欲望就那么强烈了起来。

严烈放下手中的练习册,顺手摸了包餐巾纸跟出去。

人不在厕所。严烈循着水声,往边上的杂物间走了一步,发现方灼蹲在他们平时用来洗拖把的小凹槽边,埋头刷鞋子。

水槽的高度不是很合适,方灼光脚蹲在地上,背部佝起,姿势看着很不舒服。

那双帆布鞋颜色都褪了,本身质量就不好,鞋尖的地方还开了胶。被她一番暴力清洗,不知道还能穿多久。

严烈心道,为什么呢?

怎么整得跟小白菜似的,哪儿哪儿都写着凄惨?

方灼好不容易将鞋上的污渍刷干净,倒提起来挤干水分。她站起身放松了一下腰背,准备把校服外套上的泥渍顺便擦洗一遍。

由于积水表面反光,她回来的时候不慎踩进了一个水坑,里头的黑水反溅起来,部分落在她的外套上。

她总觉得那些水味道腥臭,打湿肥皂,把带泥点的部位都擦涂了一遍。

　　第一节课快结束了,方灼想抓紧时间,在下课之前把这些麻烦事处理干净。

　　门口突兀传来几声沉闷的敲击,接连响了几次没有停止,她才确定对方是在招呼自己。

　　视线转过去,率先落入眼帘的是双普通的白色板鞋。一只白皙骨感的手将鞋子放到地上,往前推了推。随即墙后冒出一个人影,蹲在地上,朝她招了招手。

　　对方带点浅栗的头发在走道的通透阳光下被照得有些淡,偏偏笑容很明媚,说道:"不合脚去超市换。"说完就潇洒走了。

　　又是他。

　　方灼垂眸。

　　他们很熟吗?

　　方灼把衣服洗干净了,又洗了脚,才穿上鞋子。

　　大小挺合适的,就是鞋底太硬了。

　　她拎着东西回教室,把鞋子放到后头的置物架上,衣服挂在座椅靠背上。反正坐在最后一排,影响不到别人。

　　前排的沈慕思转过头来,曲起指节敲着严烈的桌子,问道:"烈哥,你英语卷子写了吗?借我抄抄。"

　　严烈头也不抬,专注着手里的游戏,说:"借出去了,你自己找找。"

　　方灼接了杯水回来,正好落座。严烈掀起眼皮道:"你问问方灼。她肯定写了。"

　　沈慕思都准备转回去了,听到这话,只能换个方向,扭过身子望向方灼。

　　方灼沉默片刻,抿了口水,古怪问道:"你要抄我的?"

　　"就……"沈慕思跟她也不熟,顶着压力道,"借我抄抄?"

　　方灼说:"你知道我上回英语考多少分吗?"

　　她说话的语气实在是太有"你知道我爸是谁吗?"的嚣张霸气,以至于沈慕思愣了一下,郑重问道:"多少?"

各科成绩排名头几的他都记得，方灼的数学和理综还不错，但英语好像没什么存在感啊？

方灼淡淡道："72。"

二人："……"

"原来上次班里踩及格线的那个人是你啊？我还以为是石头，都没好意思问。"沈慕思小声嘀咕了句，说完又赶紧窥觑方灼的表情，怕招她不高兴。

结果方灼只是很平静地点了下头，坦诚道："我英语不大好。"

严烈笑了出来，也不玩游戏了，放下手机道："等着。"

他在教室转了一圈，很快找到自己散播出去的卷子。

沈慕思面露惊喜，高举双手准备迎接，谄媚道："谢谢烈烈！"

不想严烈抬高手臂，从上方躲开，将卷子丢到了方灼桌上，大方道："看吧。不会问我。"

沈慕思笑容凝滞。他看一眼严烈想要抗议，可是对方没理他。又看一眼方灼，见她翻出了自己的卷子，含糊地说："方……灼姐，你不适合抄。你的成绩其实还是自己做比较自然。"

沈慕思上学早，比同班的同学小个一两岁，个子也不高，模样还带着青涩。但那声"姐"完全是在求生的本能下喊出来的。

严烈抄起书本在他头上碰了一下，说："你管她？"

方灼其实已经写完了，她快速将选择题的答案对了一下，就把卷子传给沈慕思。

小同志开心接过。"谢谢方灼……"尾音都已经落完了，瞥见方灼没什么表情的脸，又自动补了个字，"姐。"

方灼没这么客气的弟弟，不知道他为什么见着自己跟耗子见到猫一样，总归比方小弟讨喜得多。她含蓄地"嗯"了一声，算是对他的嘉许。

沈慕思怀着对自己的疑惑，默默转回身去。

晚自习结束后，人群三三两两散去。方灼收拾好桌子独自回宿舍。

等另外几个室友回来时，她正蹲在小阳台里洗衣服。

几个女生坐在床边，闲聊了几句，排队去洗澡。

阳台上的小橘灯开着，吸引了不少蚊虫。

最先洗完澡的女生搬了张小板凳到方灼对面，刚把衣服打湿擦上肥皂，就开始了赶蚊子的征程。

她看见方灼放在盆里的衣服，忍不住道："方灼，你衣服没必要洗那么勤，像校服外套，小熙都是一周洗一次的。"

里头的人正在涂乳液，闻言大声叫道："为什么举例我？你自己不也是一周洗一次的吗？！"

女生大笑，将手里的衣服拧干净，挂到衣杆上。

门口传来一阵敲门声。来访者站在打开的木门外，探头探脑地往里张望，问道："方灼在吗？"

方灼擦干手走过去。

"给你的。"短发女生笑道，"章鱼小丸子，白鹭飞带给你的。还有一盒牛奶。"

方灼垂眸看着面前的外卖盒，还没开口，对面女生又补了一句："他说你如果不要的话就自己扔了吧。"

方灼眉头皱了皱。这两天她已经觉得很疲惫，尤其是要应付这种无聊的事，而对方这种随意轻巧的态度更是令她感到十分不快。她将食盒接了过来，问道："多少钱？"

女生正欲离开，回过头来："啊？"

方灼直接从口袋里摸出十块钱，展平后塞到那个女生的手里，语气没什么起伏，但任何人都能听出她的不满："你告诉他，以后别往我们宿舍送东西，不然我要怀疑他是小吃街的托儿。你也别给他带了，我们不熟。"

短发女生还没回过神来，方灼就把门给关上了。

她随手将东西放到桌上，靠在床头，闷闷地坐着，随后抄过床头的笔记心不在焉地扫了两眼。

魏熙看着那个被阴影笼罩的身影，问道："方灼，东西你吃吗？"

方灼摇头。

魏熙说："那你卖给我吧，正好我饿了。"

方灼说："不用，你吃吧。"

魏熙拿着钱过来，笑道："你不收的话，我就用零食或水果跟你换？"

方灼犹豫半晌，还是将钱接了过来。

魏熙其实已经刷完牙了，用签子吃了两个，又给其他室友分了一点，把丸子解决。

不久后宿舍集体断电，几人重新洗漱一遍，各自回到床上。

空气里还飘着点木鱼花混合酱汁的味道，魏熙没忍住，吐槽了一句："隔壁班那几个男生怎么那么自作多情？这都高三了，成绩那么差，谁要跟他们谈恋爱啊？有没有点自觉？"

"这不是成绩的问题，主要是幼稚。缺人管着他们。"

方灼枕着自己的手，没有作声。

"还好我们班的男生都比较正常。"

"人以群分嘛。我们班有严烈可以压压场子，他们那边还老喜欢各种起哄。"

方灼听到这名字眼皮跳了一下。

"烈哥肯定好，不然能招他们恨？就是太直男[1]了点。"

魏熙笑说："你错了。那么直男都招女生喜欢，所以才让他们恨。"

"对啊方灼，下次他再烦你，你就说你喜欢严烈。烈哥注孤生[2]，常年被当枪使。他不会介意的。"

方灼转了个身，狐疑道："直男？"

魏熙说："对啊，严烈特直男。不体贴、不细心，一点都不懂女生的需求，跟女生也聊不来深入话题，总是不正经地顾左右而言他，不然早有女朋友了。"

方灼思忖。

他也叫直男吗？

那要求怪高的。

男生宿舍，此时也已经集体熄灯。

---

[1] 直男：网络用语，这里指男性思想比较传统，情商低、缺乏审美等表现。
[2] 注孤生：网络用语，形容注定独自一人生活。

五人摸黑行动了一阵，迅速躺到床上。

上铺的严烈翻转几次，酝酿不出困意，垂下手拍了拍爬梯，低声问道："蛋糕，你了解你姐的事吗？"

寝室里安静下来，听他俩说话。

沈慕思茫然道："我没有姐啊。"

过了两秒，他才反应过来，说："哦，你说方灼啊？"

别看方灼平时独来独往，她的名字在男生宿舍里出现的频率却不低，尤其是刚转校的那一阵，激起过好大一层浪。

毕竟她长得十分漂亮，面容又苍白瘦弱，一副很需要人保护的模样。那种羸弱的外表削弱了她冷淡的气场，也给予了他们错误的勇气。

相处过一段时间后，众人才幡然醒悟。是他们低估了方灼高估了自己。这人真是油盐不进，对待上前搭讪的男生一贯没什么好脸色。

赵佳游回忆道："听说嘴巴有点毒。隔壁班有个向她表白的男生，被她奚落得差点有心理阴影了。"

严烈惊了下，说："怎么可能？"

就方灼那样？还嘴毒？她蹦出个损人的话都得搜肠刮肚老半天吧？

靠近窗户的男生开口道："也不是。去年我跟她同桌过。其实人没那么孤僻，只是懒得搭理别人，像个酷姐。之前我俩分到一组做值日，我每次找她帮忙她都答应了，挺好说话的。"

睡在角落的班长补充了一句："对。老赵，你可别说隔壁班那个男的了。他就是觉得方灼比较穷，而自己有点钱，所以态度轻慢，把方灼惹恼了才撑的他。我看隔壁那几个脑子都有点问题，次次缠着方灼搞得跟冲塔一样，觉得追到了有面子，也不看看自己长什么挫样儿，要脸吗？换我我也骂人。"

严烈偏了下头，压低的声线听着有些紧绷，问道："什么意思？"

班长叹道："方灼家庭条件应该挺不好的。我几次在食堂碰见她都不是饭点，她吃的东西也很简单。而且没有手机。智能手机都流行多少年了，她还连个手机都没有。"

在学校每天都要穿校服，学生间的贫富差距其实不容易看出来。加上方灼转学过来的一年，跟他们关系不大热络，不特意关注的话，察觉不到太多。

众人隐隐都知道方灼家境应该不是很好，因为她生活过得极为克制，脚上穿的鞋子、日常用的工具，都是半新不旧的廉价品。

但这个不好的程度究竟有多少，他们就没深究过了。

严烈声音发冷，在暗夜里听着有几分瘆人："我是问，那男的什么意思？"

他正要跟人捋一捋"轻慢"这个词的含义，琢磨了半天的沈慕思突然说了句石破天惊的话："我悄悄告诉你们，你们别说出去啊。出了这个宿舍门我都不认。其实之前放假的时候我碰见过方灼在外头打黑工。她坐在巷子里吃盒饭，累得手都在抖。她家里人好像不管她的。去年文艺晚会，班长你不是说要买套纯白色的统一服装吗？那一百多块钱也是方灼自己出去打零工赚的。"

众人沉默。

片刻后集体爆发。

班长激动道："你之前怎么不说啊?！"

"我说了呀！"沈慕思委屈说，"你提议的时候我打岔了！我说没必要吧？结果你批评我！你说那是我们最后一次登台表演的晚会了，要有集体荣誉感！你们都附和了！那我总不能当着大家的面儿说方灼没钱吧？她自尊心那么强，我有什么办法！"

班长恍惚道："那我也不知道啊！她为什么不申请贫困补助啊？"

赵佳游跟着瞎激动："难怪我觉得她越来越穷了？"

严烈："嘘——"

众人齐齐深吸一口气，将逐渐放开的声音压回喉咙里，以免引起宿管员的注意。

冷静过后，赵佳游轻轻道："我觉得她真的很好看，完全长在我的审美上。我就喜欢这种类型的你们知道吗？"

话题忽然变得凝滞起来。宿舍里四个人都不是很想搭理他。

赵佳游自我沉醉道："你们说，我要是坚持每天给她送早餐，让她感受到我带给她的温暖，她会因为感动而爱上我吗？"

"呵。"班长嗤笑，"隔壁班那些狗犊子多半也是这么想的。"

赵佳游愤愤道："那我肯定要单纯一点，我是认真的！拿我和他们比，你怎么可以这样侮辱我？"

沈慕思悠悠道："你会先因为早恋问题被老班拉去办公室感受她的温暖。"

赵佳游瞬间萎靡："那算了。她的人生哲学真的好磨人。"

众人都以为这个话题应该算结束了，岂料赵佳游这货不依不饶起来，在那边念叨着一串不要脸的废话："毕竟像我这么帅，成绩好又爱干净的男人，肯定是老班严防死守的对象，我一有风吹草动，她就会紧张……"

沈慕思默默下了床，走到赵佳游那边，用力抽出枕头捂住他的脸。

"闭嘴！"他愤怒道，"你凭什么大半夜在这里恶心人！"

两人闹了会儿，消耗了精力，终于安静下来休息。

这一晚几人都睡得有些浮躁，梦里被一些乱七八糟的事情所侵扰。

早上严烈跟赵佳游起得比较早，两人去食堂吃早餐，顺便给宿舍里的几个懒鬼打包了几份。

两人刚排完队，就从茫茫人海中搜寻到了方灼的身影。

不知道是不是因为昨天刚讨论过这个问题，赵佳游现在看方灼的眼神自动带上了孤苦无依、楚楚可怜的滤镜，当他发现方灼边上黏着个碍眼的家伙，火气瞬间就沸腾了起来，从鼻腔重重哼出。

他揽住严烈的肩膀，朝前一指，义愤填膺地说："走，英雄救美去！"

两人走到方灼身后，就看见白鹭飞觍着张脸，在那儿腻歪地说："你为什么给我钱啊？东西是我自己要买的。你别误会，我只是想跟你交个朋友。"

方灼斜睨他一眼，那一眼，第三方的人都能清楚看出里头满是不耐烦，她问："然后呢？"

白鹭飞笑道："然后展示一下同学之间的关爱呗。"

赵佳游做了个恶心的表情，怕方灼不擅长拒绝别人的骚扰，正要开口，方灼将手中的不锈钢碗往桌上一放，耐心告罄，道："我看你不缺关爱，你是脑子缺根筋，所以才听不懂人话。"

白鹭飞："……"

019

方灼翘起手中的筷子，说："念在你吃了祖国那么多年的粮食，好歹也是个储备劳动力，我倒是不介意帮你在天灵盖上插一根。"

赵佳游："……"

方灼冷笑："需要吗？"

严烈："……"

严烈喉结一滚，打了个哆嗦，在兄弟耳边私语道："你现在还想给她送早餐让她感动吗？"

赵佳游缓缓摇头，为自己曾经的不知天高地厚感到深深的后怕，谦卑道："我怕天灵盖被她做成供奉用的香炉。"

白鹭飞脸色青白交加，几次变化。

方灼一手掐住碗沿，用没什么感情的眼神紧盯着对方，如果白鹭飞再上前一步，她无疑会毫不犹豫地将这碗粥泼到对方脸上。

不等火花溅起，严烈坐了过来，横插到二人中间。

方灼目光下移，落到他身上，朝他挑了挑眉。

严烈单手托腮，热情招呼道："早啊。"

青年发梢带着点凌乱的卷曲，笑得眉眼弯弯，正对着光线明媚的大门，清透的眼睛像在发着光，笑容灿烂极具感染力。眼珠朝前方转了转，示意地瞥向某个方向。

方灼定定在他脸上看了会儿，放松捏到骨骼分明的手指，不再理会那边干杵着的人，埋头认真喝粥。

赵佳游挡在白鹭飞身前，笑嘻嘻道："老师可就在前面，你再过来我就要喊你非礼了。还有啊，以后没事少来找方灼。人家次次见到你都要想骂人的新词，多累啊！"

白鹭飞咬牙切齿，还没来得及说点什么，被赵佳游直接推着去往别的地方。

白鹭飞离开后，严烈也提着早餐走了。方灼吃完，将餐盘收拾了一下，缓步走回教室。

早操大课间之后，学生从操场喧哗散去，严烈被沈慕思拉着去往超市。里头人头攒动，严烈不喜欢拥挤，站在超市外面等候。

许久没有擦拭的落地窗带着灰蒙蒙的污渍，严烈人高马大，站哪儿都很显眼。他找了个阴影的位置，一个转身，透过斑驳的玻璃窗看见了站在货架前的方灼。

对方弯着腰，在琳琅满目的陈列中寻找着什么，片刻后拿起一双鞋子，确认完价格，微微松了口气，将东西放回去。

严烈见状笑了一下。等他回到教室的时候，方灼已经在里面了。

他浑然未觉地拉开椅子坐下，随手翻看桌上的书，发现里头夹着张五十块钱。

"哇。"他惊喜地将钱收了起来，又拿过桌角处的两块草莓蛋糕，低笑道，"财神爷怎么知道我喜欢吃小蛋糕？"

方灼本来不想看他，听见这句，实在忍不住瞥了他一眼，恰好与严烈打量她的视线撞在一起。

他抬手示意，大方笑道："谢啦。"

方灼轻轻"嗯"了一声。

……直男。

方灼低头琢磨了下。

所以白鹭飞那些人是重金属的吗？有毒。

高三的生活按部就班，似乎每天都跟时钟一样，重复着完全相同的路径。

但流逝的时间还是给方灼带来了一定的压迫感。

她紧张的不是高考，而是高考结束后的经济压力。

她的成绩偏科严重，导致名次有点不上不下。这没有办法。她念的乡村小学没教过英语，中学的师资也不算很好，授课的老师连普通话都说不清楚。

相比起 A 中的其他学生，英语这门学科对她而言全然陌生，她不知道该从什么地方进行追赶。因此她拿不到学校的奖学金。

好在她其他科的成绩还行，勉强能够弥补这一部分的缺失。

她的目标是考上一本大学，因为一本学校的学费相对低。如果落榜的话，她很难攒够多余的学费。

除去高三学年的学费,她身上还剩下一千三百多块。实在是有些捉襟见肘。

方灼将各种鸡零狗碎的花销都记录上去,看着最后面那个很难让人生出安全感的数字,拿出辅导书开始刷题。

晚自习的教室里有零星的私语。

后门打开,老班迈步进来。她在教室里巡视了一圈,路过方灼身边时,屈指在她桌上敲了敲。

方灼抬起头,听她在自己耳边问道:"方灼,你知道××县××村吗?"

方灼笔尖点在草稿纸上,没想到还能听见这个熟悉的地名,说道:"我知道。我以前住在那里。"

"门卫室有封信,从这个地方转寄到学校,挂那儿好多天了,当时送信的人没说清楚要交给谁。因为一直没人认领,管理员就把信件拆了。"老班说,"你去我办公室看看,是不是你的东西。"

方灼茫然。奶奶去世后房子就被方逸明卖了,不知道有什么东西需要辗转寄送到学校来。

她起身跟着老班往办公室走去。

办公室里有几个学生正围在桌边问问题,老班从抽屉里拿出一个开了封的快递袋,让方灼报了下地址,核对无误后将东西给她。

寄件人写着"叶云程"。寄送地址是临近A市的一个落后乡镇。

收件人写的是她奶奶。应该是村里那家杂货铺的老板帮她转送到A中来的。

方灼用手指撑开往里一看,眼睛睁大了些。

里面装的竟然是一笔钱。除此之外,还有一张白色的字条。

她将字条拿出来,发现上面只有几句十分简短的问候。

是问方灼最近怎么样了?是不是快成年了?希望奶奶将这笔现金留给方灼,成年人身上需要带点钱。

字迹清隽工整,落款签了名字和日期。已经是六月份的事情了。

方灼挪开手指,看向角落处用更小字迹写着的一行标注。

"七月十六号,姐姐曜灵去世十五周年。"

大概是希望她能回去扫墓探望的。

方灼不知道叶曜灵是什么时候离世的。她下意识地开始回忆七月十六号那天自己在做什么。

然而她惊觉自己过去的生活没什么独特的色彩,永远是在奔波的途中。那天大概也跟往常一样在大太阳底下打工。或许抽空去了一趟图书馆,坐在里面避暑看书。

骤然得知这个消息,让她生出某种空落落的错失感。心头发紧,又有点恐慌,可具体去抓缘由,又说不清是为什么。

老班见她神色不对,问道:"你没事吧?"

方灼把纸合上,恍惚地摇了摇头。

老班问:"是你家属吗?"

方灼犹豫片刻,低声说:"是。"

她在整理奶奶遗物的时候,看见过一沓相同署名的空信封。

奶奶根本不识字,方灼一直想不明白谁会这样锲而不舍地给她寄信,信封里又为什么是空的。

奶奶从来没有跟她说过,想必也不会向对方转述自己的情况。

这一刻,方灼年少总是不得解的困惑好像得到了迟到的回答。

知道了母亲的些许情况,知道自己原来还有一个舅舅。

她维持了多年的淡然假面出现了一丝裂缝,更多的疑问从脑海中涌现。好似又回到了那个对亲情跟父母尤为好奇的孩童时期。

然而这种异样的情绪刚从眼眶浮现,就被方灼霸道地压了回去。

她收起信件,跟班主任点了下头,退出门外。

走廊上人影晃动,方灼才发觉已经是课间。

严烈正趴在桌上睡觉,方灼坐下的时候眼皮稍稍震颤了下。

待周围重新安静下来,方灼继续演算面前剩下一半的求导题。

她今晚状态不对,思维总打飘,好几个公式分明已经列出来了,却无法进展到下一步。水笔在纸上龙飞凤舞地写了一通,结果犯了个演算上的低级错误，只能重新开始。

方灼揉着头发，将写得满满当当的草稿纸丢到角落，转头间，发现严烈根本没在睡觉。

他趴在桌上，眼睛慵懒地半眯，目光没有焦距，朝着方灼的方向。

方灼愣了下，与他四目相对忘了移开，严烈见状精神了一点，还先发制人地问了句："你偷看我做什么？"

方灼："……"无耻得令人难以回答。

严烈抬起头，歪歪扭扭地坐着，笑道："我刚刚在看一只迷途的羔羊。请问需要智者的指引吗？"

方灼没有理会，抽出答案核对了下题目，发现自己的思路确实是对的，只是计算上出了简单错误，于是把几个数据修改回去。

在严烈以为她不会开口的时候，方灼突然问了句："你的手机有导航吗？"

"还真是只迷途的羔羊？"严烈好笑，从兜里摸出手机，熟练地解锁，"会用吗？"

方灼连带键盘的手机都没怎么用过，对这个触屏的东西更不擅长。

严烈示范着给她打开 App，教她怎么输入。在她慢慢吞吞地敲打地址的时候也没表现出不耐烦，只是看清"沥村"的地名时嘀咕了句："A 市附近原来还有这么一个村吗？"

方灼点击确定，然而跳出的提示却是没有合适的公交路线。她动作顿了顿，茫然又无辜地望向严烈，拿着手机向他靠近了一点。

长睫毛遮挡住了头顶的荧光，投射下的阴影虚化了方灼眼睛里惯有的冷漠，因光影而清晰起来的轮廓，让她面容里的素净纤瘦变得更为明显。

严烈凑近，闻到了她发丝上残留的一点牛奶香味，目光顺着她的脸部线条往下滑落，顿住，咳了一声，快速别开视线，身形后仰，说："我来。"

他直接在搜索软件上寻找类似问题，幸运的是真的有答案。

最方便的路线是先坐城乡公交到终点站附近，徒步去某座桥下等待每日会途经那里的面包车，然后就可以乘坐它抵达沥村。

不过车辆只能在村口位置暂停，具体的地点还要靠自己步行。

方灼将路径记下，面色有些凝重，跟严烈道了声谢，把手机还给他。

严烈两手揣进兜里，若有所思了一阵，继续趴在桌上假寐。

周六的课一直上到12点半才结束。方灼慢条斯理地收拾好桌上的东西，背起书包往校门口走去。

主路上停满了各式车辆，哪怕隔着上百米远，也可以听见从马路边传来的鸣笛声。

方灼在门口驻足片刻，望着两侧相似的林荫道辨认不出方向，扭头回去找门卫问清楚站点，顺着逐渐稀少的人流缓步过去。

一辆自行车从她身边快速驰过，又慢慢倒了回来，与她并肩而行。

对方踩着踏板，控制住速度，见她目不斜视，吹了声口哨提醒。

方灼只好转过脸，朝自己的同桌说了句"巧"。

严烈戴着顶白黑色的帽子，腾出一只手推了推帽檐，露出底下青春张扬的脸，笑道："我还以为我有能隐形的本事呢。"

他单脚踩地，停下车辆，示意道："去坐城乡公交？上车，我正好顺路，带你过去。"

方灼瞥了眼他的后座，目光有点挣扎。

严烈说："我认路，比你快。你别去得太晚，到时候回不来。"

方灼这才走过去，小心翼翼地坐上后座，找了段可以落脚的支架，拽紧严烈的衣角。

"好了吧？"

严烈的声音随风传来，与此同时还夹着淡淡的、清爽的柠檬香味。重心往下一压，露出点被遮挡的阳光，人已经朝前蹿了出去。

附近还有电动车和行人，严烈跟一尾鱼似的在非机动车道上灵活穿行，方灼却很紧张。

她紧绷的姿态，跟块石头一样稳稳当当地压在后座。严烈就算不用回头，也能察觉出她的不自然。

他眸光低垂，看着那双攥紧他衣角的手。衣服已经被揉出了褶皱，失去血色的皮肤和青色的静脉，无比清晰地彰显她此时的状态。

仿佛每块肌肉都在膨胀，浑身毛发都在爆炸。

严烈失笑道："我车骑得特别稳，你别害怕呀！"

方灼"哦"了一声，欲盖弥彰地补了一句："我没有。"

严烈还是放缓速度，靠边匀速骑行。

等他将人送到车站，公交车正好从前面驶来。

方灼快步冲了过去，严烈目送她上车，掉转车头准备离开，在硕大的广告牌前看见一张满是幽怨的脸。

毕竟做了两年多的室友，这一照面要装作看不见实在有点说不过去。严烈笑了一下，抬手打招呼。

沈慕思不甘心，哇哇大叫道："烈烈！烈烈你太过分了！你不是不带人吗？我不是你流落在外的亲弟弟吗?！"

严烈说："行了，要不我带你回学校？"

沈慕思暴怒道："我要回家！我走了二十分钟才走到这里！"

严烈把车停在站牌后面，走过来安抚道："好吧，那我陪你等车。"

青年身材高大，肌线流畅，光肤色就比普通的男生白了几号，往那儿一站，跟个天然照明灯一样，路过的人总是忍不住看一眼。

沈慕思感觉周围多出了一些带温度的目光，心中泛酸，半晌才阴阳怪气地说了句："你变了。"

"我没有。"严烈用手比了比，"你有两个方灼重。"

沈慕思："才不是。"

片刻后他又问："你表情怎么那么奇怪？"

严烈扯起唇角，眼珠颜色在日光直照下淡得迷离，笑说："没什么。"

"我发现她也长在我的审美点上。"

方灼从车上下来，站在街口，看着前方修建得平整的水泥道路，一时间有些迷惘。

左右两侧都没有明显的路标，房屋建筑也很是相像。

她沿着来时的方向继续往前走去，走了没多久，看见几个坐在大树下闲聊的男人。

对方远远瞧见她，用扇子遮挡着阳光，主动搭话道："女娃，你找谁啊？"

说话的那人穿着一件深红色的宽大汗衫，有六七十岁了，脸上胡碴儿没有及时清理，头发也显得乱蓬蓬的，导致面目并不那么和善。

方灼犹豫了下，报出名字："找叶云程。"

"叶什么？"中年男人说话带着浓重的口音，还夹着一半的方言，语速也很快，"住在哪里？家里长辈叫什么？多大了？跟你什么关系？"

方灼听懂了一半，从包里抽出快递单，正要把地址读一遍。对方脱口而出道："认字，还会写信是不是？我知道嘞，是叶云程哪！你跟他什么关系？没听说他家里还有人啊！"

方灼被他招呼得蒙了。

对方见她听不懂，又重复了一遍，最后摇了摇手里的蒲扇，放弃地说："算了，你跟我来，我带你过去，他就住在里头。"

男人上前领路，时不时回头看一眼方灼，确认她有跟上来，憨厚地朝她笑了笑。

然而方灼的脚步却越发迟缓，她低垂着头，大脑一片空白。

俩人一路沉默，直到停在一栋古旧的木屋前。

男人绕到房子侧面，那里有一扇暗色的木门，门锁还是古老的款式，似乎一脚就能踢开，只用铁制的锁扣虚掩了下。

男人用力敲了敲，朝里面喊道："起来了，小叶啊，你家里有人来看你！"

里面传来模糊的回应，男人直接推门走了进去。

方灼站着没动，从缝隙朝里张望。

屋内光线昏沉，窗帘紧闭，导致白天也透不进多少太阳。地面是水泥地，飘出来的空气里裹着点发霉的味道。

男人过去扯开窗帘，又回来把门大大拉开，叫里外的两人能打上照面。

"看看，认不认识，小叶。"

犹如阴暗的匣子里射入耀眼的天光，细小的灰尘在空中飘扬，散发着点点金色的微芒。

门的斜对面摆着一张床，方灼要找的人此时就躺在床上。

他穿着一身淡蓝色的睡衣，头发茂密又有些枯黄，不大精神，但五官很俊秀，皮肤更是白到有些惨淡，浑身透着病弱。在见到方灼的第一眼，他愣了愣，下意识地挺直了腰背，让自己坐正起来。

方灼的视线在他脸上扫了一圈，落到他放在床边的一个铁盒子上，又转向屋内的其他角落。

床脚处摆了几本书，家里几乎找不出任何值钱的东西。

方灼眼神游离了一阵，才重新聚焦到叶云程身上。对方也正在打量她。

彼此眼神都很深沉复杂，让人难以看出心底在想什么。

分明没有任何相见过的记忆，方灼却莫名没有太陌生的感觉。大概是因为两人长得确实有点像。

床上窸窣一阵。叶云程似乎想起身，整理了一下衣服，最后还是躺在被子里。

他的手垂放在被面上，被红色的布料衬托得更加白皙，甚至连青色的静脉都清晰地外突出来。平常应该不怎么晒太阳。

"方灼？"他的声音清冽，带着一丝因干渴而出现的沙哑，问道，"怎么这时候过来了？"

方灼踟蹰片刻，走进屋里，从包里抽出一张字条。

她低声道："奶奶走了，房子被我爸卖了。村里收发信件的人把它寄到了我的学校。我上周才收到。"

叶云程愣了愣，身体微微前倾，仔细观察着方灼身上的衣着，猜测她生活过得怎么样。然而统一制式的校服和一双新换的白色鞋子并不能透露太多。相反，此时的他显得更为窘迫。

叶云程咳嗽了声，扯起嘴角似是苦笑，说道："所以你这次来有什么打算吗？我……我可能没什么多余的积蓄。"

方灼反应变得很迟钝，思维像生锈了的链条一样，片刻后说："没有，不是……我只是想把户口从家里迁出来。"

这个年代，只要有户口本存在，程序上就有割舍不断的联系。户口叫她感受到了强烈的不自由。

方灼来之前，也没想好要做什么。

或许可以给叶曜灵扫个墓，当是全个念想。再见见这位素未谋面的亲戚，感谢他长久以来的关心。毕竟收到信了，她有一点好奇。

在跟着那位热心乡友走过来的路上，她才想起来，或许可以把户口迁过来。

她没什么特殊的期待。有过方逸明的前例，她觉得所谓的血缘亲情或许还是疏离居多。

一直在边上旁观的男人忽然插话道："你迁不回来的呀。他是农村户口，现在不能往农村里迁户口。"

两人一齐看向他。

男人终于后知后觉地意识到自己有些碍眼，笑着挥挥手道："我走了，你们慢慢谈。"

屋内只剩下两个人，尴尬的气氛开始蔓延。

方灼意识到自己的来访有些冒昧，空气沉闷得让她无法呼吸。她正准备找个理由离开，就听叶云程搜肠刮肚后问了一句："你爸对你不好？"

方灼没有回答，脸上也没有出现任何表情的变化，好似没有听见。

但叶云程可以猜到。虽然只有短短几句交谈，虽然他们见面的次数不多，但他似乎可以从面前这个清冷寡言的孩子身上看出许多。

叶云程说："你等等，我去收拾一下。你随便坐坐。"

他掀开被子，找到立在床头的拐杖，勉力站了起来。

左腿膝盖以下都是空荡荡的。

方灼眼皮跳了一下，在对方望过来前，先一步挪开视线，散乱地在窗口附近徘徊。

叶云程往里面的厕所走去，不忘回头叮嘱道："你随便坐坐，我很快就出来了。"

他进了卫生间，将门关上。镜子里照出一张颇为狼狈的脸。

憔悴的面容让他陡然意识到自己浑浑噩噩了多么长的一段时间。

029

他不知道自己在外面时是什么神情，这样邋遢的模样是不是会让方灼讨厌，拧开水龙头，往脸上泼了两把水。

冰凉的液体打湿了他的脸庞，还有部分冲进了他的眼眶，带去轻微的酸涩。

他不大自然地弯下腰，伸长手臂在下方的柜子里摸索，随后找到一个老旧的剃须刀。

可能是躺久了腿麻，也可能是情绪不稳定所以手抖，他刚刮到一半，一下摔了下去，等爬起来的时候，下巴上多出了道鲜血淋漓的口子。

叶云程慌了，赶紧用水冲洗。然而伤口上的血液却怎么都止不住。

他只能放开拐杖，将身体的重量靠在盥洗台上。单手捂住伤口，另外一只手坚持刮着胡须。

等终于把下半张脸的胡楂儿给拾掇干净，他快速洗了遍手和伤口，推开门，轻手轻脚地往里屋走去。

里面也是一个房间，只是太久没人居住了，最大的作用便是储物。但生活气息依旧保留着。

墙上贴着海报，床边摆着收纳好的被褥，地上还放了两双褪色的鞋子，好像住在这里的人随时都会回来。

叶云程凭着记忆，从木柜的抽屉里寻找创可贴。

因为他的动作，摆放在柜台上的相片倒了下来，叶云程赶紧去扶正。

翻箱倒柜一阵，照片又倒了。

叶云程将它拿起来，用手指擦过照片上的灰尘，里头的人影却怎么看都是朦胧的，好似隔着一层水雾。

是眼睛花了。

所有的忍耐都在这一刻告罄。他抬手捂住脸，任由眼泪呛出来，压抑着声音小心抽噎，让这一阵翻江倒海的情绪有个宣泄的出口。

方灼回来了。

多少年这个家里都没有出现第二个人。

她是需要自己的吗？

叶云程恍惚陷在光芒与黑暗的交替层，枯竭的灵魂好像要重新生长起来。

他太需要别人需要自己了。

他这样一个人。

叶云程稳定了下情绪，好不容易翻出一盒创可贴，不知是多久以前的东西，贴到下巴的伤口上，将伤口挡住。

他匆忙整理了下衣服，拄着拐杖往外走去。

"方灼，方灼！"

他兴奋地喊了两声，走到外间，发现方灼已经不见了，木门也帮忙关上了。

叶云程快步过去拉开，朝向小路尽头眺望。

方灼的人影已然消失。

他怅然回过身，才看见桌上留了一沓钱和一张字条。留言说她要回学校了，没说还要不要来。

方灼不知道面包车多久会经过一辆，在路边等了一个多小时，才顺利搭上车。

此时天空已经被染成一片漆黑。

跟来时的路线一样，抵达桥下后，徒步一段路，坐上城乡公交车，准备回学校。

因为中间转乘耽搁了很长时间，方灼赶上的是末班车，车上乘客很少。

她抱着书包，坐到最角落的位置。

起先是在看窗外一晃而过的璀璨灯光，不久后疲惫侵袭，眼皮耷拉下来，等她再恢复意识，车辆已经停在一个陌生的地方。

熄火的动静将她吵醒，方灼猛地站起，走到前排。

刚拔掉钥匙的司机看见她惊了一下，说道："车上怎么还有个人？"

方灼张了张嘴，脸上是刚刚清醒的迷惘："这是哪儿啊？"

"终点站啊！"司机看着她的校服说，"你去 A 中是吗？早就坐过站了。你上车的时候跟我说一声也好，我能提醒你，我以为你早下车了。"

方灼木讷应了一声，将包背到身上，从打开的后门走了下去。

司机有些担心，跟过去问："你没事吧小姑娘？让你家长过来接一下吧。现在没车了。"

方灼摇了摇头，答非所问地说了句"谢谢"，借着昏暗的路灯找到大马路。

方灼很讨厌迷路，因为她知道自己如果走丢的话，不会有人来找她。可是偏偏她方向感不好，去山林里，或是去陌生的地方，总要摸索很长时间。

现在是深夜，没有那么多路人可以让她询问。

她拖沓地走着，想像上次一样找个可以暂时借宿的地方。

可惜的是她今夜特别不幸运，走了很长的一段路程，都没有找到医院或通宵营业的速食餐厅。

她在街边坐下，准备休息一会儿，放空大脑发着呆，一道橘黄色的暖光从不远处扫了过来，先是在她身上转了一圈，然后又收回去，照亮了来人的脸。

"方灼？"

严烈关上手电筒，从混沌的暗夜走到路灯的光影下。

两人一站一坐，一高一低，隔着两米远的距离，面面相觑。

半晌，方灼干巴巴地说了句："巧。"

第二章

幸运星

方灼不知道为什么,每次无家可归的时候,就会碰到严烈。

不知道是该感慨这个城市的狭小,还是缘分的巧妙。

严烈见她无精打采的模样,失笑道:"巧。"

他穿着最简单的短袖短裤,手上拎着个塑料袋,显然是半夜出来买零食。

"走。"

方灼说:"又请我吃饭?"

"请你睡觉。"严烈招手道,"我家在附近,家里没人。不害怕的话就跟我过来。"

方灼心说,自己是在穷神、衰神那里都挂过号的人,有什么好怕的?拎起包跟了上去。

夜路僻静,严烈脚下踩着的宽大拖鞋在地上发出有节奏的脚步声。

他从袋子里摸出一瓶饮料,分给方灼,后者客气地摇了摇头。

"你怎么会在这儿?"严烈问,"回学校不是这个方向吧?"

方灼含糊道:"迷路了。"

"上次也是迷路?"

方灼闷闷"嗯"了一声。

"那我是不是你的幸运星?"严烈指着被橙光映照着的幽静小道,

侧着身笑道，"迷路的时候就会启动被动寻路功能，目标终点，指路人烈烈。"

方灼掀开眼皮，淡淡地看着他身后拖出的长影，说："那还是不要遇见你了。"

"你遇不遇见我，都不影响你迷路啊。"严烈说，"如果我没找到你的话，你只能又露宿街头了。"

方灼微微歪过头，奇怪道："你找我做什么？"

严烈愣了下，眸光中闪过一抹懊色，又带着点困惑，但很快被下合的眼皮盖住。

没做什么。

他只是查到，从沥村回来的面包车的车次很少。等方灼回到市区，运气不好的话，或许赶不上回学校的末班车。

他一个人待在家里觉得无聊，跟赵佳游出去打了会儿游戏，室友回家吃饭后，就在街上闲逛了会儿，等回过神来，已经鬼使神差地走到了公交车站。他索性坐在不远处的小店里，观察着对面的人影和车流。

可是等最后一班公交车在站点停靠，也没见方灼下来。

严烈自嘲地想是自己白担心了，她说不定会在那边过夜，并没有说要回来。打着手电筒准备回家，没想到在半路找到了这个流浪的人。

严烈掩饰地笑说："没什么，骗你的。你信了？"

方灼沉默了会儿，反问道："……我看起来像很蠢的样子吗？"

严烈低沉笑了两声，没再说话。

他不深究方灼落魄的理由，倒是让方灼松了口气。

严烈家其实并不近，两人走了将近一个小时才到门口。

走到一半的时候方灼就在想。这人怕不是被蚊子咬糊涂了，不知道大半夜的出来溜达什么。

前面严烈拿出钥匙开门，示意方灼进来。

灯光亮起，照亮一室明净又大气的装潢。

方灼只大致扫了一眼，没往深处和细节的地方看，走到客厅，端端正正地坐在沙发上。

严烈家没有整理好的客房,但沙发够大。他直接抱了床干净的被子到沙发上,又给方灼指明了厕所的位置,见她不是非常自在,主动避让去了主卧。

方灼局促地坐了会儿,提着包到茶几前面。

由于在车上睡过一觉,她现在完全没有困意,干脆从包里抽出练习册,将这周布置的题目给做了。

严烈不习惯家里有人,本身就睡不大着,何况外面还是方灼。熬到半夜,从门缝里看见外面透进来的灯光,起身去上厕所,发现方灼是在写作业。

这位勤奋的同学一直到半夜两三点钟才关掉了客厅的灯。严烈迷迷糊糊地心想方灼的精力真是旺盛,白天吸收的能量可以续航到那么晚。

第二天一早,严烈是被开关门的声音吵醒的。虽然对方动作很轻,严烈还是有种冒虚汗的错觉。

他用了两秒回忆起昨天晚上的事,光着脚快速走出房间。

客厅的摆设几乎没有动,和原先一样冷清,大门的把手上挂了个透明塑料袋,一眼可以看出里面装的是豆浆和包子。

严烈拉开大门,方灼正在外头等电梯。

他抬手揉了把杂乱的头发,问道:"你去哪儿啊?"

方灼说:"回学校。"

"我也回啊。"严烈说,"吃完早饭我跟你一起回去。你识路吗?"

这个问题挺羞辱人的,方灼犹豫了下,还是返身回屋。

严烈快速拾掇好,吃了早饭,去楼下骑自行车,载着自己的同桌赶往学校。

方灼坐在后头,感觉今天的日光晒得特别晃眼,脑袋晕晕乎乎的,低下头靠在严烈的背上。

他们出发得早,到学校的时候里面还没什么人。

方灼大脑有些混沌,进了教室直接窝在座位上做题。严烈本来想跟她聊天打发一下时间,见她没什么热情,只好放弃,拿着手机在一旁打游戏。

同学陆陆续续地来，教室热闹了一阵重新恢复安静。

下午才上了一节自习，老班夹着教案走进来，先说了点班会日常，然后让班干部组织大扫除。

运动会和中秋假期都快到了，高三段决定提前把走廊、厕所等公共区域打扫干净，这样到时候值日生随便安排一下就可以早点回家。

学生们起来整理桌椅，清空场地。

方灼抽签抽到了拖地，负责走廊那一块。等扫地的同学打扫了一遍，她才慢吞吞地拿着洗干净的拖把去干活。

老班找体委叮嘱了些细节，回来巡查工作，看见方灼利落干脆的背影，满意点头，对着一旁嬉皮笑脸没个正形的男生们说："看见了没有，方灼这样的才叫拖地，你们那叫什么？全是蜻蜓点水，一看就是平时不做家务的样子。"

赵佳游说："老师你这就不对了，我们姿势不标准，可是我们力气大呀。那些陈年污垢我们都擦掉了！"

沈慕思跟着大叫道："就是，老班你偏心！"

"就你们话多，打扫卫生永远干个囫囵。"老班嫌弃道，"我跟你们说，我也不拿方灼做标准，起码差别不要太大，好吧？"

几人正在说笑，方灼突地朝后趔趄一步，靠到墙上，向下栽倒。

赵佳游余光瞥见，惊恐叫道："方灼！"

人群连忙围拢过去。

老班扶着她喊了几声，方灼没有反应，看着是已经失去意识。老班急道："背她去医务室，快！"

赵佳游反应迟钝，刚蹲下身想把人背起来，严烈不知从哪个角落闪现，直接拉着方灼的手将她架到自己背后，跟着老班跑向医务室。

方灼的梦境冗长又杂乱。

她好像回到了叶云程的那个老屋前，透过窗户静静看着里面的人。就像她小时候站在院子角落，安静地注视着那个认真编织的老人。

奶奶不喜欢她。

这个方灼很小就知道了。

老太太总是低敛着眉目,从她的身边默默走过,眼神很少落在她身上,嘴角也鲜少有笑容。

她很喜欢织衣服,织很多的衣服,送给别的人。方灼想和她说话,缠着她,跟她亲近,她总是说:"我很忙,你自己去别的地方玩。"

方灼只能坐在旁边看着她。

那时候方灼还小,人又吵闹,大概是真的不讨人喜欢。在唯一的长辈身上碰了壁,就开始好奇别的家人。每当她询问类似问题的时候,奶奶似乎连敷衍都显得很表面,告诉她没有就是没有,她没有别的家人。

备受冷落下,方灼在那个年少轻狂的童年时期,尝试了离家出走,想借此试探奶奶的真心。

也许是小孩子的套路在家长眼中总是特别幼稚,又或许是笃定了方灼无处可去。年少的孩童在不远处的田地里等到深夜,都没有等到老太太来接。

夜幕之中,院里的灯火亮着,到深夜时分暗了下去。蝉鸣声热闹响亮,门窗始终紧闭。

认清现实的人,最后因为被蚊虫叮咬得难受,自己灰溜溜地走了回去。

从那之后,方灼的叛逆期就来了。她开始逃课。

那位精瘦的老太太知道之后,直接拿过书包丢到外边的水田里,肃然地跟她说:你不想读书就不要读了,以后跟那些人一样,就在地里干活。长大了早点结婚、生孩子,一辈子都留在这个地方!

方灼被吓到了,哪怕她那时候还不能理解话里面的意思。

她捡起书包,带到河里清洗。从那之后她就懂事了起来,知道不应该去乞讨别人的疼爱。

她其实是很伤心的。哪怕现在回忆起来,都能记得当初流淌进枕头的咸酸眼泪。

这事却也打断了她叛逆的骨头,叫她忘记了所有的不该比较,将她引上了正途。

那是她第一次知道什么叫现实。

现实是无法承担的重担,是一面倾倒下来的高墙。

是无从选择的未来,是无可依靠的流浪。

那段时间,方灼经常躺在后山的草地上,晒着被叶片挡得斑驳的阳光,吹着轻缓又寂寞的林风,独自思考各种青春期的问题。

等到日落西山,背起一筐新鲜的兔草,回去喂家里的兔子。

那条归家的路总是很长、很长,方灼每次都要走好久。

暮晖将交错复杂的树林投映出成片模糊的阴影。尽头处点起昏黄的灯火,像天边一簇浩渺的星火。

她不断穿行在林间,久到觉得第二天的太阳都快要升起,照亮这条寂静无人的道路。

金光会刺过厚重的云层,照亮她身前身后的路。

方灼皱起眉头,仰头看着明朗起来的天空,梦境的世界变得模糊,迷离的意识终于被眼皮上扫过的光线拉扯回来。

她睁开眼睛,朦胧的水雾中扫见一个背光而坐的高大身影。

她用力眨了眨眼,等视线变得清晰之后,发现自己躺在一张白色的小床上。带着点暖意的夕阳正穿过玻璃照在她的脸上。

将她晒醒的就是这一缕即将消逝的阳光。

严烈分明没有回头,却顺手一扯,拉过帘子,将那光挡了出去,说道:"我脑袋后面长眼睛了,厉不厉害?"

方灼:"……"

"方灼。"

她还没回过神,严烈忽然回头,很认真地喊了一句。

方灼喉咙发痒,用力吞咽一口,沙哑问道:"做什么?"

严烈张开嘴,有片刻的欲言又止,似真似假严肃地说道:"你知道吗,你睡觉的时候会说梦话。"

方灼被他煞有介事的表情给唬住了,略微紧张道:"说了什么?"

严烈说:"反三角函数。"

方灼大脑思维整个被他扭向异次元,下意识地说:"你胡说,这根本不是今年的考点。"

"哇，被你发现了。"严烈大笑，伸手在被角处掖了一下，"你再休息一会儿，医生说你太累了。要是还有不舒服，就得送医院了。"

方灼闷闷"嗯"了一声。抬手擦了把脸，感觉脸上有些不正常的湿润。还没想明白，严烈那边递来一根香蕉，问道："吃吗？"

方灼感觉在梦里做了好长时间的杂活，此刻气虚无力，顺势接了过来。

她靠在床头吃香蕉，严烈在一旁玩手机。

方灼的视线飘过去，问道："你玩的什么？"

"小游戏。"严烈甩了甩手，"你玩吗？"

方灼没有拒绝，严烈便拿着手机坐到她旁边，教她怎么操作。

鲜艳的色彩和欢快的背景乐，搭配着单调的规则。虽然只是一款很简单的益智游戏，方灼也很有耐心地玩了两局。她问："这是怎么做的？"

严烈不知道该怎么解释："需要美工、开发、编程、测试等，要一个团队才能做出来。"

方灼一知半解地点头，把手机还给他，而后呆呆坐着，陷入怔神。

严烈问："想什么呢？"

方灼低声道："想上大学。"

严烈好奇地问："你想上哪所大学？"

方灼摇头："我不知道。"

"那你想学什么专业？"严烈看了眼手机，"计算机？游戏编程？"

"我不知道。"方灼缓缓眨了下眼睛，目光没什么焦距，"想知道更多的事，所以想上大学。"

严烈被她求知的欲望所打败，笑道："可以啊。都说眼睛是心灵的窗户，那大学就是求知的窗户。"

方灼没有反驳，应了一声。

严烈见她这么听话反而有点心虚，毕竟他只是随口胡诌，转念一想，又觉得自己说得没毛病。

两分钟后，方灼抹了把脸，从病床上爬起来。

"开机了啊？这速度能击败全国 99% 的用户。"严烈看着她焕然一新的精神面貌，新奇地问，"去哪里？"

方灼说："回去学习。"

严烈一惊："你那么喜欢学习吗？"

方灼："不喜欢。"

"我也不喜欢。"严烈说，"那你还这么急着回去？"

方灼弯腰叠被子，好笑道："不然能做什么？找地方哭吗？"

严烈闻言古怪地瞅了她一眼，等方灼回望过去的时候，他又装作若无其事地转开了。

他把手机塞进兜里，说："我送你回教室。"

方灼还没吃晚饭。她没什么胃口，去超市随便买了个面包就回教室了。

原本还在吵闹的学生见她出现，动作都放轻下来。

沈慕思转过身问："你没事吧？"

方灼摇头。

沈慕思犹豫良久，手里拿着罐八宝粥，小心翼翼地放到方灼的桌角。见方灼埋头写作业，又用手指顶着，一寸寸往里推，直到推进方灼的视线。

然而当方灼眼神扫过来的时候，他还是怂了，小声道："给……给你，快过期了。"

连理由都是这么相似。

方灼面无表情地转向同桌。

严烈带着一脸旁观者的无辜，耸肩道："不用征询我的意见。孩子大了，我允许他合理处置自己的财物。"

沈慕思大怒道："呸！你就知道占我便宜！"

方灼伸手将东西推回去，说："谢谢，但是我晕倒，不是因为我吃不起饭。"

沈慕思也不敢反驳，讷讷地说了声"哦"。

方灼扫一眼题目，又抬头补充了句："我的饮食或许确实不是非常规

041

律，但我觉得更多的原因是睡眠不足，大脑疲惫。"一颗小脑袋里想了太多的事。

方灼说："现在已经好了，谢谢你的关心。"

沈慕思的表情生动形象地诠释了"你说啥是啥"。听方灼一通胡诌后，下意识地去看严烈的脸色。后者淡淡笑了笑，沈慕思意会，乖乖地将八宝粥拿了回去。

没多久，严烈的社交账号里收到了来自好友的私聊信息。

慕斯蛋糕：她为什么不要啊？人都饿成这样了。

烈烈：好孩子不喜欢随便拿别人的东西。你送给她，她还要想办法还给你。以后别送了。

慕斯蛋糕：为什么啊？我这也不是嗟来之食啊？

烈烈：那要看是谁送的了。

慕斯蛋糕：？？

慕斯蛋糕：你说这话我就不乐意了，班里还有比我更有亲和力的人吗？

慕斯蛋糕：你说啊！你怎么不说话了?!

严烈笑了下，将手机收起来，用脚轻踢在他的凳子上，示意他赶紧学习，别整天不务正业。

晚一些，老班将方灼叫去办公室，询问她的身体情况。

因为医务室设备简陋，检查不出什么，老班结合同学的反馈，当她是压力太大加上营养不良，叮嘱了几句，又开解了一通，在方灼平静温顺的反应下，很快放她回去上课。

运动会的报名这两天已经开始了，体委和另外几位班干部在班里动员同学积极参与。

方灼因劳动而晕倒的事情给他们留下了太大的冲击，加上她身材清瘦，看着就是一副营养不良的样子，几人没敢过来打扰，想着到时候给她排到啦啦队的岗位上，让她能趁机休息一下。

方灼的兴致也不是很高，她对这种集体性的活动一向不怎么热情。

中午的时候,她从食堂回来,正要找个安静的地方背单词,就被老班叫住。

老班在门口招着手道:"方灼,找你老半天了。门卫那边说你家人找你,你赶紧过去看看。"

方灼第一反应是班主任喊家长了,来的人是方逸明。然而想法一冒出来立马又被自己否决。

方逸明才不会做这种浪费时间的事。他多半不会来,哪怕来了,也会在第一时间进学校,见不到她就直接离开。

可是她又没有别的家属。

方灼去教室后面倒了杯水,慢吞吞地喝完了,才起身过去。

这两天一直天晴,原本降下去的温度瞬间回升,好似从初秋穿越回了炎夏。

方灼缓步走到门卫室,从窗口朝里张望了下,除了保安没有别的人在。

她跟执勤的大叔说明自己的来意,大叔从桌子底下拎出一个红色袋子,大声叫道:"同学你可来了!东西都要凉了!"

方灼愣住,解开塑料袋上的活结,发现里头放着的是两个饭盒。

她有些莫名其妙,还以为是谁给自己点的外卖,刚把食盒拿出来,又听大叔遗憾地说:"人在这里等了好久,刚刚已经走了。这是他给留的电话。"

大叔递过来一张撕得不规则的白纸,正中位置用黑色的水笔写着:"灼灼生日快乐。"

再下面才是一行号码。

这笔迹方灼前不久刚看过,所以还有印象。只是正因为认识,才让她无比错愕。

她的脑袋嗡嗡地响,突然变得不会思考了,有关叶云程步履艰辛的背影一幕幕闪过,变得越来越清晰。她失神地问:"谁送来的?他……他是不是腿脚不大方便?"

大叔絮絮叨叨地描述道:"是啊!我让他进去找你,他怕被你同学看见了不好，就坐在路边等。这天热呀，等了半个小时了你都没来，他就先走了。"

方灼顿时觉得手中的饭盒变得沉重了，连带着胸口也被压得喘不过气。她抓紧那张白纸，深深攥进手心里，问道："我能出去看看吗？"

"人真的已经走了……"门卫大叔说着，看她的表情，不大忍心，还是松了语气道，"那你就在校门口看看，不可以走远啊。"

方灼出了校门，在空荡街头的两侧都望了一圈，寻不到人停留过的痕迹。

日光从前方照来，在高墙背面投下阴影，校门外没有适合遮阳的建筑。可以想见叶云程就是这样守在路边，晒得大汗淋漓，却最终失望而归。

方灼五味杂陈地走回来，魂不守舍地跟门卫道了声谢，提着食盒走回教室。

午休时间已经快到了，严烈写完早上发下来的试卷，正趴在桌上休息，察觉到方灼回来，睁开一只眼打量她，发现她是一副忧心忡忡的模样，顺势抬起了头。

他安静观察了会儿，指着桌上的粉白色饭盒问："你从哪儿订的外卖？你还没吃午饭？"

方灼像是才回神，抬起手，将快要被汗渍打湿的字条抽出来，转头朝他问道："能不能借用一下你的手机？"

"可以啊。"严烈爽快地摸出手机给她，"密码，咱妈的生日。"

方灼眉峰轻跳，诡异地对接到了他的脑回路，试探地输入"1001"。

顺利解锁了。

好家伙。

好一位爱国青年。

她拿着手机去厕所边的杂物间，确认附近没有老师，对照着字条上的号码拨打过去。

信号忙音响了好几次都无人接听。

方灼猜叶云程现在应该是在回家的路上。他坐公交车出行不大方便，中途转乘还要走二十多分钟的路程,到村口再回家的距离也不近,不知道会不会遇到困难。

各种忧虑的想法乱七八糟地分散开来,电话自动挂断后,方灼又机械性地拨打了第二次。

这次对面倒是接得挺快。

"喂。"

清朗的声音响起来的时候,方灼仿佛浑身被震了下,刚刚还同麻线一样纠缠成团的杂绪瞬间被清空,同时忘记的还有她想说的话。

对面的人很耐心地等了会儿,没有开口,倒是让方灼听到了背景中吵闹的广告声,确认他此刻是在公交车上。

叶云程从漫长的沉默中猜出她的身份,捂住手机问:"方灼吗?"

"是我。"方灼生硬地解释说,"我刚回教室,去校门口的时候你已经走了。"

哪怕隔着手机,叶云程的声音也显得很温柔,低低的,轻缓的,像夏日里适时的一缕风:"哦,对,我想你是不是不方便,高三生挺忙的。"

"其实也没什么不方便。"方灼说,"中午的休息时间是自由的。"

叶云程道:"好。"

方灼吸了口气。

叶云程再次开口,带着点刻意的欣喜,说:"生日快乐。你这么快就长大了,我都没怎么见过你。"

方灼顿了顿,才道:"……谢谢。"

她竟然有点回忆不起上次跟她说这句话的人是谁。或许根本没有。以至于听见这声陌生祝福的时候怔了下神,没察觉出哪里不对。

她曾经无比期待长大成人的这一刻,以为成年人天生就能拥有力量和勇气,能让她重拾起那些被吞咽下去的嚣张跟任性。

越长大才越明白,所谓成年人的盔甲都是用伤痕和教训堆砌起来的,想要的东西只能靠自己。慢慢地,她就忘记了这件事。

当真的迈过成年的这道坎时,她不得不承认还是有些微的触动,然而那触动就跟平静湖面上落下的一滴水差不多。她的世界并没有因此发生太大的变化。

还比不上叶云程的一句话。

叶云程接着说:"其实你下周才过生日,但下周不是中秋节吗?我想你应该会回家。我没什么机会给你送蛋糕,就提前拿给你了。"

方灼说:"我不回去。"

"……啊?"叶云程带着点小心问,"那你们中秋放假吗?"

方灼也被他忽然提起的一口气弄得有点紧张,说:"有三四天假吧?"

"你留在学校吗?放假大家都回去了,多寂寞啊,要不你也离校吧?"叶云程一口气说了出来,"要不你来舅舅家?"

说完之后,叶云程如释重负般地舒出口气,声音里的快乐也变得真诚起来,他继续热情邀请道:"你来舅舅家吧,这里屋子旧了点,但很大的,有很多空房间。"

方灼说:"不打扰吧?"

"不打扰不打扰,你来吧!"叶云程笑着说,"昨天我打扫了一下房间。我屋后面不是有好大一个院子吗?那院子我清理了一半,现在空出来了,都不知道该做些什么。你有什么想法?"

方灼说:"我想想。"

"你随便想,慢慢想。好的好的。"叶云程语无伦次地说,"哦对了!饭盒里有海鲜,你要吃掉啊,不能放太久。还有水果。"

方灼平静地说:"好的。"

叶云程的话匣刚打开,有很多的叮嘱想说,还没来得及理顺,听见了背景中传来的铃声,当即冷静下来。

他问:"铃响了,你们要上课了?"

方灼说:"午休时间到了。班干部会点名。"

叶云程马上说:"那你赶紧回去吧。"

"好。"

要挂断的时候,叶云程还是忍不住多唠叨了一句:"放假记得回来啊。"

回到教室,方灼将手机还给严烈,感觉身上很热,抽出纸巾擦了把汗。

严烈盯着她的脸看了会儿，莫名说了句："开花了？"

方灼不明所以："啊？"

"没什么。"严烈笑道，"难得看你这么高兴。"

方灼没觉得自己表现得多么高兴，抬手摸了下嘴角，也没有在笑。不知道严烈是从哪里看出来的。

严烈按动着手机问："你给谁打电话？"

方灼说："我舅舅。"

"原来是舅舅啊！"

严烈把号码存进通讯录。方灼余光瞥见，他的备注名字打的就是简略的"舅舅"。她茫然了下，心说这不是我舅舅吗？

方灼没有在意严烈的古怪，他这人总是有些奇奇怪怪的笑点。她兀自拆开饭盒，想看看里面有什么。

她已经吃过午饭了，之前又喝了一大杯水，肚子不饿。好在叶云程没给她准备米饭。

第一层饭盒里放了几条小酥鱼，几块红烧排骨，一份土豆丝，还有两个小春卷。她应该能吃完。

赵佳游抓着张单子逛过来，在严烈桌上拍了拍，问道："接力赛还没排好。烈烈你跑第几棒啊？"

严烈将视线从饭盒上收回来，说："随便吧。"

赵佳游低头记录："那我跑第一棒，你负责第四棒吧。"

方灼拆出筷子，闻言插了句："我也报个名。"

"哦？"赵佳游还挺惊喜，觉得方灼第一次如此主动地参加集体活动，值得鼓励，"可以啊！你想报什么？我们的趣味赛还没报满呢。"

方灼语出惊人道："你给我报个3000米吧。"

整个教室都安静了。沈慕思一脸见鬼地转过身，担忧地看着她，怕她是受到了什么刺激。

赵佳游握着笔，怔怔道："……我们学校女生没有3000米，女生只有1500米。"

方灼遗憾地说:"那就 1500 米吧。"

赵佳游没作声,只是将目光转到严烈脸上,朝他发去无声的询问。

方灼莫名道:"你看他做什么?报名的人是我。"

饶是严烈也很是错愕地问了一句:"你……确定? 1500 米,我们的大操场将近四圈。"

这小身板,不会半路栽下去吗?

方灼觉得这些人的怀疑很没有道理,重复了一遍:"我可以,你报吧。"

由于 1500 米本身就没什么女生愿意报,赵佳游见她坚持,就给她填了上去。反正他们班一向不争运动会的名次,到时候不参加也行。

赵佳游统计完,颠颠地跑去找班主任交表格。方灼打开第二个饭盒,发现里头放的是蛋糕。

最上面挤着一层厚厚的奶油,从沉甸甸的手感来看,中间应该夹了不少水果,做得很结实。

现在的天气,蛋糕要是放到晚上,说不定得馊了。方灼正觉得头疼,边上的同桌碰了碰她的手肘。

他什么时候用过这么委婉的搭话方式?

方灼诧异地朝他看去。

严烈单手托着腮,委婉问道:"你今天心情很好吗?"

方灼:"你刚刚不还说我开花了?"

严烈嘿嘿笑道:"那我能问你一个问题吗?"

方灼有些发毛道:"……你说。"

"你喜欢吃蛋糕吗?"

方灼其实不是特别喜欢吃甜食,摇了摇头。

严烈一脸单纯地问:"那你说财神爷是怎么知道我喜欢吃蛋糕的呢?"

方灼:"……"

好的。

懂了。

安排。

她自觉地将蛋糕摆到严烈面前,请他享用。后者一扫懒散,灿烂笑道："谢谢财神爷！"

沈慕思迅猛转过头来，还没来得及开口，就被严烈大手推了回去："没你事，写作业去！"

沈慕思无奈哀叹一声。

奶油上面写了个数字，还画了几根歪歪扭扭的蜡烛，很容易看出是生日蛋糕。

严烈用勺子在边角挖了一口，拉着方灼的衣袖跟她分享："很好吃。"

方灼应道："好。"

"那我切数字了？"

"你吃吧。"

"……"

严烈不管做什么决定，好像都要方灼参与一下。方灼顶着满脑袋问号，也不好说什么，只能在旁边敷衍两句。

偏偏严烈变得啰唆起来，等他吃完，连方灼都知道这蛋糕是个什么味的了。

严烈把饭盒盖回去，方灼要伸手接过的时候，他不知从哪里摸出个打火机来，举到半空，隔着跃动的火光，笑着说了句："生日快乐。"

方灼一口气吹灭了火焰，正想解释一下，身后传来班主任风雨欲来的低吼："严烈！"

严烈赶紧将打火机收回去，可惜晚了，老班提着他的衣领把他拽起来，质问道："你抽烟？"

严烈真诚地说："我没有啊！"

"没有你身上能带打火机？"

老班将人提到教室后面，让沈慕思去搜严烈的身。

沈慕思将他身上的衣兜都翻了出来，最后只找到几张纸币和几个钢镚儿。

"他这种人除了钱什么都没有！"沈慕思沉痛道，"他藏得太深了！"

严烈笑骂道："我去你的！"

班主任没有证据，只能将他放回去，顺势把他的打火机给没收了。她保持着低气压在班里走了一圈，转身回办公室。

没多久她又重新回来，放了本书到方灼桌上，而后行色匆匆地离开。这赫然是本用过的辅导书。

方灼纳闷，翻开内文查阅，发现里面记了些重要的课堂笔记，还有各种经典例题和完整的解题步骤。

方灼是高二才转过来的。以前就读的学校师资跟A中完全不能相比，各种基础和解题技巧更是有较大的断层。

A中的上课进度很快，任务也繁重。老师没有办法为了关照方灼放慢授课进度，方灼也没什么时间回去恶补基础。

就理科来说，她一般习惯用庞大的运算量来弥补技巧上的不足。好在她大脑思路非常快，哪怕没用最优的解题方法，解题速度也不比一般的学生慢。

这本辅导书上的笔记将各种考点都写得很详细，也很清楚，甚至将初中的某些考点也列了出来。

严烈看清封面上的名字，解释说："这是我们上一届的学生，很有名的一匹黑马。高三一年从四百多名跳到前五十名。叫什么呢？浪子回头？"

说罢又补充了一句："但是他成绩不一定有我好，你有什么不知道的可以来问我。"

方灼挺感激的，虽然她理科成绩还行，但一直很难再进一步。

不知道老师怎么找来的东西，对别的学生来说可能用处不大，对她而言就是暗室逢灯。

"我有不会的再问你。"方灼说，"谢谢。"

方灼将饭盒洗干净，放到通风的地方吹干。

虽然粉白的色调跟她往日的审美不大相符，但她还是挺喜欢这两个饭盒的，第二天去打饭的时候也带着它们。

她去食堂的时间一般较晚，只打一个菜，食堂的几个工作人员早就已经认识她。

见她出现，守在窗口的阿姨习惯性地拿过餐盘，往里面扣了很大一勺米饭。

"用这个。"方灼把饭盒递过去,"今天打包。"

阿姨打趣道:"买新饭盒了啊?"

方灼浅笑:"是啊。"

这样的小事情好像也挺令人高兴的。

阿姨特意多舀了些菜到她饭盒里,又说:"我们今天这边有鸡汤,给你打一点?"

方灼点头:"谢谢。"

食堂的座位空了大半,工作人员正在清理桌面。

方灼挑了个干净的位置,刚刚入座,一道阴影跟着在她对面坐下。

方灼本来以为是白鹭飞阴魂不散,定睛一看才发现是严烈,刚刚皱起的眉头舒展了下,狐疑问道:"你做什么?"

严烈扫了眼方灼的饭盒,米饭上面只有一道清汤寡水的炒白菜。

他将大碗放下,说得义正词严:"吃自己碗里的,想别人锅里的呀。昨天你跟我分享蛋糕,今天我跟你分享午饭。"

方灼想说不用,严烈的动作却很快,直接从她饭盒中扒了一大半米饭到自己这边,又将自己的炒面分了一半过去。

因为两人来得较晚,饭菜已经有些凉了。但严烈的面是现炒的,还冒着白烟。他额外加了肉和鸡蛋,看着很是诱人。

方灼张口欲言,严烈先行抢断道:"吃肉才能长得快,你瘦得一阵风都能吹跑了,还想跑 1500 米?你是要做风筝啊?"

他用筷子将面拨开,低头扒了两口米饭。因为米饭偏凉,刚开始没尝出味道,等吃到鲜味,动作顿住,惊奇地说:"你的饭还挺好吃的!"

方灼:"……"

她的鸡汤泡饭。

两人吃完饭,收拾好餐盘,一起回教室。

严烈脚步轻快地走在方灼边上,终于找到机会开口问道:"你上周为什么没住在你舅舅家?"

方灼也不知道该怎么回答才能显得不那么愚蠢,只好假装没有听见,默默别过了头。

严烈单手轻搭在她肩膀上,失笑道:"你这装傻也太不高明了吧?"

俩人一前一后走进教室。

严烈拉开椅子准备坐下,才看见桌子角落摆了个包装精致的蛋糕盒,书本下还压了张便笺,隐晦地露出一个角。

方灼粗粗扫见,没看清上面写的是什么,便笺已经被严烈撕了下来。她淡淡收回视线,拿出清洁剂去水池边清洗饭盒。

等她回来的时候,严烈的桌上已经空了,他站在窗台边上跟人聊天,神色自然,仿佛无事发生。

下午第一节课是数学,授课老师是个发型即将趋向地中海的中年男性。

午休刚结束,他就夹着试卷匆匆走进来,随手将卷子交给前排的学生让他们帮忙分发,握着鼠标调出课件。

过了几分钟,他终于看见讲台边上的小礼物,当即笑了出来,端起蛋糕盒问:"这谁送给我的?无缘无故为什么给我送蛋糕?做了什么错事现在举手说好吗?不要搞这个形式,你们这样我很慌的!"

学生们抬起头,还没从困意中清醒,俱是神色恹恹。

数学老师拎着盒子转了一圈,从背面撕下一张剪成心形的纸,边笑边念道:"高三(一)班全体同学送给最尊敬的老师……这字迹,烈烈是吧?抬头都没有的,是送给我的吗?"

严烈拍手道:"辛苦老师了!"

一帮男生跟着鼓掌起哄。

"真送给我啊?"数学老师深觉有诈,怀疑地说,"你们这是无事献殷勤啊。"

严烈说:"因为你甜嘛!"

众人哄笑。数学老师跟着失笑。

琢磨了一阵后,他很在意地问:"只有我有还是别的老师都有?"

严烈说:"只有你有。我只有一盒。"

"那行。"老师将蛋糕珍重地放到边上,搓着手说,"既然你们对我这么好，我也得回报一下你们是不是？中秋假期给你们少布置一点作业。"

"好——！"

众人彻底精神了，瞪着眼睛惊喜大叫。

"把刚刚发到手的试卷拿出来。"数学老师说，"填空题最后一道题不用做，最后面那个大题的第三小问也不用做。"

众人仔细一看，发现这份外省的高考卷跟他们考点不同，圈出来的两题根本就不在他们的复习范围。

察觉被骗，教室里顿时又响起一阵嘘声。

"上课了上课了！"讲台上那人板起脸，不屑哼了声，"高三了还想偷懒，还想贿赂我。长得美就算了，想得还挺美！"

"噢——"

众人抱住头，发出一阵略带复杂的叹息，觉得既熨帖又肉麻，刚还在吵闹的怨气倒是被彻底抚平下去。

魏熙举起手道："老师别说了，我们写！答应我，以后少刷点网络段子好吗？"

方灼折起卷子，在正面写下自己的大名，察觉到边上那道视线一直若有若无地落在自己身上，写完最后一笔时忍不住转过脸去，朝他挑了挑眉，问道："你偷看我做什么？"

她本来以为这人多少会觉得有些尴尬，结果严烈只是放下环胸的双手，带着种让人讨厌不起来的坦率，直白又真诚地笑道："你笑起来的时候很好看啊。"

方灼细思了两秒，都没想到要怎么接这句话。对面这人似乎总是能让她的语言系统出现混乱。她理不出头绪，最后只轻飘飘地瞥了他一眼，将注意力拉回到练习册上。

那一眼却叫严烈的肆无忌惮收敛了点，心头像被一场小雨冲刷过一样，他也正色地拿过书本听老师讲课。

临近假期，虽然只放三天半，学生状态还是变得有些浮躁。

各科卷子已经发下来了，按照作业量来算，基本没给学生留多少空闲。方灼抽空做了几张，怕去叶云程家后没有时间。

周五越来越近，方灼也变得有些紧张。主要是她跟叶云程并不相熟，上次走得突然，以为不会再见面了，这回不知道该用什么样的态度去对待。

她一面觉得，快要高考了，自己不应该在这种事情上耗费太多的心神。叶云程也许跟方逸明一样，对她只有一点敷衍的关爱。要说深厚，没有相处过的两个人怎么会有深厚的情谊？何况他们连血缘也不是最亲近的。

可一面又忍不住内心深处那点绵绵密密的痒，把叶云程幻想成一个很好很好的人。孤独而相似的人总是会忍不住想要靠近，跟灯光下环绕的飞蛾一样，哪怕是将冷火当成炙阳。

方灼拿了一个破矿泉水瓶在窗台边上给盆栽浇水，静静看着闪着碎光的水花落在叶片上，化作圆滚滚的水滴向下滑落，杂念飘到了千百里远。

严烈靠过来，石头一样地在边上杵了会儿，说道："原来这些花平时是你浇的。"

方灼没注意，冷不丁被他吓得打了个哆嗦，立起瓶身问："不然是谁？"

严烈用手拨弄了下叶子，说："没关注。就知道班里的盆栽一盆盆多了起来，还以为是谁带来的。"

这些盆栽大部分是多肉，用一些挖过孔的废弃塑料瓶装着。从最初的一株慢慢到现在十几个，被无名的花农放在角落悄悄晒太阳，现在已经茁壮起来。

方灼说："我捡的。"

"花都能捡？"严烈揶揄道，"花好好在土里栽着你做好人好事给它捡回来了是吧？"

方灼气道："真的是我捡的！"

严烈不知道采路边的野花和捡路边的野花有多大的区别，见她在意，伸手在她头上揉了一把，趁她反抗前快速收了回来，笑道："知道啦，你捡的。"

方灼晃了晃头。

这爪子怕不是痒得很。

"你中秋去哪儿?"严烈转了个身,背靠在窗台上,余光窥觑着她,说,"我家里没人,我在想我要不要住校。"

方灼说:"我回家。"

严烈抿了下唇,说:"去你舅舅家?"

方灼:"嗯。"

严烈拖着长音"哦……"了一声。

这声音激得方灼忍不住又往他脸上扫了一眼,不知道他今天是犯什么怪。

"你有事吗?"

"没有。"

严烈虽然这样讲,却将手揣进兜里,满脸心情不大好地走开了。

周五上完早上的课学生们就可以回家了,方灼没什么要带的东西,只有作业和习题。

她背上自己的黑色书包,严烈已经在门口等着了,说送她去车站。

方灼将自己千思万想后的决定告诉他:"谢谢你,但是今天我还要先去别的地方买点东西。"

严烈问:"去哪儿?"

方灼:"菜市场。"

严烈以为自己听错了:"啊?"

他读了那么多年书,从没遇见过哪个同学放假回家,是带菜的。

他脑海中冒出段耳熟能详的旋律来。

"左手一只鸡,右手一只鸭?"

"嗯。"方灼认真点头,"我是这么想的。能借你的导航再查一下吗?"

严烈以为她是开玩笑的,然而当她真的在菜市场门口停下的时候,他才知道是自己太年轻了。

小摊上卖的是小鸡仔,一只只黄澄澄的雏鸡挤在一个大篮子里,热闹地叫着,看着有活力又可爱。

方灼问清楚价格，蹲下身开始挑选。

"你在帮家里做事啊？"严烈第一次见到这阵仗，饶有兴趣地问，"这么小的鸡，真的养得活吗？"

方灼抓起一只捧在手里看，回道："能的。"

"你找什么？养鸡也看脸吗？"严烈的目光从众多毛茸茸的脑袋上飘过，倏地发现一只梦中情鸡，抓起来往方灼眼前凑去，"我觉得这只好。你看，它头上的毛好少，小小年纪就秃了，多有特色啊！"

方灼："……"

她抬头淡淡扫了眼自己的同桌，很想装作不认识这人。对面的大叔忍俊不禁道："这是刚刚被一个客人给薅秃了，放心吧，这鸡没病的。"

方灼接过看了眼，实在无法与这只丑小鸡产生任何的电波，还回去说："我要母鸡。"

大叔遗憾道："没有了。草鸡只剩下三四只。"

严烈问："公鸡不行吗？"

方灼："母鸡能下蛋。"

严烈说："公鸡还能打鸣呢。"

"说得好像这年头谁没个闹钟似的。"方灼气道，"哥，你别捣乱了！"

严烈被她叫得愣了下，真的乖乖蹲在一旁不说话了。

他用指腹摩挲着小鸡的头，看着它努力扑腾着翅膀想从自己的手心逃脱，可是连叫声和力量都是那么势弱，只有一双漆黑如豆的眼睛烁然明亮，像在竭力证明自己不肯屈服的生命力。

严烈又碰了碰方灼，好声商量道："哥出钱，我们养它好吗？"

方灼见他真的执着，无奈告诉他残酷的真相："这是肉鸡，我养大杀来吃的。"

严烈打了个哆嗦。

大叔在一旁煽风点火："别人家买走也是做肉鸡。"

严烈问："不能做宠物吗？"

方灼："？？"

方灼觉得自己脑子里就是一团被猫挠乱了的毛线团。而那只猫明知道自己是要无理取闹，还乖巧地揣着手，用无辜透彻的眼睛请求地望着她。

方灼暗自纠结了会儿，端过自己的小纸盒，把严烈选中的秃头鸡崽放了进去。

男生高兴了，笑道："谢谢灼灼。"

方灼最后一共挑了八只，想下次有草鸡的时候再买一点。选完鸡后又去隔壁的店铺买了一袋最便宜的米，带回去用来喂鸡。

两人搬着东西出了菜市场。严烈将米绑在自行车后座上，步行推着去往公交车站。

到了车站，他将车锁在附近的一个栏杆上，帮方灼将米提上公交车。待车门合起，严烈还站在方灼对面，脚边摆着那袋十公斤的大米。

方灼瞪着眼睛，和严烈面面相觑。

严烈理所当然地道："这么沉的东西你一个女生怎么带着步行？反正我没事，送佛送到西呗，给你拉到转乘的大桥下。"

人已经上来了，方灼也不好说什么。而且她毫不怀疑，自己要是这时候说一句"不用"，这人马上就能接一句"卸磨杀驴"，或者别的奇怪指控出来。

她抓紧上方的扶手，轻声说道："谢谢。"

等方灼带着她的小白工到大桥下时，已经是傍晚了。

今天的彩霞一点都不艳丽，太阳下沉之后只在边界处留下了一层灰蒙蒙的白雾。乌云飘在淡墨的远山之上，像是画家在醉意蒙眬中，泼下的极为潦草的一笔。

"等你到家估计天黑了，手电筒给你。"严烈翻自己的包，"你带那么多东西，还是给你舅舅打个电话，让他过来接你吧。"

方灼摇头，赶紧说："我自己可以，别麻烦他。"

严烈眉头轻皱，没有勉强，只是将手电筒塞进她书包的小格子里，说："我放这儿了啊，你注意安全。你……"

他想说到家给自己打个电话，但一是方灼没有手机，二是两人关系还没到那地步，话就止住了。他抬起头，见方灼还一副认真聆听的样子，打算补上后面的半截，正巧面包车从前面驶来，打断了他的思绪。

严烈赶紧伸手拦了下，提醒道："车来了。"

方灼上了车，坐到靠窗的位置，隔着灰扑扑的玻璃车窗和路边的人对视。

严烈注意到她的视线，抬起手，在阴沉的光色中跟她挥了挥。

那张带着笑容的英俊面庞随着启动的车辆不断模糊远去。方灼贴近车窗，努力朝外张望。一句"早点回家"含在嘴里老半天，等人影彻底消逝，也没有找到机会说出口。

车辆颠簸中，太阳的最后一丝光色也被黑夜吞噬。

零星的灯火从窗外掠过，城市的喧嚣彻底被乡间的宁静洗去。

司机喊了声，将车停在村口的位置。

方灼单手抱起纸箱，另外一只手去提米袋，笨拙地将东西带下了车。

这个村庄她只来过一次，但记得道路非常简单。直行，在一片水田的尽头右拐，再直行一段，就差不多到了。

分明是那么简单的路程，黑夜跟白天却完全变成了两个世界。

在那条漫无边际的道路上，方灼越走越觉得陌生，最后不得不承认自己迷路了。

昏沉的黑暗笼罩过来，犹如一张巨大的黑布遮蔽了她的视线。熟悉的窒息感开始在她胸口盘旋，哪怕用力呼吸也无法压下，让她有一瞬间想要掉头回去。

她不怎么怕黑，但是她十分害怕在夜里迷路。夜晚会让地图变成一个迷宫，她讨厌不断重复的错误路径，让她想起小时候困在山里找不到下山的路，仿佛被世界遗弃，直到清晨才循着光回家的经历。

她转了两圈，试图确认方向。怀里抱着的几只小鸡崽因为纸箱倾斜开始仰着脖子鸣叫，稚嫩的声音刺破寂静，成了夜色里最具人情味的响动，也让方灼充血的大脑一瞬间冷静下来。

她蹲下身，把箱子放下，从书包后面摸出手电筒，对着马路两侧和前方照明。

还没有看见水田，说明她应该没有走错。

光线正在扫射，一片蝉鸣声中隐隐传来车轮滚动的杂音，随即远处有人喊了声："方灼！"

方灼放缓呼吸，等了片刻，终于看见前面有个人影深一脚浅一脚地朝自己走近。

方灼感觉自己变成了一只泡在温水里的青蛙，四肢和大脑都被升温的水给麻痹了。

叶云程见到灯光，知道是她，有些激动，还是克制地说："我以为你不来了，天黑你还没到，我就先回去了，怎么来得那么晚？"

方灼没有出声，站起来提了下书包的背带，将手电筒的光线朝地面照去。

叶云程说："这边隔老远才有一个路灯，早几个月就坏了，你看得见吗？这路一个人走着害怕吧？"

方灼吞咽了下，过两秒才道："没有。"

叶云程走近了，伸手接过她的手电筒，不经意碰到她的指尖，触手发现是一片冰凉，当她已吓得精神恍惚，只是嘴上强撑，没拆穿她的话。

他把手电筒挂到推车的扶手上，柔声道："你同学给我打电话，问我你到家了没有，我才知道你来了。是我的问题，没跟你确认时间。我也疏漏了。"

方灼的眼珠转了转，身体从麻木中舒缓过来，说："啊……严烈？"

叶云程听见了小鸡的叫声，蹲下身往地上看去，笑说："你买鸡了？想在院子里养鸡啊？"

方灼点头道："嗯。"

"挺好的。还能下蛋。"叶云程单手将箱子拎起来，又说，"来，包给我。放推车上去。"

方灼将书包放下来，那一瞬间感觉背上的重量骤减，整个人都轻松了起来。

叶云程试着拎了下，发现书包里装满了书，少说也有十来斤重。后头还有袋二十斤的大米。

他捏了捏方灼的手臂，不知道她这细小的胳膊是怎么把东西搬运过来的，心疼道："你下次来，告诉我时间，我在村口等你。"

方灼说："没事。"

"别跟我客气，这点路不累。"叶云程酝酿了会儿，说，"我想来接你，都是一家人。"

半晌，方灼低沉地应了声："嗯。"

叶云程来接后，前面的就没那么远了。

方灼推着车跟在后面，感觉只是发了会儿呆，就到了屋前。

叶云程推开大灯，照亮里头的家具。

与先前的杂乱陈旧不同，房间好好打扫过一遍。窗帘换了一套淡蓝色的，桌椅重新摆放了位置，配上高瓦数的白炽灯，看着窗明几净，整洁明亮。

空气里也没了潮湿的霉味，反倒带着一股淡淡的桂花香。方灼怀疑叶云程喷香水了。

这个发现让方灼震了下，朝男人身上窥探了两眼，也是这时才发现，他今天特意穿了身笔挺的新衣服，修剪了过长的头发，不像上回一样不修边幅，气色也健康了许多。

简直可以说是判若两人。

光线照亮彼此的脸，叶云程察觉到方灼在似有似无地打量自己，有些局促，拄着拐杖过去掀开桌上的纱盖，招呼道："吃晚饭了吗？现在饿了吧？我也不知道你喜欢吃什么，随便做了几道菜。你去洗手，我现在去给你热饭。"

桌上的菜已经凉了，但摆盘精致完整，显然叶云程一直在等她，还没有吃饭。见她站着不动，伸手轻推了一把，催促道："快去呀，厕所在那边。"

方灼身上没有手表，不知道现在是几点，大致推算应该是在8点以后。

每一个细节，都带着她全然陌生的感知，化成一簇簇小浪花，在她胸腔内反复扑打。粗糙起伏的沙滩被水浸湿之后，抹去了所有的褶皱斜纹，逐渐变得平滑。

她站在厕所镜子的前面，相隔半米远的镜面里正倒映着她茫然无措的脸，动作跟意识都变得迟钝缓慢。直到她用力眨了眨眼睛，才将里面的人和自己联系起来。

她弯腰用水冲洗了下脸，屏住呼吸，任由冰凉的液体带走皮肤上灼热的温度。

叶云程的关心跟方逸明的不一样，细腻温柔又真诚。

他盛出来的关怀太多，恨不得全部掏给她看。可是方灼的瓶子只能装二两，再多的她没见识过，怕把它溢出去，也怕欠了他的感情，对不起他的关心。

肺部开始出现膨胀的感觉，方灼关掉水，抬起头用力喘息，重新看向镜中人。

她才想起自己的毛巾忘记拿进来了，从边上扯了张纸，将水渍擦干净，再把额头两侧打湿的头发梳理整齐，抚到鬓边。

等她慢吞吞地走出厕所，桌上的菜已经开始冒热气。

叶云程摆好碗筷，半靠在墙上给她盛汤。

"豆腐鲫鱼汤，补补脑。"叶云程的手有些抖，因此说话的时候也不敢分神，"不喜欢喝也要喝一点，你看你太瘦了。"

方灼将小碗接过放到桌上，想去扶他的时候，他已经拄着拐杖后退了一步，拉出椅子坐下。

两人的嘴跟封上了似的，再多的声音滚到喉咙边全部变成了单字，全是"坐""吃""来"之类的。

饭菜很丰盛。有鱼有肉有菜，中间还有一个小蛋糕。

那蛋糕的外观奇形怪状的，大概是没有合适的模具，奶油也涂抹得很凌乱，但能看出制作者的用心。

方灼想说不要花那么多的钱，但看着叶云程满脸期待的表情，忍下了，只问道："你自己做的蛋糕吗？"

"对。不过是蒸的不是烤的。"叶云程扯着嘴角，羞赧笑道，"虽然不好看，但味道还可以。我也做过一些给学校送过，他们都说还行。"

方灼扫向角落里整齐排列的书籍，又问："你喜欢看书吗？"

061

"看的，反正我也没什么事做。不过都是乱七八糟的书，别人送什么书我就看什么。"叶云程说，"有些书也不好看。"

方灼喝了口汤，称赞道："很好喝。"

"那就好。"

叶云程捧着碗，盯着她灿灿地笑。

目光沉静，眼神悠远，淡褐色的瞳孔逐渐泛出些盈盈的光色。

方灼避开视线，埋头吃饭。

她确实很饿，加上两人一时找不到什么话题，除了吃她不知道还能怎么掩饰尴尬，一个没留神就吃撑了。

结束这顿安静的晚饭后，方灼起来收拾餐桌。叶云程拦了下，没挡住她，只好任由她去。

等方灼洗完碗回来的时候，叶云程已经在里面的卧室给她铺好床铺。

他弯着腰，单手撑在床头，用不大自然的姿势扯平床单边角，回头对方灼说："你今晚住这间吧，被子是新的，晒过了。灯的开关是这条绳子，要拉一下。"

方灼点头表示回应，转身环视四周。

这个房间里摆放了不少老旧的木制家具，靠墙有一个深色的梳妆台，还有一些别的小摆件，都是女生会喜欢的东西。

家里只有叶云程一个人，他是男性，似乎没有类似的喜好。那么这个房间……

叶云程观察她的表情，猜到她的想法，勉强笑了下，解释说："这是你妈妈的房间。她的东西一直就这么放着。"

方灼的睫毛不自然地颤了颤，随后睁大眼睛看着他。

叶云程却没有细说的打算，生硬转了话题道："厕所的水应该烧好了，你先去洗个澡。我就住在隔壁房间，有事喊一声就能听见。"

他叮嘱完，拿过一旁的拐杖准备出去。刚迈出大门，口袋里的手机响了起来。他摸出来查看，转身回来，递给方灼道："要不要跟你的同学说一声？他挺担心你的。"

方灼顺势接过，从亮着的屏幕中看见一条询问的信息。

这手机也是智能机，但屏幕外的玻璃已经摔碎了，反应也不是很灵敏。

方灼给陌生号码存了个名字，再朝对面发去一条短信。

方灼：我到家了。

对方几乎是掐秒回复了一句。

严烈：我也到家了。

方灼想了想，又发了一条：我吃完饭了。

严烈：我也吃完了。

方灼第一次跟人发短信，苦思冥想后，艰难憋出一条。

方灼：哦。那晚安。

严烈：……

听说一条短信值一毛钱，严烈已经花了她三毛，六个点还不值得她回复。

方灼心说，交朋友太贵了。

叶云程一直在观察她的表情，见她放下手机，饶有兴趣地问了句："他是你男朋友吗？"

方灼愣了下，惊道："怎么可能？他是我同桌。"

"哦。"叶云程说，"你和你同学的关系真好。"

这话听起来总觉得怪怪的，方灼也没往深处琢磨，顺着夸了一句："他人挺好的。今天送我去的车站。"

叶云程本来要走了，闻言又停下来，奇怪道："他不回家吗？"

方灼不确定地说："他家里没人吧。"

叶云程："中秋节也一个人在家？"

"是啊。"

叶云程顿了顿，问道："那你怎么不邀请他来家里玩呢？"

方灼眉头皱起，视线轻斜，一番愁眉苦思之后，抽了口气，露出很是震惊的神色。

她从来没有邀请过别的同学到自己家，因为她在家里从来没有决定权，跟同学的关系也不好，以至于这个问题根本不在她的考虑范围之内。

现在回想一下严烈之前的种种表现、暗示，方灼脑海中那条断开的电路终于连通起来。

他是不是想跟自己一起过节来着？

叶云程问："怎么了？"

方灼头上的灯泡只亮了一秒就熄灭了。

算了。

住不下，没被子。

还要叶云程整理房间。

她摇头道："没什么。"

大概是真的疲惫，方灼洗完澡之后就感到无比困顿，忘记了自己原先的计划，一躺到床上就睡着了。

柔软的被褥上还带着阳光的味道，方灼在舒适的包裹中陷入了冗长而明媚的梦境。

她梦见自己变成了一片没有风浪的大海。

这一天，广阔平静的海面上忽然驶来一艘巨船，吹着号角，飘着旌旗，拼命地彰显着自己的存在。

水手严烈站在船头，振臂朝她挥舞。而船长是叶云程，正手握着方向盘，在汪洋的大海中漂荡。

天空一碧如洗，晴朗得没有一丝杂色。

叶云程摘下遮阳帽，靠在围栏边，一把撒下渔网，跟严烈合力往上拉扯。

"捕到好东西啦！"严烈高兴地叫，"我把太阳捞上来啦！"

网浮出水面，里面的东西却化作金黄色的光芒散了出去，随着水波快速荡漾开来，在波光粼粼的水面上绽放成一朵朵瑰丽的花。

严烈张开手臂大喊："是桂花味的！方灼你快来！"

就是这一声，让方灼猛地清醒，为自己这场光怪陆离的梦境流下一道冷汗。

……都是什么玩意儿啊？

此时外面的天色已经亮了，方灼坐在床上定了定神。等阳光转了个角度，从窗口照射进来，打在她的床头，她才掀开被子起床。

隔壁还没有动静，不知道人醒了没有。方灼蹑手蹑脚地在屋里走动，想探寻一些关于母亲的过去。

衣柜里有衣服，木柜里有杂物，果然跟叶云程说的一样，大部分的地方都带着屋主生活过的痕迹。

她停步在窗前。

靠窗的书桌上留有小刀的划痕，凹陷进去的刻印连成两个手牵手的简笔小人，头顶上歪歪扭扭地写着他们的名字。

因为"叶曜灵"的"曜"字太难写，还是用的拼音。

方灼的手指在桌面上摩挲了一遍，感觉这幼稚的笔触异常鲜活。她微微弯下腰，拉开下方的抽屉。

抽屉里都是一些用过的铅笔笔头，底下是发黄的作业册，很是杂乱地摆放着，表面已经落了一层灰。

方灼顺手整理了下，在最下方找到一本被涂乱了封面的笔记本。她好奇翻开，看见几行一笔一画认真书写却仍旧有些歪斜的字体。

"讨厌黄色的笔袋，想要双层的盒子。我明明说过好多好多次！"

"想要水彩笔。没有钱买。"

"妈妈又拿我的钱买菜，讨厌！"

"弟弟打架被揍了，太笨了。"

"我做了两千多个纽扣，为什么没有工钱！再也不相信妈妈了！"

"买冰棍，七个小矮人，分了云云三根。他吃得脏兮兮的。"

方灼笑了出来，转过身，半靠着桌面继续翻阅。

你几乎能想象到，一个女生咬着笔头，坐在通亮的书桌前，悄悄记着各种天真的烦恼。

可是到了后面就变了。

方灼的眼神暗了下去。

纸张上布满了各种杂乱不堪又毫无意义的线条，用以记录主人无处宣泄的暴躁。

中间被撕了几页，方灼举高本子，从下一页纸张的印痕里勉强认出几个字，都是阴沉而负面的内容。写得很用力，哪怕隔了几十年还清晰地保留着。大抵是"我活该""为什么""不如去死"之类的词。

这样的状况维持了一段时间，叶曜灵开始变得沉稳，笔记上只用来记录账目。

各种零碎的，一毛、两毛，后面多了起来，但也就几块。

她在攒钱。

"我要走了，再也不回来。"

最后的一行字冷冰冰的，页脚有被打湿了的痕迹。

方灼犹豫着，又往后翻了几页。

发黄的纸张上，黑色的水笔，用成熟的字迹清楚地写着：

"宁愿我没有生过这个孩子。"

方灼的脑子像被重锤狠狠一击，心跳猛地加速，她不敢再往下多看一个字，迅速站了起来，注视着野花繁茂的窗外。在那骤然加快的血液流动中，她的世界变得一片空白，然后淅淅沥沥地淌下雨来。

她回了这个说再也不回来的地方，却只留下了这样的一句话。

所以呢？

她短暂的一生，前半生凄苦，后半生懊悔吗？

再后面的内容方灼没有看下去了，她用力合上笔记本，将它放回到原位。

她不知道后面是不是还有关于自己的笔记，即便有，想必也不是什么善良的话。

按照她的名字，她应该是个很炙热的人。

可是她的世界经常出现雨季，好像哪里都很冰凉。

要说为什么，或许从很早以前就注定了。

她的母亲叫叶曜灵，曜灵是太阳的意思。太阳早早陨落了，花草又怎么能长出叶子？

方灼在桌前坐了半晌，交握着双手怔怔出神。她觉得自己应该要做点什么，便从书包里翻出一件夹克外套穿上，揣着衣兜走出房间。

昨天的那窝小鸡还装在纸盒里，摆在墙角，现在正安静。

方灼给它们倒了点水，又放了点昨天晚上的剩饭，扒了片青菜最外面的菜叶，撕碎了放进去。

鸡长大以后是很能吃的。到时候可以去捡点地里的菜叶子，用粥或剩饭拌点麦麸跟米糠给它们吃。

但是麦麸和米糠不能多加，会影响鸡下蛋。

给它们安排好后，方灼转身去了鸡圈。

鸡圈还没有整理，以叶云程的手脚的确不大方便。里面好些石头杂乱地堆砌着，各处都是杂草。

方灼卷起衣袖和裤腿，先将里面的垃圾大致清理出去，把不平整的石头摆放到墙边，尽量腾出一块空地。再把杂草给拔了。

一个小院子有二十多平方米，看着不大，但因为长久荒废，要整理干净很不容易。

方灼弯着腰，等回过神来的时候，日头已经变得毒辣。她汗流浃背，腰腹发酸，没有防护的双手满是泥渍，火辣辣地疼。

"方灼。"

叶云程站在院口，身后跟了个男人，两人都惊讶地看着她。

"我以为你还在睡觉呢，你怎么起得那么早？"

方灼丢下手里的草，搓了搓掌心。

"这是刘叔，搞扶贫工作的。"叶云程介绍说，"今天中秋，他送了月饼和礼物，你快过来吃早饭。"

虽然是叫刘叔，但男人长了一张娃娃脸，看着挺显年轻，让人辨不清他年龄多少。

方灼朝他点了点头，他也笑着回应了一下，看起来是个很憨厚和善的人。

叶云程煮了粥，盛到桌上来，又把送来的月饼切了。

方灼一看是五仁月饼，不大喜欢，摇头婉拒，就着昨天的小菜快速扒拉了两口。

刘叔跟叶云程似乎挺熟，跟他坐在一起闲聊，说起村里有个被逮回来上课的女生考上大专了，现在正准备帮她咨询贫困补助。说着瞄了方灼一眼。

那眼神中的意味太过明显，方灼放下碗，默默与他对视。

叶云程骄傲地笑说："灼灼她是Ａ中的学生。"

刘叔当即展颜道："Ａ中很好啊！上好大学肯定没问题。你有什么理想院校吗？"

方灼摇头。

叶云程趁他们说话，拿过一旁干净的筷子，不停往方灼碗里夹肉夹菜。

刘叔推荐说："有兴趣的话可以试试Ａ大，我的母校。老师跟校风都很好。"

正在阻止叶云程投喂的方灼顿了下，闻言多看了他两眼。

叶云程笑道："你刘叔成绩很好的，当年考乡镇公务员的分数比第二名高了几十分。他是本地人，就是想留在村里多建设几年。你有什么问题其实可以问他。"

刘叔挠挠头发，不好意思道："我也毕业好几年了，说不准。等我整理一下资料给你。"

方灼吃饭的速度很快，也是因为她是饭桌上唯一一个在专心吃饭的人。叶云程的碗还是满的，方灼已经端着碗起身了。

叶云程赶紧说："锅里还有。"

方灼把碗筷放到水槽里，回道："我吃饱了。"

叶云程见她又要往外走，说："你别弄了，晚点我去帮你。"

"我快弄好了。"方灼说，"我顺便去洗个衣服。"

方灼回到院子，又想起来应该去问问叶云程有没有厚手套。走到门前，听见里面传来故意压低了的谈话声。

她靠到墙后，听着两人还没结束的对话。

"叶哥，我说句话你可能不乐意听，我知道你自己有想法，但是你……你……"刘叔低声劝告说，"你这个样子，照顾得好一个高三生吗？我之前让你……"

"拜托了侨鸿。"

叶云程打断了他。声音淡淡的，偏偏略微的沙哑暴露了暗藏着的汹涌情绪。

他低垂着头，抬手盖住那双惆怅哀伤的眼睛。

"我不想再看见她一副无家可归的样子。"

他落寞地站在那里，眼神空洞得好像什么都没有，又好像再多问两句，就要哭出来了。

他明白的，那种感觉。胸腔里压了太多的情绪，心脏变成了一个浊浪翻滚的旋涡，高速的水流凝成一把刀，一动心神就会被冰冷割伤。

"她一定是来救我的。"叶云程说。

她太需要家人了，自己也是。他就是这样，那么多年，几乎溺毙在无边的孤寂里。

屋里屋外都是一阵无声的岑寂。

方灼心道。他们是孤海里的一艘船，也都是落水的人。

她不会再害怕了。

没多久，叶云程送刘侨鸿出来。

他挂着拐杖走下门口的石阶，邀请道："晚上过来吃饭吗？我让灼灼去买只鸡。中秋节呢。"

刘侨鸿叹道："可忙可忙了，过两天又有领导过来巡查。"

叶云程只好笑了笑，没再挽留，待人影消失，转道去院子帮忙。

叶云程不知道从哪里找了几块木板，敲敲打打，拼成一个鸡窝。顶上铺上黑布，边上再用石头加固，放到小院里正合适。

等他们将院子整理完毕，已经是傍晚了。

叶云程其实想说，没有哪家的鸡窝是打扫得那么干净的。毕竟鸡的吃喝拉撒都在里面，过不久肯定又要变得脏乱。

但见到完工的成果，还是觉得非常欣慰，心里满满当当的，感觉老屋终于又热闹了起来。

方灼炯炯有神地盯着中间那块空地，说："到时候运点土来，中间可以种菜。"

叶云程失笑道："好，那就种菜。"

他忍不住问了句："你是不是很喜欢玩农场游戏？"

"农场？"方灼惊讶道，"还能玩游戏？"

她想起别人说过的一个词，问："蹦迪吗？"

叶云程："？"

"没什么。"叶云程拉着她到水池边，让她赶紧洗一下手，"是不是浪费你时间了？你看你累一天了。"

方灼冲着水，说："没事。"

叶云程遗憾道："你看你都没时间写作业了。"

方灼："……"

叶云程对着小院拍了几张照，感慨道："真好，灼灼今年跟舅舅一起过中秋节。"

方灼静静听着，仰头看向清澈的月色，忽然间想到什么。

叶云程准备进去做饭的时候，方灼问了句："手机能借我一下吗？"

"可以啊。"叶云程把手机递给她，"回屋里玩，外面有蚊子。"

方灼应了声，调出严烈的名字，在编辑框中打了一句"中秋快乐"。还没发出去，觉得挺乏味的，又给删掉了。

她握着手机，转了两圈，想拍张照片发过去，但是不会用这手机的彩信功能。而且听说发彩信挺贵的。

于是她给严烈发了张薛定谔的图片。

方灼：这个月亮眼熟吗？

严烈正在看电视，等了会儿没收到图片，满头雾水。

严烈：不会是我头顶上的这个吧？

方灼：不知道。

严烈：那也太巧了吧！

方灼没了回音。

严烈不信邪了，这人怎么这样啊？！

严烈：你什么时候回学校？

严烈：为什么忽然邀请我看月亮？今天的月色是很好看。

严烈：两天不见同桌是不是怪不习惯的？

方灼回到明亮的屋里了，瞥见最后一条，鬼使神差地打下一句：没有。我昨天还在梦里看见你了。

严烈差点从沙发上跳起来，对着这句话看了好几遍，不知道自己该不该多想，反正是有那么一点飘飘然的雀跃。

严烈：谢谢你，还有闲心梦见我。我有没有权力知道我在你的梦里做了些什么事情？

严烈：不好的话我还可以反省一下。

方灼：养鸡大户。

严烈：那岂不是很赚钱？

对话又没有了后续。

对方像是个突然断电的机器人，消失得很没有道理。严烈等了十分钟，只能无奈接受这个事实。翻出日历看了下返校日期，长吁口气，后仰倒在沙发上。

还有一天半。

方灼放下手机，跑去给叶云程打下手。

厨房很宽敞，只不过老式厨房用的还是灶台，装煤气的地方反而有些狭小。方灼一过去，叶云程就有些转不开身。

两人不大默契地忙活了两个小时，才将晚饭搞定。方灼把桌椅搬到电视的前面，将声音开大，听晚会里的歌曲。

这是方灼第一个正经过的节日，虽然高兴，却也觉得很是胆战心惊。怕自己多来几次，就会吃空叶云程多年的积蓄。

叶云程见她眼神没什么焦距地落在电视上，连吃饭也心不在焉，似乎很是忧愁地思考着开口的措辞，拍了拍她消瘦的肩膀，示意她把椅子拉近，笑道："你是怕舅舅没钱吗？舅舅有钱。舅舅不是还给你寄过吗？"

方灼："我知道。"

她知道叶云程存了一笔钱，就是因为知道他是怎么攒的，才不忍心花他的钱。

方灼过过苦日子。小时候国家对农村困难户的补贴还没有那么大的力度。奶奶没有高龄补贴，也没有失地保险，因此没有稳定的收入。方逸明不是个孝顺的人，十几年里只回来过两次，坐了不到半天就走了，想必不会给她们太多金钱上的帮助。因此她们很长一段时间都过着极为贫困的日子。

贫困就是感受不到社会的进步、科技的发展，能注意到的只有面前的一碗饭。有饭吃了，能吃饱了，然后才有睁开眼睛看世界的力气。即便那力气只是十分微小的挣扎而已。

方灼不忍心看叶云程省吃俭用、勒紧裤腰带来供养她，也不喜欢这样。

她太讨厌拖累别人的感觉。

叶云程忽然道："我以前去看过你。"

方灼好奇地望过去。

叶云程笑了一下，歪过头，面容被阴影遮盖了一半，语气十分平和地说："那时候我不大，跟你现在年纪差不多，还在读高中。不过比你差远了，什么都不懂，什么都不会。家里只剩下我一个人，我连自己该做什么都不知道。"

方灼埋头吃了口饭，低声道："其实我也不大知道。我只知道读书。"

叶云程说："读书是对的，可是我读不下去了。我小学残疾的时候休学了一次，初三父母去世的时候休学了一次。我觉得太累了，每次都要面对很多陌生的人、陌生的知识，可是他们并不能告诉我我的未来是什么样子的。"

方灼脸上露出迷茫的神色。她不知道如果换成自己会把生活过成什么样子。

也许真的面对了，不管多悲惨的生活也想要过下去吧。她这样的人就跟街头的流浪猫一样，不是奔着多明朗的未来在努力，或许根本看不到终点，而是从骨子里就不喜欢所谓命运的强压，所以拼了命地露出自己锋利的爪牙。

但是叶云程不大一样，他有过完整健全的身体，也有过和睦温馨的家庭。失去它们后的每一天，都能尝到生活的苦。

"你奶奶虽然性格比较冷，但她是个好人。"叶云程说，"谁也没有办法给你太多，她不能保护你，你只能自己坚强起来。"

方灼知道的。老太太除了爱，能给她的都给了。

叶云程回忆道："我读到高二就辍学了，后来经人介绍去小学里代过课。虽然没有正式编制，但也赚到了一点钱。"

方灼没想到他还做过老师，入神地说："后来为什么不去了？"

"我的身体不太好，给他们添了不少麻烦，后来学校里也不缺老师了。"叶云程表情似恍惚，"谁都有颓废的时候……"

行尸走肉的人，连接受别人的关心都觉得是多余，每天只是朝阳和夕阳之间的不停轮转。

这个被生活描上了皱纹的男人，先是吸了口气，随后长长叹出，终于将积压许久的话坦然地说了出来："就是觉得太累了，活着没什么意思。"

说出来之后，他的眼前浮现出许多的画面。他的那些漫长的，不值一提的过去。感觉曾经那个沉累的自己也随之解脱了，回到一切的起点，他还有家人的时候。

叶云程握住方灼的手，认真地注视着她，所有滚烫的湿意都被他藏在微合的眸光中。

良久，他笑了出来，温和的声音里多出了一丝力气。

"以后我去找工作，你去上课，我们都去做自己该做的事，过正常的生活。我相信很快会好起来的。"

被他交握住的手心一片湿润。方灼抬起视线，用力点了点头。

第三章

运动会

假期结束的前一天,严烈中午就到学校了,跟别班的同学约着出去打了会儿篮球,傍晚的时候才回教室。这时候方灼也回来了。

严烈顶着湿润的头发坐下来,身上还有沐浴露的清爽味道,朝她笑了笑,侧着身道:"方灼同学,好久不见,我能不能问你一个问题?"

方灼擅长抢答,直接跳了个步骤,回说:"过得挺开心,一切都好,没有迷路。鸡还活着,住着二十多平方米的豪华大别墅。为了表示感谢,舅舅让我给你带了礼物。"

严烈被她一番话说得忘了自己要问什么,方灼已经从书包里摸出一个熟悉的饭盒,摆到桌上。

"甜的糯米团,豆沙馅的。因为绿豆蒸得太多,所以又顺便做了几个绿豆糕。没有模具,外观也许不大好看,但味道还行。"

严烈一口气没喘上来,只能道:"谢谢。"

方灼友善地问:"还有什么要问的吗?"

严烈的大脑已经被清空了,自我怀疑地摇了摇头。

"好的。"方灼把包挂回到椅背上,忽然又想起来,说,"我有一个问题。"

说真的,严烈其实挺不想让她问的。因为到现在他都没想起自己刚刚被抢白的话是什么,憋得他太难受了。

方灼自发地问:"你喜欢吃五仁月饼吗?"

严烈迟疑道："还好。"

"那太好了！"方灼再次将手伸进书包，摸出一个小纸袋，热情道，"这个也送给你！"

严烈见她满脸都是包袱甩脱的庆幸，不由失笑道："你们这些人对五仁月饼都有偏见，其实五仁挺好吃的。"

方灼不走心地点头，再三催促道："送你吃，多吃点。喜欢的话，我明年也可以跟你分享。"

严烈拆开包装，闻言停了一下，上挑着眼尾瞥去，跟抓到了什么重要的东西似的，意味深长道："明年？"

方灼想了想，补充说："如果我超常发挥，能跟你考上同一所大学。"

严烈笑了，笑容里带着点少年人的狡黠，眼睛里神采飞扬，又好像不大正经地说："那为了这段珍贵的友谊，我以后要督促你好好学习。"

"我一直都在很努力地学习。"方灼敷衍地喊了下口号，"你快吃吧。祝我们的友谊天长地久。"

方灼处理完五仁月饼，感觉身心俱轻，起身去后面的杂物架拿起那个打过孔的塑料瓶，装满水后例行给植物浇水。

魏熙和几个室友穿过书桌朝她靠了过来，将她围在中间。

方灼感觉自己被围得密不透风，肩膀上搭了四只手，沉沉地往前倾去。

魏熙在她耳边小声问："方灼，你跟严烈现在是什么关系？"

方灼说："同桌关系。"

魏熙将信将疑道："我还以为你们在早恋呢。"

"没有的事。"方灼不解她们为什么要这么问，思忖了下，惊讶问道，"你们也喜欢吃五仁月饼？"

"不是一回事！"魏熙严肃道，"但你确实有点瞧不起五仁月饼了！"

寝室长："？？"你们的脑回路还是人类的吗？！

边上女生抓心挠肺地说："因为我们觉得严烈双标。别的女生给他送东西他一般都不收的。"

她靠近了方灼，小声道："严烈不是跟你说他喜欢吃蛋糕吗？边上有

077

人听见了。隔壁寝室的女生就给他送了个蛋糕，结果他转手送给老师了，还装作什么都不知道。就放假前的事，你记得吧？"

方灼感觉耳朵痒痒的，下意识地偏过了头，也没回答，只一脸莫名地看着她们。

几人被她看得心虚，渐渐开始怀疑是自己有太多想法，误会了学生时代纯粹的友情。

仔细想想，确实，方灼倔强又认真的性格很难让人生厌，清瘦虚弱的外表又让人很想伸以援手。

魏熙嘀咕说："这么看来，严烈好像也没那么直男？他以前不会是故意的吧？"

可能是五双注视的眼神太过强烈，正在吃月饼的严烈似有所觉，扭头朝她们看了过来。对面几人却不约而同地转过身，扫兴地散开了。

方灼浇完水回来，严烈还记着那深为复杂的眼神，问道："你们刚刚在聊什么？是不是在看我？"

方灼觉得那话还挺像夸奖的，如实转告说："她们说你不是那么直。"

严烈："？？"他怎么就不是那么直了？

方灼感觉他不大受用，又补充了一句："是说你体贴、善解人意。没别的意思。"

严烈的脸却更臭了。

拿自己当兄弟就算了，这厮不会拿他当闺密吧？

方灼搞不懂，决定不说话。

放假刚回来，学生们都没什么状态。加上后面紧跟着的就是运动会和国庆假期。老师也不强求了，当是给他们放个假，发了几张试卷让大家周末前交，课余时间留给他们排练运动会开幕式的队伍。

严烈体育不错，外形又好，被推出来当领队，到时候举个牌子随便走走，依旧是最拉风的那个。

方灼混在队伍中间滥竽充数。好在他们班一向没什么新意，到阅兵台前变个队形，喊两声口号就行了。

一个敷衍的套路用了三年,也将继续传承给下一届的学弟学妹。

除了方灼,其余同学对运动会的情绪都很饱满。

比如赵佳游,他已经在班里连着喊了好几天自己要破校纪录。

严烈听着他在上面豪言壮语,趴到桌上,慢慢挪向方灼,用肩膀撞了撞她,问:"你可以去看我的比赛吗?"

方灼正在刷题,思维比较缓慢,过了四五秒才回了个字:"嗯?"

严烈又问:"你觉得跳高的男生帅吗?"

方灼停下笔,想想那些跟僵尸跳一样的姿势,有点勉强地说:"不知道。"

严烈不死心地问:"那打篮球的男生呢?"

方灼还想说不知道,张开了嘴,改口道:"还行吧,我喜欢《灌篮高手》。"

严烈来了精神:"你也喜欢看《灌篮高手》啊?"

"我还喜欢《火影忍者》。"方灼遗憾地说,"不过我看得最多的应该是《守护甜心》。"

"啊?"严烈很配合地歪着头,好奇地问,"为什么?"

方灼说:"他们点什么我看什么。"

严烈独自思索半晌才明白过来,说:"点歌频道吗?那真是时代的眼泪。"

方灼不是很赞同他的话:"那不是时代的眼泪,那是我童年的快乐。"

隔了两分钟,严烈才意识到,自己的问题并没有得到回答。每次跟方灼说事情,都会因为听得太认真,导致注意力被诡异地带偏。

上次想问她为什么不回自己的短信,这次想让她去看自己的比赛,结果都是一样。

严烈有点不满意,把问题清楚地写在纸上,准备给她传过去。两指捏着纸片,瞄一眼正在同题海潜心奋战的同桌,又觉得还是算了。

强扭的瓜,虽然甜,但是不会"真香"的。

方灼报名的1500米安排在第三天,前两天可以自由活动。

为了响应班主任的号召,她每天会去操场敷衍地逛一圈,坐在角落里背背单词，再抽空写两篇广播稿应付交差，更多时间留在宿舍跟教室。

　　下午的时候，方灼在刷老班送给她的那本练习题，写完一道让她很纠结的题目之后，抬头看了眼黑板上的赛事安排。

　　广播声远远地传到教室里，混合着模糊的呐喊以及激昂的音乐，是跟方灼格格不入的狂欢。

　　她扭头看了眼墙上的钟表。

　　还有十分钟就是赵佳游的 400 米跑步了，紧跟着就是严烈的跳高。

　　得益于他们在班级里不间断的宣传，连方灼都记住了这个时间。

　　她放下笔，决定还是出去看看。

　　教学楼里还是比较安静，一出了大门，拐过花坛，立马喧嚣起来。

　　天空灰蒙蒙的一片，还带着丝暖意的风吹到方灼脸上，让她又闻到了熟悉的桂花香味，很有秋天的感觉。

　　她来到操场边的看台，从高处遥遥往下望。

　　赵佳游的 400 米已经结束了，广播站正在播报比赛的名次。

　　跟他说的一样，他在预赛拿了小组第一。另外一组的人正混乱地站在跑道上，一面热身，一面跟人说话。

　　方灼的视线转了圈，飘向操场侧面的跳高场地。那边里里外外围了一圈人，在她的位置完全看不清楚。

　　于是方灼转道去了超市，站在一个小石块上，越过众人头顶，隔了十几米的距离往人群中心眺望。

　　严烈穿了身黑色的运动装，跟他白皙的皮肤比对得极为抢眼。他好像天生自带跟别人不大一样的滤镜，气质清清爽爽，像一抹夏天里的风。哪怕看不清他的脸，也认得出那个人是他。

　　没等多久就轮到严烈出场了，连围观群众的反应都热烈了些。好些女生站在白线外围，见他上场开始兴奋起哄，把别班男生气得大骂叛徒，恼羞成怒的呵斥甚至盖过所有的嘈杂清晰地传到了方灼这边。

　　严烈没什么反应，只是平静地扫了眼栏杆，回头跟身后的人比了个手势，应该是说了句狂妄的话，所以被身后的男人推了一把。

他助跑起跳的时候，方灼下意识地想要闭上眼睛，没想到他跳高的姿势很专业，跟前几位男生的狼狈不同，轻盈又矫健。背跃过杆子后，也是顺势在垫子上滚了一圈，就立即站了起来。

除了宽大的衣服在跳跃的过程中往上滑了一截，导致腰身上的肌肉短暂地暴露在众人视线中，似乎没什么缺点。

或许这也不是缺点，因为边上响起了前所未有的亢奋尖叫。连站在方灼前面的人也在抽气，发出几声暧昧的轻笑。

严烈低头看了眼自己的鞋，准备退回到候场区。

不合常理的似有察觉，他转过头，精准地朝方灼的方向看了过来。

方灼笑容还扬在脸上，但弧度很浅，她下意识地想压下唇角，又意识到这样的距离对方根本看不见，而且没必要觉得尴尬，于是若无其事地跟他对视。

严烈应该是笑了，他高昂起头，对着方灼挥了挥手。似乎想过来，被身后的赵佳游一把拽了回去。

阳光温热，和风轻柔。

方灼莫名其妙地想起了一段话，是以前别人给她递的情书里写的。

"我想你应该是一束花，路过你这里，我的旅途只剩下你的气息。离开这里之后，也好像哪里都是你。"

方灼看了一眼就放到旁边了。她当时想的是，你都离开了，还写什么情话？哪里都能看见的想必也只是朵普通的野花。这人说话真的不好听。

可是这段话却让她记住了，此时从箱子底部带着旧灰尘飘上来，让她隐隐约约地意识到了自己的误解。

可方灼执拗地觉得还是有点不对。

比起会盛开凋谢，要看见时才会想起的花，真正时时刻刻、无处不在的，除了空气应该是阳光才对。

说明年轻人所谓的爱意是多么不真切。

应该这么改：

"我想你应该是一束光，每天清晨日出升起，好像哪里都是你。哪天日月不再交替……交替……地球就毁灭了。"

方灼不满意地咋舌一声。就最后这一句古怪的话，60分的作文她能扣55分。

方灼乱七八糟地想着，下一个学生已经开始试跳。

在严烈后面的是一个校队的学生，也跳得很轻松，但方灼总觉得他的姿势没有严烈那么自然。

全身肌肉紧绷，显得曲线僵硬不优美。明明是一样的动作，还没严烈长得高，落地的时候跟锤子一样重重地砸了下去。

是偏见。

方灼内心忏悔了一下，觉得自己的心态不对。不应该这样不讲道理。

比赛结束得很快，方灼只是开了会儿小差，裁判已经起身宣布结束。

参赛选手里好像有个专修跳高、体招入校的学生，最后严烈跟他单独跳了几次，输了，遗憾地拿了第二。

他掸了掸黑衣服身上的灰，被身后的赵佳游钩住了脖子，从后面压得起不了身，玩闹的时候，视线频频往方灼这边瞥来，还没抽出空，又被前面的女生给拦住了。

方灼默默转身，进超市买了个面包当作午饭，等再出来，严烈已经被他的兄弟连拖带拽地去往主席台领奖。

晚自习的时候，挥洒了一天汗水的学生重新聚集在教室，吵吵闹闹地说着白天的事，顺便放会儿大话，难得地展现着这个年纪该有的青春活力。

老班过来坐班，示意他们安静，可惜效果不大。她没有办法，干脆让班长去拷了一部电影过来，在大屏幕上播放，前提是不可以继续吵闹。

班长欢呼着冲了出去，男生在后面大喊"要恐怖片"，女生立马大叫"不可以"，乱糟糟的一片。老班严肃地冷下脸，众人才好不容易收敛。

严烈来得比较晚，洗完澡，换了身白色的衣服。

他坐下后，沈慕思拎着个银牌放到他桌上，说："烈烈，你的奖牌！已经给你登记好了，不用谢。"

方灼见状问道："你没自己上台领？为什么？"

"站上面拍照感觉怪傻气的，而且又没拿第一。"严烈随手把奖牌放在桌角，笑问道，"怎么样，跳高好看吗？"

方灼回忆了一下，刨除几位专业人士，几个"酱油党"的动作也还远没到僵尸跳那么不堪入目，顶多只是有点滑稽。客观地说了一句"还可以"，又补充道："比跳远好看。"

"你怎么还搞拉踩？"严烈压低了声音跟她说，"千万别让赵佳游听见。他就报了跳远。"

方灼做贼心虚地瞄了窗边一眼，发现赵佳游根本不在教室。

严烈将手揣进兜里摸了摸，片刻后一脸神秘地掏出一块金牌，放到桌上说："虽然跳高没拿到冠军，但还好我多报了项100米。"

A中今年的奖牌做得很好，细节精致，看起来很值钱的样子，想要拥有。

严烈看出她眼神中流露的喜爱，低笑道："想要吗？"

方灼却淡淡地收回视线，并不留恋地说："明天我就有了。"

严烈记得她报的是1500米，觉得她这话狂妄又有点可爱，正要说些什么，电影熟悉的开场片头响了起来。

灯光暗去，众人渐渐噤声。

方灼的脸被阴影笼罩，又覆了层屏幕照来的浅浅荧光，她将全部注意力聚焦在上面，屏息凝神地观看电影。严烈也忍下了要说的话。

第二天下午，先是男生的3000米，再是女生的1500米。

方灼没敢吃太多午饭，多喝了两瓶水，提早到操场准备。

她把号码牌别在校服外套里面，在路边走来走去地热身。同学们都没想到她要参加这一场，围着另外几个要跑步的人猛灌毒鸡汤。

报了男子3000米的是沈慕思。

他本意是来浑水摸鱼的，结果发现今年的班级成绩意外地不错，有望摆脱倒数前三，留下里程碑式的好名次，就意思意思上去跑一下，以

083

免班级扣分。

结果才跑了 1000 米，就被身后校队的人反超了一圈。听着呐喊声在前面响起，送给他身后的对手，沈慕思觉得怪不好意思的，就悄悄从边上溜了下来。

哪晓得刚下跑道，迎面对上了方灼。

两人默默对视。

可能是因为方灼的眼神有些冷酷，沈慕思感觉受到了威胁。他脑子一抽，又转身回到跑道，想完成自己剩下的征途。

边上体育老师看见，急忙叫道："诶诶诶！下跑道的学生就不能再回去了！干什么呢！"

沈慕思顺着队伍朝前跑动，感觉自己进退两难。

方灼赶紧上去将人逮了回来，拎着晕头转向的沈慕思去找严烈。

严烈早就发现这边的骚动，正从另外一面跑过来，到了跟前，哭笑不得地道："你搞什么呢？要跑就跑，不跑就不跑，你还搞反复横跳。"

沈慕思怪委屈的，可当着方灼的面又不敢说什么，嚅嗫道："你不懂，这是一个人内心的挣扎。"

他大喘了口气，为自己没享受到的关爱感到遗憾，叹道："跑得好累啊。"

严烈推着他去班级的休息区："到边上坐着去。"

见人走远，他又转向方灼，问："你不会真要跑吧？"

方灼拉开拉链，展示自己非常吉利的号码牌，说："不行吗？我都检录完了。"

严烈脸上有震惊有无奈，不知道该怎么表达自己的心情，最后只说了一句："有什么我能帮你的吗？"

方灼斜了他一眼，让严烈觉得她在看傻子。

3000 米成绩统计结束之后，清理一下赛道，很快就是 1500 米。

广播播报了两遍，学生们在起点处点名。

站在路边看热闹的班主任发现方灼出现在 1500 米的跑道上时，脸色变了，指着她叫道："这位同学你在这里干什么？"

方灼："？？"

边上的学生也注意到了她，从刚才起就觉得她不停往赛道上挤实在太危险了，等看清她胸口挂着的鲜红号码牌，纷纷颤抖了下。

　　方灼应着裁判的喊声举起了手，用实际行动证明自己也是一个逐梦人。

　　班主任一句"不可以"差点就要叫出嘴边，被咋咋呼呼的赵佳游先行喊了出来。

　　"你怎么能跑1500米?！你上去热身吗？"

　　方灼不高兴地别过脸，不想回答他。

　　严烈挤到人群前排，拉住了蠢蠢欲动的班主任，安慰道："放心，我已经联系好医务室的人。他们听说要参加跑步的是上次晕倒的那个营养不良的学生，主动给她预留了一张床位，说欢迎她回去看看。"

　　老班松了口气："那就好。"

　　听着他们一唱一和的诋毁，方灼抗议道："过分了。"

　　裁判本来肃着一张脸在整队，旁听一会儿实在忍不住，插了一句："买保险了吗？"

　　方灼："……？"山上还有笋吗？

　　方灼觉得这群人的偏见实在太重。

　　他们跑过的步，加起来都未必有她爬过的山多。方灼小学的时候就能背着几十斤重的竹筐走半天的崎岖山路，还要在山上摘橘子，砍兔草，拔土豆。

　　比爆发力，她可能不行，但是比耐力，她也有童年优势。

　　跟这帮人解释不来。

　　方灼自顾自站到自己的位置，屏蔽了外界的嘘声，等着裁判哨响，开始发光发热。

　　清脆的枪响过后，选手们冲了出去。

　　出发的时候，方灼跟在了队伍中间的位置。

　　别班的同学都在拼命喊加油，只有一班的老师带着学生，在那边苦口婆心地劝道："方灼，跑累了就下来吧，没事的，别强撑啊。咱们不拿第一，重在参与。"

085

方灼还要抽出多余的心力瞪他们，更准确地说应该是高傲地斜睨。希望他们能有志气一点，别在这里乱起哄。

跑到第二圈的时候，队伍已经分成了好几段，方灼还是跟着第一批次的队伍。

严烈拿了杯水等在操场边，方灼路过，摇了摇头。

班主任抬起手腕看了眼时间，说："方灼的速度挺均匀的，状态好像也还行。她的800米成绩不错吧？"

众人没什么印象，只知道不是前几。体测的时候自己的命都顾不上，哪里顾得了别人？

跑到第三圈的时候，众人的表情正经起来。一个个沉着脸，颇像苦大仇深。

方灼的两条腿就跟机械操纵的车轮子似的，稳定地迈着同样的步伐，从一众参赛者中脱颖而出，现在已经是第五名。

班主任的内心产生了动摇，注视着她从远方跑来，再注视着她向远方跑去。

方灼或许不是跑得最快的，但她的神情一定是最从容的，而她的体形也是里面最清瘦的。这矛盾的现象放在她身上，让人怎么都不敢相信。

赵佳游看见胜利的希望，红了脸，比自己上场还激动，追着跑道鼓励道："第三圈了方灼！800米了！再一圈就1200米了，你还剩……"

他还没喊完就被严烈捂住了嘴。

这是什么动员的新方式？这根本就是刀刀致命吧？

赵佳游挣脱开，理智已经离家出走，倔强地呐喊："方灼！冲啊！跑第一你就是我爸爸！"

方灼真的冲了。

跑到第四圈的时候她就开始加速，直接从第五超到了第二，咬在领队身后。

领队的是穿着校队服装的一个女生，方灼的靠近给她带来了压力，她不敢再敷衍，也加快步伐开始提速。

然而方灼就跟块牛皮糖一样甩脱不掉，她能听见对方的脚步声，却听不见紊乱的呼吸声，让她心中大喊邪门。

"方灼我爱你!"

"冲啊灼灼!"

"你第二了!了不起你第二了!你是最棒的!啊——!"

一班同学看见这一幕彻底陷入疯魔,嘶吼地叫着乱七八糟的东西。"方灼"这个名字都变了调,跟鬼哭狼嚎一样响彻半空。

边上人的耳膜深受折磨,离他们远了点,怕被传染低智商。

终点越来越近,方灼再次提速。

领队的女生一惊,呼吸乱了。察觉到方灼从她身边超过,不敢置信地瞪大了眼睛。

只剩最后一条直线跑道的时候,班主任提着一口气快要喘不过来,死死盯着赛道上的人。

方灼唇色苍白,嘴角抿成一条直线,两颊又有点泛红,拐过弯后,跑到另外一条道上,目不斜视地进行冲刺。

她眼前发花,可能是贫血,看不见自己对手的位置,只看见了前方影影绰绰的人群,觉得自己大概是要到终点了,又不敢减速。

直到裁判大喊了声"第一",方灼才停下,站住的一瞬间,两脚发软打晃,差点摔倒。

一双手及时按住她的肩膀,有力地将她扶了起来。很快又有很多人围到她的身边,挡住了周围的光线。

各种糅杂的声音让方灼听不清他们在说什么,急切地问:"怎么样?"

严烈的声音在她头顶响起,含着按捺不住的兴奋:"第一!金牌是你的!你是女神、冠军、赵佳游的爸爸!"

方灼放心了。

严烈推着她走了两圈,然后带她到椅子上坐下。

前面有人给她扇风,边上有人给她放松肌肉。

魏熙拿着杯子,在一旁殷勤地给她倒水,就差喂到她嘴边。

方灼第一次感受到众星捧月的滋味,有点享受,低调地说了句:"还行吧。一般般。"

方灼坐着休息了会儿，紊乱的气息很快平复。

后面马上就是教师运动会和闭幕式，暂时不能回教室。她坐着没事，索性拿着抹布将休息区的桌椅都擦拭了一遍。

等她清洗干净抹布回来，阴沉了许久的天终于下起雨来。细碎的白毛，拉出一层斜斜的朦胧雨幕。

此时操场上正在进行学生运动会的最后环节，班级接力赛。

方灼站在遮阳伞下等了片刻，发现雨没有停歇的征兆，边上同学悄悄拿出手机查了下天气预报，说这雨可能要一直下到傍晚。

校方没有喊暂停，反而让广播通知，加快接力赛的检录速度，想顶着那点小雨，趁跑道还没被完全打湿，将运动会完整结束。

年轻人恐怕不知道什么叫寒冷，对最后的比拼只感到胸怀澎湃，未受到一点影响，穿着单薄的汗衫在细雨中热身。

班主任让人找了几把伞，暂时给参赛的选手挡一下，指挥着其他人先将桌椅搬回教室，剩下的时间暂时自习，具体听从广播安排。

接力结束之后，裁判急匆匆地去送比赛结果进行分数统计，运动会的闭幕式顺理成章地流产了。

不过学生们并不觉得遗憾，回去的路上还在感慨，说今年的这场雨太给面子，憋了三天没下，来得恰是时候。

沈慕思回头兴冲冲地问："老班，你不用陪领导跑步了，是不是特别高兴？"

班主任跟在人群后头，闻言勉强地笑了一下，自己也说不清是开心还是难过。

因为她报名了800米，参加的话可以拿到两百块钱的奖金。为此她已经紧张了半天，内心很不情愿。但现在不用跑步了，又要为莫名失去的两百块钱难过剩下的半天。实在是太亏了。

这就是人类为金钱出卖灵魂的实例。

一场秋雨让天气瞬间冷了下来。

班主任怕学生们之前出过汗，被这邪风一吹会感冒，让他们都多穿两件衣服。顺便送了张卷子给他们热热身。

方灼将自己的校服披了回去,发现袖口处不知道什么时候沾了道泥渍,当即洁癖发作,又拿起肥皂去水池边清洗。

厕所外有一道狭长的水池,现在没什么人。方灼将手伸到水龙头下,让沁凉的液体带走皮肤上的热意,感到一阵舒适。

抬眼间,镜子中白鹭飞的身影犹犹豫豫地走了过来。

方灼只轻轻一扫,又重新合下眼皮,当是没有看见。男生却在她身后停了下来,站在离她半米开外的位置。

"方灼。"他叫了声,见对方不应答,继续问道,"你为什么不理我?"

方灼不由得佩服他的毅力,同时又有些迷惘。人与人之间最大的差异也不过如此。明明都是人,明明说的都是中国话,偏偏有严重的语言障碍。

"你是不是误会了?我回去反思了下,我就想说,我很认真的,我没有开玩笑……"他像是咬到了舌头,很艰涩地说了出来,"我是真的喜欢你!"

白鹭飞的态度比上回真诚了许多,也没有那么欠打,方灼透过镜子看着他略带窘迫的脸,抬手关掉水龙头。

她困惑地问:"我不想谈恋爱和我不喜欢你。这两句话究竟有哪里听不懂?"

"为什么啊?"白鹭飞无法理解地问,"我对你不好吗?我可以给你买东西,陪你吃饭。你上次那么骂我,我也没跟你生气。我也没做错什么,你为什么不能尊重我一点?"

方灼觉得他谈喜欢挺好笑的。不是说大家年轻,就一定不懂什么的。他明明不了解、不熟悉方灼,只知道她一张脸看得过去、经济拮据、身边没有朋友,就对她说喜欢,不停地缠在她身边。根本不在乎方灼是怎么想的,还希望方灼能尊重他。

方灼不想尊重他,因为他也没有尊重自己。

他的话太天真了,天真到让方灼觉得被冒犯。

她转过身,正视着白鹭飞,敛目思忖了一遍,开口道:"我再认真跟你说一次,我很忙,我有很多的事要做,没有兴趣参与到你的生活。"

方灼平静地阐述,没有讽刺,没有怒意:"我的人生还没有短到非要用高三的时间来谈恋爱。也没有多余的精力一遍遍去回复你相同的问题。以后别再来找我了。"

不知道是哪句话惹怒了白鹭飞，他动了动嘴唇，胸口憋了一股气，不冷静地问道："你喜欢严烈对吗？"

这已经是第三个这样说的人了，方灼都觉得有些烦躁，没有马上回答。然而那一瞬间的迟疑落在白鹭飞眼里，变成了心虚的默认。

他唇角的肌肉向下倾斜，笑容泛冷，残忍地道："那你以为严烈会喜欢你吗？他一双鞋的价格可能比你一年的生活费还要高！他对你好，可能只是随随便便的一句关心。你就觉得他会喜欢你？不可能的。学校里那么多人喜欢他，他都只是敷衍地对待。你有什么？你吃饭的时候，连一口汤都要别人施舍给你！"

方灼愣了下，耳边嗡地一响，脸色瞬间惨白。但是她的表情一向很平静，此时也掩饰得很好，难过或生气都看不大出来。

诚然，从她规避社交、独来独往开始，已经很久没有这样的心情了。

她不自卑，但是她讨厌别人嘲笑她的家庭、她的贫穷、她的无知。

像他们这种不受父母期待，不受命运眷顾，连走好运都要比别人背一点的人，唯一拥有而不会被人夺走的，就是尊严了。

或许在白鹭飞的眼里，他们这些人的努力根本不值一提。在他真心的世界里，帮助的同义词其实是"施舍"。

方灼是真的不高兴了。

她第一时间想到的是严烈。

就算是相同的年纪、相同的学校、相同的老师，平时仅隔着一面墙的距离，有的人已经成熟稳重，有的人还是任性偏私。

她抬起头，想要说话，发现喉咙发紧发疼。

现在，她也可以勾着唇角吊着眼尾，冷笑着给对方丢去嘲讽。可是当她看着白鹭飞在沉寂中闪避了眼神，脸上现出悔意的时候，又觉得羞辱的话放在他身上纯属浪费。

白鹭飞是一个在蜜罐里长大的幸运儿，看不见暖棚外的风雨和在风雨中挣扎的人，所以不知道戳中别人的痛处是种什么感觉，却又可以一刀精准地扎刺下去。

随着社会发展，这样的人越来越多。

他们没有见过贫穷，身边的人都很富足。所谓的贫困也只是买不到心爱的玩具、得不到希望的嘉奖。所以他们会问方灼，你为什么总是需要别人的帮助？你为什么自己不可以？

白鹭飞不是第一个，想必也不会是最后一个。

方灼没有办法回答。她不想告诉这些人自己的困窘，不想跟他们解释自己的处境。她只是想尽快爬起来，走到他们不能再居高临下的地方，能平视到他们的眼睛再和他们说话。

或许这也是好事，方灼希望以后再不要有人面对和她一样的问题。

她转过身，重新打开水龙头，将衣服上的泡沫冲洗干净。

白鹭飞手足无措，在后面轻声说了句："对不起。"

方灼微弯着背，搓洗衣袖，看着棕黑色的泥渍逐渐淡去，最后恢复一片纯白。

她很专注地做自己事，仿佛身后没有别的人。

然而白鹭飞却觉得每一秒都被拉得漫长，哗哗的水声幻化成一把锯刀在折磨他的神经，方灼的沉默更是加剧了他的悔意。他有点慌了，又说了一遍："对不起！"

方灼拧干水渍，将衣服在空中抖平整，稍折了一下，挂在手臂上。眼神很凉薄，很冰冷，没往他的方向看一眼，就那么从他身边走了过去。

等她的身影消失，白鹭飞还怔怔地站在原地。

男厕所的门被推开，原本寂静无声的隔间里传来几道沉重的脚步声。

严烈和赵佳游等人这时才拎着湿衣服从厕所走出来，不知道已经在里面忍了多久。

严烈瞥了眼方灼离开的方向，又往白鹭飞身上投了个很冷厉的眼神，表情更是阴沉得陌生。

"傻×。"他竭力控制着语气，还保持着一丝平和道，"别说我欺负你，把你们班的人叫来。不一直想比吗？输了我滚，赢了你滚，别他妈在背地里做这么恶心的事。"

方灼把湿衣服挂在座位旁边，拿出新发下来的试卷做题。等写完选择填空，往旁边一看，才发现严烈还没回来。

运动会的闭幕仪式最后在广播里举行了，带着电流的声音过于吵闹，强制往众人耳朵里钻，导致大家都静不下心。只有方灼，好像大脑放空了，进入了十分投入的状态。

等领导讲话终于结束，班主任激动地在讲台上宣布："告诉大家一个好消息，运动会的总分出来了。这回我们班是第三名！"

"哇！"众人欢呼鼓掌。

方灼也停下手中的笔。

班主任欣慰至极，看着底下这帮混世魔王都变得慈眉善目起来。这是她带一班以来拿过的最好的成绩，是值得纪念的成就！虽然她二百块的补贴没有了，但是运动会的奖金有了！

"今年大家的表现真的非常好！我们的广播稿是通过率最高的，给我们加了很多分！"老班不吝啬地夸奖了众人一通，又开始点名表扬，"还要多亏方灼。1500米是双倍计分的，方灼是我们班唯一拿过这项金牌的人！"

方灼在四面八方望过来的视线中低下了头，等着下一个话题。

她一向都是这副宠辱不惊的高人模样，众人在兴奋中也没觉察出不对来。

"还有我们的接力赛！我们班的男子接力也拿了第一！今年……"老班说着终于发现不对，往几个方向都瞄了眼，问道，"那几个跑接力的人呢？怎么都还没回来？"

没人回答。

"班长，人呢？"

班长装傻道："不知道啊。"

老班给他气笑了："不知道你刚才点名的时候不说?!"

她感觉自己这样喜怒无常，这辈子都过不了更年期。

"慕思，给严烈打个电话，问他人在哪里。"

沈慕思怕她是在钓鱼执法，也装傻道："我没有手机啊。"

老班气道："啧，够了啊！别浪费时间，快点！"

沈慕思委屈巴巴地拿出手机，翻找出严烈的号码，觉得严烈这次又欠了自己的。

电话还没有接通，人已经回来了。

严烈等人灰头土脸地从教室后门走进来，衣服头发全被打湿，还在滴着水，走路姿势却异常嚣张，像是刚刚开疆拓土回来的土霸王。

严烈很有自知之明地靠墙站着，只是声音洪亮得有点理直气壮，喊道："报告！"

老班冷声问："干什么去了？"

"打篮球去了。"严烈朝后一指，苦恼道，"隔壁班的人非要拽着我们打，没有办法。为了班级的荣誉，我们就去了。"

赵佳游鼻尖泛红，鼻翼一动就疼得抽气，他还想装作是冻的，吸了口气，一道鼻血直接淌了下来。他自己没有察觉，面带骄傲地举手道："报告老师！我们赢了！"

班主任气急败坏地指着他说："你给我闭嘴！滚去医务室！"

赵佳游茫然道："啊？"

严烈对着他夸赞道："你现在有点帅。"

赵佳游不好意思起来："真的吗？"

他抬手抹了一把，才看见手上的血，错愕哆嗦中，方灼的餐巾纸已经递了过来。

"谢谢啊。"赵佳游抽了两张，顺势把脸上的水也擦干净，解释说，"这就是打球过程中的正常碰撞，没什么的。不像隔壁那帮人，还喜欢用脸接球。"

方灼仰着头看他，一瞬不瞬的眼神让赵佳游自信心爆棚，产生了不必要的错觉，正想多说两句稳固一下人设，班主任已经穿过教室走到他身侧，直接拧住他的耳朵往门外带。

"哎呀！等等！"赵佳游狼狈地弓起腰，吃痛叫道，"老师！我亲爱的高姐！我错了我错了！我现在就去！"

赵佳游被踹去医务室，另外几个人高举着手表示自己绝对没有受伤。班主任干脆宣布下课，让他们赶紧回去洗澡换衣服。

老班没当场追究几人打球或是打架的事，对年轻人的冲突心态宽容，也相信严烈等人的品行，但还是警告地瞪了严烈，等人群散去后，去找二班的学生询问情况。

二班班主任也快疯了。方灼抱着衣服从走廊穿过的时候，余光瞥见了隔壁教室里的人，才知道"用脸接球"是个什么盛况。

白鹭飞鼻青脸肿的，低垂着头，满目颓丧。另外几个人的情况倒是好很多，但也神色萎靡。

白鹭飞察觉到外面的视线，往窗边看了一眼，方灼已经走开了。

这是国庆假期前的最后一个晚自习。

整理了一番仪表的严烈等人又是人模人样，回到教室就开始闹腾。只是淋了雨，确实没以前精神。

方灼到的时候，严烈正趴在桌上，眼神空虚，散漫地发着呆。

方灼坐下他也没什么反应，让方灼开始怀疑他们今天突然针对白鹭飞是不是自己的原因。

自作多情是件挺尴尬的事情，而且不是说人生三大错觉吗？方灼没纠结多久，就将这个念头从脑海抹消出去。

班长朝这边逛了过来，停在严烈身后，跟别人说话。说到一半的时候突然顿住，鼻翼翕动，警惕地问："什么味道？"

他往严烈这闻了闻，又往前面靠近了点，找不到源头，推搡着沈慕思的背指责道："蛋糕，是不是你？什么味道？"

沈慕思不服地说："你为什么冤枉我！这里又不是只有我一个人！"

方灼有一瞬表现得很紧张，握笔的手过于用力，在纸上画了一道。但她调整得很快，只是很轻地吸了口气。

严烈睁开半合的眼，从她的指尖看向她的脸，也直起身闻了闻，笑道："嗯，香香的，你用的什么洗衣液？"

方灼迟钝地答："雕？"

"雕？"严烈说，"雕还有洗衣液吗？"

前排女生回过头，冲他翻了个白眼道："人家说的是雕牌，是肥皂，你们男生想搭讪能不能找个好点的切入口？下一步是不是要聊衣服要怎么晒？"

严烈还一句话都没说就被安排好了，笑着回怼道："你为什么要教我做事？"

班长不顾沈慕思的百般抗拒，从他桌下的储物箱里成功搜出一包辣条，斥责道："你还说不是！这是多久之前的零食?!"

"咦？"沈慕思同学自己也困惑了声，说，"大概是怕被烈烈抢走所以藏了起来。"

严烈拍他的脑袋："谁要吃你的辣条！"

沈慕思很不甘心地将东西丢了，又在班长的监督下把座位整个搜查了一遍。

方灼看着他忙上忙下，嘴里还不停嘟囔，自己的注意力也开始分散。

白鹭飞的话让她回忆起了一些很不好东西，以至于她的反应过激得甚至有点失态。她觉得这样不行，都是些无关紧要的事，不需要回顾过去。

一双手曲指在她桌上叩击两声。

方灼缓缓转过视线，听严烈笑吟吟地问："我们家小秃还好吗？"

方灼："谁？"

"我的吉祥物啊！"严烈激动地说，"它不会死了吧？"

方灼沉默了两秒，说："它挺好的。"

"那就好。"严烈松了口气，软声道，"你回去后能给我发张它的照片吗？"

方灼斩钉截铁地说："不行。"

彩信太贵了。为了一只鸡？怎么可能。

严烈没想到她拒绝得那么干脆，表情有些失望，手指在桌上戳了戳，还是问了出来："为什么？"

方灼反问道："你国庆也一个人在家？"

严烈点头："对啊。"

她今天真的不大理智，以至于当她脱口而出的时候，她都没明白这句话逻辑上的合理性，直接发出了很像是欲盖弥彰的邀请："那你要不自己过去看看？"

095

严烈一时没回答,他没消化过来。

方灼瞪着眼,在要不要多解释一句的选项上迟疑挣扎。还没推导出结果,严烈先一步说道:"好啊!"

似乎怕她反悔,又多问了一句:"明天几点?"

明天没有课程安排。今晚老师就会布置完作业,让学生自己安排离校的时间。

方灼说:"稍微早一点吧。8点先去食堂吃早饭。"

严烈积极地拿出手机设置好闹铃,又想起没办法通知方灼,说:"先到的人在宿舍楼下等,好吗?"

翌日早晨,天色刚蒙蒙亮,方灼就醒了。单薄的窗帘拉着,遮住了一半的光,她探出头看了眼,发现寝室长已经醒了,正在桌边扎头发。

女生给她比了个手势,表示现在才7点。而后提起行李箱,跟坐在床上发呆的方灼无声道别后乐颠颠地出了门。

方灼也起来整理了下东西,确认装备完整,蹑手蹑脚地推开门。

外头正在下雨。经过一夜,地面变得泥泞不堪,空气潮湿又带着点清新的味道。

方灼撑着伞到男生宿舍楼下等人,站在花坛边,选了个不起眼的位置。

她出门特意穿了一双要洗的脏鞋,看着别人踮脚小心走路,有点无所畏惧的开心,一脚在水坑里踩了下去。

水花飞溅起来的弧度很高,跳到了一双突然出现的白色鞋子上。

方灼愣了下,视线顺着鞋面缓缓往上移,对上严烈面无表情的脸。

他抬起脚甩了甩,没能把污水甩出去,反而被更多的雨水打湿了鞋面。一句"你干什么"还没问出口,回过神来的方灼已经畏罪潜逃了。

"方灼!"

她听见严烈在后面喊她。冰冷的雨夹着风吹在皮肤上,手中的雨伞不受控制地朝后翻去。

一双手从后面撑了一把,给她把将要歪倒的伞面推了回去,挡在她的头顶,无奈道:"别乱跑,我又不骂你。真是的。"

方灼心虚地站定,端端正正把着伞朝食堂走过去。

她没内疚多久,前面的路上又出现一个水坑。小气又记仇的某人立马冲上前用力一踩,将水花溅到方灼的鞋上。

有些冰凉。

方灼抬头,高冷地说了一句:"幼稚。"

严烈在边上猖狂大笑,仿佛做了件很有意思的事。

今天下雨,没办法骑车,他们得步行去车站。

从食堂出来,方灼把包背在身后,想腾出手去打伞。严烈见她的背包沉沉地坠下,动作不是十分灵便,主动道:"我帮你拿。"

上手一提,却比他想象得还要重。严烈惊讶道:"你这里面装了什么啊?"

方灼道:"书。"

严烈又看向她抱着的白色大纸袋。

"也是书。"方灼说,"我喜欢看书,怎么了?"

严烈微妙道:"你这分明是喜欢写作业吧?"

别人带作业回家,是给家长看看,顺便让自己安心。方灼那可是真做。

方灼问:"那你的衣柜里有多少衣服?"

严烈愣了下,猜不到衣服和作业有什么关系。

果然,她很认真地又问了句:"你买那么多衣服,是因为喜欢换衣服吗?"

这个灵魂的问题将严烈给难住了。

方灼见他呆愣,对他的智商感到有点失望,只好自问自答道:"是为了不得不穿衣服的时候,能有一点点自由的选择。"

方灼的每一个点都落在严烈完全意想不到的梗上,让他脸上露出一种似懂非懂又自我怀疑的矛盾表情。以至于当方灼走远了之后,他还在默默参悟这个深刻的道理。

好绝一逻辑。

第四章

努力开的花

去方灼家的路严烈走过一半，熟练地陪她乘坐城乡公交到了大桥下，等待去往村镇的面包车。

他一整天心情都很好，又背包又打伞，哪怕抵达这里已经用了一个多小时的时间，依旧脚步轻快，神色飞扬，嘴里哼着方灼没听过的歌。

两人在桥下等了没多久，雨停了。乌云散开后露出一角淡蓝色的天，不热烈的阳光穿刺下来，照在乡间的碧绿山色上。

草木上蒙着水汽，吞吐着令人清爽的气息。

严烈看着山壁上的攀缘植物，还有那些间或开放的不知名的白花，饶有兴趣地问方灼是什么。

方灼无奈地说："我怎么知道？就是野花吧。"

严烈说："那么努力开的花，怎么能随便叫它们野花？它们有自己的名字吧。"

他好像总是有些奇奇怪怪又很少年气的想法，听起来很天真，但一点都不让人讨厌。

严烈拿出手机，用摄像头对准识别。

方灼对这个功能也很好奇，凑过脑袋查看。

可惜图片里的圆点转啊转，最后跳出来的是另外一种常见的花朵。

"看来还要多多学习。"严烈转过身来说，"我看《博物杂志》的人好像什么都懂，好厉害。"

方灼点头"嗯"了一声。

严烈对着手机叹道:"百度,你这样不行的啊,不争气。"

方灼:"……"

严烈笑了下,将手机收起来,眺望着道路的尽头,问:"还有多久来?"

"应该快了吧。"方灼也不知道具体的时间。不过前几次的运气都挺好的,顶多半个小时就能等到车。

严烈说:"那你一个人的时候岂不是很无聊?"

方灼问:"你一个人在家岂不是也很无聊?"

"是的。"严烈坦率道,"所以我会去找别的事情做。"

方灼目视着前面,又扭头去看他,斟酌着问:"你家里为什么没有人?"

严烈挑着眉峰,不确定地答:"因为他们不回家。"

方灼声音放小,和从身后穿过花丛的凉风一样小心,问道:"多久了?"

严烈很想笑,努力绷着表情,严峻地说:"先生,这事很严重吗?还能治吗?"

方灼张开嘴,欲言又止,却没出声。严烈看她低下头,盯着面前的水洼,素净的脸上渐渐多出些奇怪的神色,好像在生气。

僻静的山林,沉默的行人。

浩渺的烟波,辽阔的远风。

苍翠的绿意映衬着天空的灰蓝。

严烈很喜欢这样的感觉。宁静又不会觉得寂寞。

也很喜欢听方灼说话,清脆细碎,干干净净的,跟这片山里的植物一样鲜活。

他等不到回答,又问:"怎么了?"

"不知道怎么接。"方灼深感可恶地说,"烦。"

这就是她不怎么喜欢跟人聊天的原因,好像大家不是同一个九年制义务教育出来的人。

当然也确实不是。

严烈愣了愣，下一秒放声大笑。

空气中飘荡的都是他爽朗的笑声，方灼忍了忍，对方却一直不肯收敛。

她感觉自己被大肆嘲笑了，脸上的阴郁之色愈沉，气道："有什么好笑的？"

正好一道橘黄的车灯从桥下打了过来，方灼恼羞成怒道："我走了，你继续留在这里吧。"

严烈赶紧跟在她身后上了车。车上没什么人，位置还有大半是空的。

方灼选了个靠窗的位置，严烈坐到她身边，好歹是正常了一点。

他朝方灼靠近，眼睛发亮，看着精神奕奕，问道："你为什么不回我的短信？也是因为想不好怎么回吗？"

"不是。"方灼莫名其妙地说，"有什么想不好的。"

严烈穷追不舍地问："那是为什么？"

方灼含糊地说："你发点重要的事我就回你了。"

严烈："为什么？"

方灼烦了，只好坦言道："短信很贵的。"

严烈蒙了下，显然没料到是这个原因。

是方灼一毛不拔，还是他们的友谊一毛不值？

他很冤地说："可以用 QQ 啊。"

方灼说："不要。那是我舅舅的手机。"

"那你找个自己的手机？"严烈说，"我上一个换下来的手机还能用。一直放着电池会坏，要不先借给你用？"

"不要！"方灼坚定地说，"会影响我学习的速度。"

严烈失望道："那好吧。"

车辆经过一片水田，严烈终于安静下来，透过车窗看外面的风景。

他请求方灼和他换一个座位，坐到临窗的位置，津津有味地欣赏那些并不稀奇的绿田。

方灼看着他的侧脸，想起很久以前的一件事。

那时候她应该还在上小学，学校要求家访，老师按照她资料上写的地址找过去。

正好那两天也像现在一样下雨，只是下得很大，低凹处的农田都被淹没了，从路边看全是混浊的泥水。有一些不平坦的路同样已经辨认不清，不熟悉的人可能会踩进树坑里。

老师在村里迷了路，搞得很狼狈。没找到方灼家就回去了，跟班里的同学说："那是什么鬼地方！"

方灼当时怕他，所以没有应声。因为他长得有些刻薄，对她也不是十分友好。

她不知道是谁的错误，觉得可能是自己住的地方不对。对别人的嘲笑也一知半解的，只知道是不好的事。

后来一个年轻的女老师又去了一次她家。站在高高的田埂上，望着嫩黄茂盛的油菜花，说了句"很漂亮"，然后牵着她的手回家，叫她记了好久。连那天黄昏的颜色和路边的剪影都印象深刻。

过了几年，她才明白，不是不好的事，是不好的人。

严烈的声音将她拉回现实，他用手指比了个方格，对着外面飞速掠过的风景，笑说："这里好生态，像动漫里的一样，随便拍张照片放网上都是能火的样子。"

方灼轻声道："是吗？"

为什么她喜欢的样子严烈身上都有？

严烈自娱自乐了会儿，终于进入待机状态，电量告罄后，眼皮软绵地向下垂落，靠在椅背上睡了过去。

没睡多久，方灼推着他的肩膀将他叫醒，带着还迷糊的人下了车。

叶云程这回一直在村口等着，坐在一张小板凳上。见方灼今天回来，多带了个人，惊讶了下，拄着拐杖走过去，不知道怎么招呼。

严烈听到方灼喊了一声"舅舅"，瞬间清醒，扬起一个标准的笑容，快速道："舅舅你好，我叫严烈，方灼的同学。上次月考我是班里的第一名，全校前三。我们的目标是共同进步！"

方灼："……？"自我介绍是这种格式的吗？

不想叶云程听完后态度瞬间热络起来，握着严烈的手激动地说："你好同学！"

严烈还记得自己为来方灼家找的借口,一到屋前,放下书包,就问自己的小秃怎么样了,让方灼找给他看看。

开什么玩笑?人的脸都未必认得全,何况是鸡?

方灼觉得这位超龄儿童的注意力过于集中了,不想听到他的指责,就随意从鸡笼里抓了一只,告诉他它就是阿秃。

严烈将信将疑地接过,对着鸡脑袋看了会儿。

虽然一周的时间对小鸡崽来说已经很漫长,足够它们快速成长并实现外貌改变,但严烈还是凭借自己的火眼金睛,在小院里翻找了半个多小时,将真正的阿秃给找了出来。

"这才是吉祥物!"严烈看破了她的阴谋,失望道,"你居然骗我?!"

方灼见了鬼:"啧。"

严烈问:"你是不是想谋害我的鸡?"

"是我的鸡。"方灼纠正道,"我付的钱,我买的米。"

严烈说:"我给你钱,你自己不要。"

方灼由衷好奇地问:"它到底有什么特别的?因为它秃吗?你为什么那么想看它?"

严烈差点喊出来,他想看的不是一只鸡啊,他又不是变态!伯牙和子期还想着天天见面呢,她究竟有没有把自己当朋友?!

叶云程听到两人的吵声,探出头来,紧张问道:"你们吵架了?"

"没有的。"方灼回头说,"我们在讨论关于鸡的问题。"

说到关于鸡的悖论,大概就是鸡和蛋的问题了。可是他们的鸡还得再养一两个月才能开始下蛋呢。

等两人回房间的时候,叶云程给他们一人分了一个水煮蛋。

方灼特别讨厌吃这东西,趁着叶云程没注意,塞到了严烈的手里。

严烈捏着手心里的鸡蛋,对方灼连一毛钱的短信都不舍得发,却愿意给自己分鸡蛋的行为感到十分震惊,很是动容地问:"你这是在跟我道歉吗?"

方灼思忖片刻,问道:"你为什么都十八岁了还可以这么单纯可爱?"

严烈:"……"这算是人身攻击吗?

过了片刻，方灼意识到他可能是在隐晦地说自己小气，又特意补充了一句："我还给你分过月饼的。"

当时严烈正在跟叶云程学做饭，两人闻言一起转过身来看她。

那种表情莫名地相像，好像他们才是亲戚。

方灼摇头："没什么。你们继续。"

她去鸡笼给盆里添了回水。

一周没见，小院子里多出了一堆土，铺在靠近门口的位置，就是上回方灼说想拿来种菜的计划。

只是这些泥土里还混杂着些细小的石头，要经过再一次的挑拣，叶云程应该还没来得及处理。

时间好像过得很快。

方灼觉得才刚回来，天就快要黑了。

严烈陪着他们看了会儿电视，又帮忙做了点家务。

叶云程虽然已经竭力保持房间干净，可他的身体还是有很多不方便做的事情。高处或者窗户角落很难清理到位。还有几个老旧的电灯泡也一直没找到机会更换。严烈都帮他做了，还在他的指导下更换了家具的摆位。

严烈总是很体贴，知道该怎么合适地帮助别人，让人觉得舒服且不被冒犯。

只是半天时间，叶云程就变得很喜欢他，不是浮于表面的对学霸的喜欢，是对每一个成熟懂事的孩子的关切。

他问了两次严烈家里是做什么的，放学不回去会不会让父母担心，严烈都笑笑转开了话题。意识到可能会让对方不高兴，叶云程才不问了，转而打听起他们学校的事。

他们之间唯一的共同好友只有方灼，于是后面的话题基本上是围绕着这个名字。被他们念叨的人正在后院刨土，做一位辛勤的园丁。

两人对方灼其实都不是很了解，但交换了有限的信息后都感受到了进步。

方灼不喜欢吃五仁月饼，而且不喜欢吃水煮蛋。

叶云程认真记下了。

——月饼就算了，水煮蛋下回要亲眼盯着她吃。

方灼真正的生日原来是九月二十八号，跟孔子同一天出生，难怪那么爱学习。

严烈心里道，那不就是运动会那几天吗？

——他两次错过了方灼的生日。可能得送两套高考试卷才可以弥补。

两位男士聊得非常开心。

叶云程还想让严烈教方灼写作业，连书桌都清理好了，直到方灼摆好碗筷，喊他们吃饭，他才陡然意识到已经是晚上。

三个人坐在正正方方的餐桌边，微橙的灯光带着温馨的暖意。原来不大活泼的两个人中间多出了一个严烈，反而变得更加和谐了一点。

这个人似乎能快速融洽各种氛围。

"太不好意思了。"叶云程惭愧道，"同学来家里做客，都没怎么好好招待，还让你帮了一天的忙。"

严烈真诚道："不会，我特别喜欢跟舅舅聊天！"

叶云程笑得开怀，热情给他布菜："多吃点。别人送的土鸡蛋，特别香！"

"谢谢舅舅！"

方灼心中的异样感更重了一点，瞄了严烈一眼，怀疑他是来偷长辈的。

叶云程催促说："快点吃，最后一班车是8点到8点半的，不一定准时，错过就没有了。从这里走过去，慢一点的话还要二十来分钟呢。"

吃完饭后，叶云程又问："烈烈，认路吗？"

严烈过去拿包，准备走了，闻言停住动作，表情有点茫然。

前半段路他特意记过，陪方灼一起过来的。但是从村口进来的那一段，他一面跟叶云程寒暄，一面精神又有点亢奋，的确没有记得很清楚。

方灼找到了个跟自己一样路痴的人，很是欣慰。尤其这个人在三更半夜捡了她两次，还对她做出过似有似无的嘲讽。

方灼自告奋勇地说："我送你过去吧。"

106

"你确定吗？到时候不会要我给你送回来吧？"严烈说，"我有导航，不用了。"

方灼不满："这种时候，你说谢谢就可以了。"

叶云程道："那灼灼送一下吧，舅舅洗完碗过去接你。都记得穿衣服，外面凉。"

可能是因为这两天一直下雨，所以天也黑得特别早。才7点多，就已经快看不见路。

晚上天冷，风又大，严烈穿了件叶云程一定要加的外套，走在前面，领着方灼出了小路，从包里摸出两个手电筒，一左一右地打着。

"你出门还带手电筒？"方灼惊讶道，"还带两个？"

"我有点怕黑。"严烈用灯光扫着地面，对乡间陌生的路况很谨慎，以免踩到什么坑。

方灼狐疑道："你怕黑？那你大晚上怎么还老在外面逛？"

严烈被噎住，默然半晌，说："我一般都在店里。"

他说："而且我更讨厌一个人待在家里。"

A市基础建设比较完善，他的家又在市中心附近，即便是深夜，也没有那么昏暗。

"你是不是觉得我在骗你？我真的怕黑。"严烈说，"其实我不是特别怕黑，但是我怕鬼。"

方灼才发现严烈其实很喜欢撒娇。

他撒娇的时候声音是轻快、软和的，连眼神也带着点可怜。不知道是他演技太好，还是本性如此。有夜色掩护，他变得肆无忌惮了。

方灼听到自己妥协地说："好吧。"

严烈说："那你离我近一点。"

方灼走上前，跟他并排站着，又从他手上拿了个手电筒，跟他一起照明。

严烈的步子放得很慢，过了半晌，再次跟她搭话。

"我觉得你很厉害，什么都会。"

方灼满脑子糊涂，她自己都不知道自己什么都会。

"我会什么?"

严烈说:"各种生活技能。"

方灼完全理解不能:"你是要去丛林探险吗?还是准备野外求生啊?羡慕我的生活技能干什么?"

严烈低声笑,他的笑点总是让方灼觉得很奇怪。

两个人走了一段,严烈脸上的笑容逐渐凝固。

他越发焦躁,时不时疑神疑鬼地朝后张望,或是抬手摸摸自己的脖子。

快到村口的时候,严烈实在忍不住,回头往黑暗深处照了下,黄色光线倏地晃过,他身形一僵,眨了眨眼,变得很紧张。

他匆忙靠近方灼,扯了扯她的衣袖,压着嗓子说:"后面有人。"

方灼瞥他一眼,将手抽回来:"别闹。"

"真的!"严烈喉结滚动,"不信你回头看。"

方灼说:"我不。"

严烈急道:"你看!真的!"

方灼以为严烈是在开什么幼稚玩笑故意吓人,然而真的静心去听,隐约中也听到了不属于两人的脚步声。

方灼皱眉,将手电的功率开到最大,径直照了过去。

一道黑影自光线中快速掠过,闪进一侧的墙后,纵然身手矫健,也暴露得十分明显。

两人沉默了。

方灼扭头去看严烈,想安慰他两句,但见后者面色惨白,几乎血色尽褪,俨然是一副惊骇过度的表情。

他没有出声,只是一把抓住方灼的手,开始狂奔。

那一刻,方灼信了他是真的怕鬼,手臂被猛地一拽,脚下的鞋都跑掉了,到后面只能一蹦一蹦地跟着跑。严烈还是没放过她,甚至恨不得将她扛到肩上跑,却一路都没发出一声尖叫,死死地把声音闷在胸腔里。

两人慌不择路,根本来不及辨认方向。

等严烈发热的大脑冷静下来,他们已经置身在一个完全陌生的地方。

严烈紧绷着脸，四面环顾一圈，确认没人跟来，才松了口气，转身去看方灼。

方灼踩着自己的脚，无奈提醒道："烈哥，我鞋丢了。"

严烈心有余悸，对着她放低了音量，掩不住地沙哑道："你不害怕吗？"

方灼说："我又不怕鬼，那肯定是人啊，我们两个人还怕打不过一个？"

脱口而出后，她又觉得太像奚落，不大好，缓和了语气道："你如果实在害怕，我抓着你的书包也可以的。"

严烈难得面露窘迫，又不敢相信，刚才那么诡异的情况，竟然会有女生不害怕。

他问："那你怕什么？"

"我没有什么害怕的。"方灼抬起手，抓住了他的书包背带，"回去吧，没事的，我在呢。"

严烈低垂下头，眸光半掩，重新调整呼吸，脸色总算好看了一点。他也已经分不清方向，好在还有导航。他拿出手机，试图根据定位回到村口。

然而路线还没规划出来，他一看时间，发现已经 8 点多了，不知道有没有错过今晚的末班车。

两人循着夜色走回去，在漆黑的夜幕里寻找一只白色的鞋。顺利回到逃窜的地点，却没找到那只鞋子。

方灼正为消失的财产感到遗憾，碰到了拄着拐杖过来接人的叶云程。鞋子奇怪地被他提在手里，

"我说你怎么还没回来，你们是去哪里了？"

严烈不方便回答。两人都是一脸无辜。

"先回家吧。"叶云程哭笑不得道，"小牧都给你们吓坏了。"

小牧是叶云程的邻居，很小就住在这里。

之前被刘侨鸿介绍到镇里打工，前两天不知道为什么跑了回来，最近一直关在家里自闭。

方灼出门之后他也悄悄出来，想趁路上没人的时候去村口拿个快递，正巧跟在了两人身后，结果被他们吓得魂飞魄散，委委屈屈捡了鞋子往回走，半路交给偶遇的叶云程，现在又回家自闭去了。

叶云程答应去帮他拿快递，三人转道去了村口的杂货店一趟。

方灼听了两句，觉得那人堪称稀奇古怪、不讲道理。悄无声息地跟在他们身后就算了，被光照到的反应也十足诡异，差点把严烈吓到崩溃，自己也因此丢了鞋。

起码他们光明正大打着手电筒，怎么都说不上鬼祟，有什么好害怕的？

两人今晚都受了点冲击，语言系统受到影响，不是很想开口说话。尤其是严烈，表情沉重，脚步麻木，听叶云程在前面解释，耷拉着脑袋，注意力不知道飞到了哪重天。

方灼看着他颓丧的背影，忍不住抬手摸了摸他的头，后者微微回过身，露出个不能算是笑的勉强表情。

方灼又把手电筒塞回到他空着的手里，让他已经紧握至发白的手指放松下来。

肢体相触的时候，对方过低的体温让方灼产生了冰冻的错觉。

可能是有了东西，比较有安全感，严烈硬挺的脊背终于不再那么僵直。

其实仔细回想一下，整件事情挺滑稽的，方灼觉得有点好笑，又笑不大出来。

等回到家门口，她格外留意了下，发现隔壁房子的灯光依旧是暗的，看不出有人居住的痕迹。老旧的住宅很是简陋破败，不知道多少年没有翻新过。宅基地的前面倒是挺大，只是背面栽着几棵野蛮生长的大树，夜晚阴森森的像是鬼屋。

方灼走回房间，挽起袖子一看，手腕上果然多出了几道红痕，是严烈在惊恐中拽着她跑留下的。

其实跑路的时候方灼叫了他好几次，但是严烈在极端惊惧的状态里拒绝接受外界的信息，还因为方灼的声音变得更加不安，方灼才随他去了。

回到明亮的室内，他的状态倒是恢复了不少，跟个光能电池板一样，恢复储能了，还可以对外传输热量，并后知后觉地开始不好意思。

方灼在厕所门口碰上了刚洗完澡的严烈。

他头发湿嗒嗒的，穿着过于宽大的不属于他的睡衣，整个人看起来温暖又柔和。

想不到要说什么，严烈抬起手招呼了下："嗨！"

"……"方灼，"嗨。"

叶云程走过，看见两人跟刚见面似的打招呼，脑袋上冒出一个问题。

这俩孩子怎么回事？

他上前扯了下严烈的衣领，打量着他的模样，有点遗憾道："睡衣大了点。不好意思，我喜欢买大衣服。"

两人身高其实差不多，叶云程还要更消瘦一点，但是这件睡衣套在严烈身上，起码大了两个号。

严烈笑道："没事，我也喜欢穿宽松的衣服。"

因为错过了末班车，严烈只能住在这里，但是叶云程家里没有多余的被子。

干净的被子倒是有，可都在箱子里压了很长一段时间，有一股浓重的潮湿味，叶云程想严烈肯定睡不习惯，就问他愿不愿意跟自己睡在一起。

家里的床很多都是长辈早些年用实木制作出来的，没别的优点，就是够大。

严烈欣然应允。

躺到床上的时候，严烈有点不习惯。

叶云程为了方便得睡在床的外面，他也已经很久没跟别人一起睡了，看严烈就跟看方灼一样，觉得还是个值得疼爱的小辈。他体贴地为严烈盖好被子，说了一声，拉掉头顶的灯光。

这里的窗户用的还是很便宜的花玻璃，严烈侧躺着，睁着眼，透过那个长方形的小窗捕捉外面微弱的月色。过了很久才合上眼皮。

他觉得这个地方有种特别的宁静感，明明是第一次来，却跟他记忆中幻想的场景莫名地贴合。

他躺在沙滩上，叶云程的呼吸就像海边的潮汐，隔壁住着能跟他交流的同类，脚步踩在松软的沙土里放得很轻很轻，整个世界都是蔚蓝色的。

踏实的感觉让他久违地睡得深沉，直到第二天早上被叶云程叫醒。

叶云程给他找了个新的牙刷，让他端着水杯去门口刷牙。

他睡眼惺忪地走出去，看见同样站在门口发呆的方灼。

两人去水龙头下接了水，并排蹲在田岸边上刷牙。

没多久，刘侨鸿来了。可能是为了应对最近起伏不定的气温，他很不修边幅地穿了两件外套，抬头看见严烈的时候愣了下，下意识地将迈到一半的脚步收了回来。

严烈用手肘碰了碰方灼，后者主动放声喊人："舅舅！刘叔找你！"

叶云程拄着拐杖出来，这位搞扶贫工作的乡镇公务员还是一脸怀疑人生的表情。

"怎么一会儿没见，你们家里又多出个人？"刘侨鸿问，"你家究竟有多少个孩子？！"

叶云程瞥了眼二人，露齿笑道："像吗？"

刘侨鸿认真对着严烈的脸打量片刻，觉得这世上英俊的人总有相似之处，哪怕他们五官里有四官不同，点了点头，说："像。"

叶云程叫了声，严烈捧着方灼的脸转过去，三个人一齐露出个标准的微笑，把刘侨鸿乐得咯咯直笑。

叶云程这才解释说："这是方灼的同学，昨天回去晚了，错过了末班车。"

"他上辈子也是你家的人吧？"刘侨鸿说，"一道一道的！"

"我也想咯。"叶云程眉眼舒展，骄傲道，"他成绩很好的，班里第一，全校前三，灼灼的同桌。"

这种炫耀自己家孩子的口吻，让严烈有点羞涩，不过他性格一向大方，冲干净嘴里的泡沫，扬手打了声招呼。

刘侨鸿眼睛一亮，欣慰道："真好！"

"来屋里说。"叶云程招了下手，"你们两个也快一点，粥已经煮好啦。"

他把人迎进里屋，边说话边倒了杯热水。

叶云程之前跟方灼说想找点事做，不是开玩笑的，他很认真地思考过了。

卖智力的活不大行。他高中毕业证都没拿到手，别人不相信他。

别的工作他也不行。需要朝九晚五固定时间的他都不是很合适，身体状况不稳定，怕到时候请假扣的钱还没有工资多。

所以他只能选择相对自由一些的个体商户。

村里人少，消费水平也低。附近几公里只有一家杂货铺，平时生意还冷冷清清的，算是勉强过活。过年过节想买东西，得去前面的镇里赶集，只不过集市里各种商店也差不多饱和了，他插不进去。

叶云程有一点想法，他觉得想赚钱还是得去人多的地方，当然也是想离方灼更近一点，所以他把目光投向了A市。

虽然还没决定最后要做什么，但他的行动力很高，已经从别的途径找了一辆老旧的小推车，最近正在进行改造。

他只有几千块的储蓄，干瘪的钱包从某种程度上算是为他做了决定。

他最优先的选择是做餐饮。卖菜、水果，或是早点、卤味、糕点之类的东西。成本低，流动性高，随时可以抽身。只是这些行业都有自己默认的规则，他贸然进场抢占不了市场，还可能被排挤。

市井小民也有市井小民的生活方式，他对A市的发展太陌生了。

"你见识多，帮我想想办法，看做什么工作好。"

叶云程觉得自己看了那么多书，都没怎么派上用场，想要振作起来的时候，社会已经跟他脱节了，他大部分的经验都发挥不了作用。明明一把年纪，还跟个初出茅庐的愣头青一样，怪上不了台面的。

刘侨鸿认真地听他说完，却笑了笑，答非所问地感慨说："叶哥，方灼回来真好，你整个人都不一样了。"

刘侨鸿负责的脱贫对象里，最担心的就是叶云程，他很怕自己哪天过来串门的时候就见不到这个人了。

叶云程跟别的贫困户不一样，他读过书、有学识，也不好吃懒做。

他做了很多努力，不计回报的。

以前地方教育还困难的时候，村里唯一的一所小学老师不够，他每天得走半个多小时赶去代课，每个月只拿几百块钱的工资。后来身体累垮了，也是尽量待在家里，不去麻烦别人。

你能对一个不珍惜自己身体的人说什么呢？

人还是要有支撑的时候才能变得强大啊。

"我给你合计合计。"刘侨鸿高兴地说，"去年不是一直在强调互联网+吗？我们最近做产业扶贫项目，也想从开拓网络市场入手。到时候把资料也拿给你看看。你那么有想法，肯定能行！"

刘侨鸿大松了口气，紧跟着又忧虑道："你肯定要人帮忙吧？我怕你一个人吃不消。我看看村里有没有老实肯做的孩子能帮你。"

方灼跟严烈刷完牙，准备进去了，才看见隔壁房子旁边多出了一个人。

对方明明人高马大，甚至不比严烈矮，却躲在墙后不敢出来，探头探脑地露出了半个身体，不知道已经观察他们多久了。

方灼迟疑叫道："小牧？"

对面那个男人应该已经二十多岁了，脸圆圆的，白白的，身上穿着灰扑扑的衣服，头发剃成平头。一听方灼出声，立马转身回了屋。

方灼冲严烈耸了耸肩，茫然不已。

没多久，小牧又走了回来，手上拿着几根很有童年味道的老冰棍。

方灼问："给我们？"

小牧点头。

于是刚要起身的两人又蹲了回去，继续对着一片广袤的农田舔冰棍。

小牧蹲在距离他们一米多远的位置，一边吃一边用余光打量他们，有点好奇，也有点害怕。

严烈指着嘴角的位置，问道："你脸上怎么了？"

小牧动了动嘴角，神情难过道："疼。"

严烈问："谁打的你？"

小牧用心舔着冰棍，过了会儿才说："不是很好的人。"

方灼指着后面的旧宅问:"你一个人住吗?"

"嗯。"小牧鼓起勇气看向方灼,说,"以前我跟叶叔叔关系好,他会请我吃饭。"

方灼蒙道:"哦……"

小牧急了,可不想失去叶云程这样的邻居,又重复了一遍:"我们关系好,他会请我吃饭。"

"我听懂了。"方灼说,"我知道你要说什么。"

小牧:"嗯!"

严烈拉着方灼,朝小牧靠近。

他的笑容很有迷惑性,小牧虽然有点紧张,还是忍住了没躲。

严烈闲聊一样地和善问道:"哥们儿,你在哪里工作啊?"

小牧提及伤心事,冰棍都不吃了,半提在空中,悲伤道:"不打了。"

两人还没问原因,正好这时刘侨鸿从屋里出来。小牧见到他,脸色大变,拽着严烈的衣服躲到他身后,想让他遮住自己。

"小牧?"刘侨鸿认出人,惊讶道,"你什么时候回来的?"

小牧嚅嗫着不敢开口,严烈替他告状道:"他被人打了,不想去工作!"

"怎么可以这样?"刘侨鸿生气道,"太过分了!"

严烈:"就是!"

方灼:"……"

严烈义愤填膺:"打毁容了都,平时肯定更欺负人!"

刘侨鸿茫然地问:"你也知道这事吗?"

严烈面不改色道:"他刚跟我说的。"

刘侨鸿让小牧出来,安抚地说:"好吧,我不让你回去上班了。"

小牧这才放下心,从严烈身后走出来。低头发现自己的冰棍化了,赶紧顺着木棍去舔自己的手指。舔了一口骤然停住,紧张地望向两人,怕他们露出嫌恶的神色。

严烈抬高手,也往手指上舔了一下。

方灼吃东西一向喜欢速战速决,现在手中只剩下一根长木棍。在严烈期待的目光中,叼着木棍嗑了口。

115

小牧像是受到极大的鼓舞，整个人都欢欣起来。

刘侨鸿的笑容有些发苦，又揉了揉他的头，让他们先进去吃早饭。

吃过早饭后，方灼站在水池边帮着洗碗，突兀地问了句："他一直是这样吗？"

"是的。"叶云程说，"他有点智力缺损，没能及时就医，但是很乖的。"

方灼："他家里人呢？"

"他爸早就去世了，活着的时候对他妈妈就很不好。他妈见生下来的孩子有问题，就跑了。"叶云程叹了口气，"苦怕了吧。"

方灼擦碗的手顿了下，继续放到水下冲洗。

"每个人都想要过更好的生活。"叶云程低着头，缓声道，"只是这个世界不是对每个人都那么温柔，也不是每个人都那么幸运，可以变得善良、勇敢。没有办法的。"

方灼关停了水，不可抑制地想到了自己，心底那块石头开始动摇，忍不住问道："那我妈妈呢？"

她的声音很轻，怕惊动了什么："我也让她变得更加不幸了吗？"

叶云程诧异地转过头，看着她道："你为什么要这样想？"

方灼一生中有许许多多的问题。

为什么她没有父母，为什么她不能淘气，为什么别人要嘲笑她，为什么她那么不幸。

然而所有的问题都没有答案，她学会的只是不要去问。

第一次自己上学，第一次离家出走，第一次到自己一无所知的地方，第一次明白这个世界的未知和广阔。

巨大的惶恐中，没有人在意她过得怎么样，是不是真的没有关系。

所有的问题不断积累，她以为长大就可以弄懂的难题并没有被解开，但是她已经不会再问为什么了。

可是现在，她还是很想问一句为什么。

她记得小学刚毕业的时候帮奶奶去卖兔毛，她偷偷藏了一点钱，坐车去找方逸明。

奶奶也许知道，也许不知道，反正没有拦着她。

在城市的角落里，她看见那个男人抱着他的儿子，在街上跟人寒暄。脸上笑得很开怀，眉毛眼睛都是弯弯的，像一个再普通不过的父亲。

他给弟弟买玩具，亲切地教他喊叔叔。

方灼将衣服后面的连衫帽戴上，在他面前走了两遍，他都没有认出来。

她听见方逸明的同事说："儿子不好带啊，我家也是一个儿子，一淘气我就想打他。"

紧跟着他又道："不过只有一个孩子还是轻松的，两个就真的看不过来了。"

方逸明笑着说："是啊。一个就够了。"

他说这话的时候，方灼就站在他身后。

她很难过。是她那个年纪能认知到的难过的顶点。可是就跟忘记了怎么流眼泪一样，她十分平静地转身走了。

那是她第一次在完全陌生的城市里迷路。

天幕落下，方灼一个人在街上游荡。漫无目的地行走。深夜时分，有人看见她，报了警，不等警察过来，方灼害怕，自己先跑了。

她沿着霓虹璀璨的繁华街道徒步行走了十几公里，走到另外一座城镇，然后跟人询问，搭乘汽车回到了家。

奶奶在厨房里煮好粥，像是什么都没发生一样。

方灼没顾得上吃饭，跑回房间累得睡着了。边哭边做梦，连梦里都在那条街上徘徊，分不清现实地难过。

每一次她对自己的坏运气发出质疑，她都是斗败的那一个。

她真的很倒霉。

"不是吗？"方灼深深垂着头说，"我问过方逸明的。"

叶曜灵为什么要离开？

刚搬过去的时候，方灼很小心的，挑着方逸明心情好，又没别人在的时候问的。

方逸明听见，脸色瞬间拉了下来，冷冰冰地叱了声："别问。"

看起来很讨厌叶曜灵，当然也可能是心虚。

"我不知道她跟方逸明的关系怎么样。"叶云程说,"她比我大五岁,走的时候我才上初中。有一天她突然跟我说,她有喜欢的人了,以后要跟他离开。"

叶云程回忆起来,分明是很久之前的事,却始终清晰地印在他的脑海里。

因为他从来没见过叶曜灵哭得那么悲伤,那么不能自已,抱着他,不停地跟他说"对不起",然后又说,她再也不会回来了。

明明他们是一家人。

……或者只是他的家人,对叶曜灵来说不是。

父母难听的谩骂同杂乱的背景音一样存在于他的记忆,随着时间被他虚化,快要变得不存在。

他不想听见那些东西。此时被方灼询问,才又回忆起来。

叶云程皱眉,说得很不客气:"我不喜欢方逸明,觉得他只是个嘴上漂亮的花花公子,骗姐姐去过新的生活,却并不是真的要负责任……你别生气。"

"我不生气。"方灼说,"我也经常在心里骂他。"

叶云程带着方灼回她住的那个房间,打开靠墙那个老旧的衣柜,里面都是叶曜灵的旧物品。

他回头看了看方灼,不知道该怎么开口。

有时候人的观念固执又荒谬,尤其是在早些年,可能仅仅是因为性别。

他的父母想生一个儿子,第一胎先生出了叶曜灵。他们不是不喜欢女儿,只是更喜欢儿子。

不过叶父还没有糊涂到昏聩,加上那时候已经有九年制义务教育了,他觉得应该要让女儿读书。

在还分不清什么是歧视和偏爱的年龄里,叶曜灵过过一段相对单纯的生活。

"她没有什么新衣服,这些都是旧的,别人不要的。"叶云程把衣服拿出来,摊平后再沿着褶皱重新叠起来,斟酌着道,"我小的时候她就开始照顾我，我们的关系特别好。"

比起父母，叶云程更亲近那个会笑话他、骂他笨的姐姐。

叶曜灵整天都生气勃勃，跟孩子王一样，上山下水无一不通。有很多想做的事，有各种乱七八糟的幻想。你让她去摘月亮，她都敢去搬梯子爬给你看。

他对叶曜灵崇拜又依赖，恨不得每天都跟在她的屁股后面。

"夏天有夏天的味道，春天有春天的清新。"

四季分明。

游鱼、蝉鸣、野花、红叶。阶前的白雪、檐前的落雨、路边的石头、田里的苞米。

一切一切，都特别鲜明。跟连环的油画一样，构成他人生中最重彩的篇章。

叶云程坐在冰冷的地上，手指抽搐，又不舍得弄乱膝盖上的衣服，声线颤抖道："我真的特别恨！"

如果能一直这样也是好的。可是叶云程十二岁的时候，小学四年级。那时候小学还是五年制的。爸妈不在家，叶曜灵带他出去玩，出了意外。

叶曜灵在一旁跟同学说话，叶云程乖乖站在路边等他。那辆车突然拐弯撞过来的时候，谁都没有想到。

那个年代的车祸赔偿很少，乡村的路边也没有监控。叶父叶母没读过书，不懂又不知道请律师。对方一口咬死说是叶云程在马路中间玩耍才会变成这个样子，连恐带吓地跟他们谈妥了赔偿的事宜。

叶云程当时浑浑噩噩的，知道的也不多，只记得最后拿到的赔偿连医药费都不够付，从此以后他就变成了一个残疾人。

叶云程闭上眼睛，黑长的睫毛向下垂落，在眼下透出浓重的阴影："我不能接受，你知道吗？我那时候没有办法接受。我变得脾气很坏，不理人，也不想上学。

"我耍性子爸妈会纵容我、安慰我，可是他们也需要发泄口。他们觉得一切都是姐姐的错。她没有看好我，她应该要负责任。"

叶曜灵坚持过一段时间，装作什么都没发生一样，给他念书，背他出门散心。可是那时候叶云程什么都没有意识到，他什么都不知道，专注在自己的世界里，觉得自己就是最不幸的人。

自怨自艾，自私自利。

他后来反思，才发现叶曜灵的生活是多么痛苦，而他什么都没有做。

他是一个受益者，是压在叶曜灵身上最重的一副枷锁。她的每一个不幸上面都刻着自己的名字。这是他无法逃避的事实。

叶云程想，人成长需要好长的时间，可是命运从来不给他们那么多的机会。等他明白过来，也想要保护他的家人时，那个让他重新站起来的人已经不在了。

叶云程的精神恍恍惚惚的，感觉身边多了一个人。方灼坐到他的身边，紧紧贴着他的手臂，又握住了他的手，将脸埋在他的肩膀上。

"她很害怕，因为她也还小。在这个家里她得不到公平的对待，也没有任何人可以倾诉自己的苦闷。整个地方的人都不能理解她，觉得是她的错误才让我出了意外。她压力好大，我知道的。"

她太疲惫了，她所有的生命力，都消耗在对弟弟的愧疚、父母的偏爱、无端的指责，以及未来的迷惘中。

叶云程也想，如果这个世界没有他就好了，那样就不会出现那么多不知所措的人。叶曜灵还可以做自己喜欢的事，追逐自己各种天方夜谭的梦想。

如果给她机会的话，她一定可以成为一个很优秀的人。

叶云程很轻很轻地吐出一口气："然后她就走了。"

这样想来，叶曜灵或许并没有那么喜欢方逸明，她所有的义无反顾只是因为想要离开，而方逸明是离她最近的那根稻草。

方灼靠在他身上，隔着衣服感觉到他的肩膀在震颤。滚烫的温度和强烈的心跳刺激着她的眼睛，跟着面前的人一起无声哭了出来。

叶云程喑哑道："对不起。你妈妈的不幸其实是因为我。"

方灼说："不是的。"

叶云程克制了会儿，又问："姐姐留下过一本笔记，你看了吗？"

方灼说："我没有看完。"

"我就知道你看了。你看完吧。"叶云程说,"她最后一次回来,之后的离开,都很平静。我感觉她想通了,可惜没有时间了。"

方灼问:"你看了吗?"

叶云程说:"我也没有看完。"

两人同时闷笑了下。

他们都觉得叶曜灵肯定会爱对方,却不相信她会爱自己。

毕竟爱那么没有由来。

方灼没有看。她翻出了那个本子,还没决定好,就趴在上面睡着了。

等醒过来的时候外面的天已经黑沉,窗户上传来有节奏的叩响,严烈压低了嗓子在外面问:"喂喂喂?有人在吗?"

方灼拉开窗户,看着外面的人,问道:"你怎么还没回去?"

严烈得意地笑道:"舅舅答应我住下来了,还说等太阳好,给我晒床被子出来,到时候我就有自己的房间。"

他说着朝天边望了眼,期待地说:"到底什么时候出太阳啊,这两天都是阴天。真是的。祖国母亲生日的大日子都不放晴。"

方灼清醒了点,又觉得自己还是很迷糊:"所以你在这里做什么?"

"大半夜的去女生房间里多不好。"严烈说,"罗密欧跟朱丽叶都是隔着窗户说话的,我来找你玩啊。"

方灼比着两人不到半米的距离,听他胡侃:"是这么近的窗户吗?"

严烈笑说:"关系不大嘛。"

严烈跳上窗台,侧坐在上面,拎出一个红色的塑料袋,献宝似的道:"小牧带我去你们村里的杂货店了,好多我没见过的零食!"

他拆开一包应该是糖果的东西,丢给方灼。

方灼大概是敷衍地笑了下,但自己也不大确定。她现在没什么心情,以至于脸上的肌肉都变得冷硬,不受控制。

严烈定定看了她一会儿,跳下窗台,没多久重新跑回来,背对着她坐着,用手掩着,将东西放在嘴边吹了声长哨。

那声音带点尖刺,又有点闷闷的,勉强能拼成不同的调子。方灼闻

121

声看去。

严烈扭过身，单手按在她的桌上，晃了晃手中的葱叶，笑容狡黠地道："舅舅院里摘来的。你别告诉他。"

方灼看着他的眼神里逐渐带上了同情，缓缓开口："你知道在农村很多人种菜都是用纯天然肥料的吗？"

严烈的身形明显地颤了下，转了回去，不让她看见表情。但是方灼完全能猜到，此时他的脸上肯定写满了"天地崩塌"。

她又幸灾乐祸地补了句："你知道什么叫纯天然肥料吗？"

严烈叫道："我知道！你不要说话！"

方灼见他吃瘪，心情莫名好了起来。

严烈冷静下来挓了挓，察觉到不对，回头拍了下桌子，也不生气，乐呵呵地道："不可能，家里有厕所，哪里来的天然肥料？而且种葱而已，要施什么肥？你骗我！"

方灼哼了声："让你以后还随便把东西往嘴里放。"

严烈说："知道啦！"

他在窗外晃着腿，方灼出神地坐着发愣。夜色一时很安静。

少顷，严烈拆了包薯片。在塑料包装物的揉捏声中，他平静开口道："我小时候住在河边。出门不久，就可以看见一条很宽的河。"

方灼抽回游离的意识，认真看着他的背影。

"河里经常会有人洗澡、捕鱼。跟我同龄的孩子都喜欢下去玩，但是我奶奶不允许。因为每年都会有那样的新闻，她觉得如果我有危险溺水的话，她救不了我。"严烈仰起头，"不过比起河，我还是更喜欢插画里的大海。奶奶就答应我，等我以后长大了，允许我去海边。可惜后来没有机会。"

严烈挪动了下，偏过头问："以后你可以陪我去吗？"

方灼狐疑道："你自己不能去吗？"

"不行。"严烈很执着地说，"一定要有人陪我去。"

他就像一个耍脾气的人一样，方灼过了片刻才道："那好吧。等我有空的时候。"

严烈对她的措辞不是很满意，嘀咕道："有空是什么时候？"

方灼也不好回答。

夜风呼呼地吹。窗户和灯都开着，方灼看见还没彻底消失的蚊虫正从黑暗中飞扬过来，勤劳又殷勤。

她过去关掉了房间的灯，又让严烈把院子里的灯打开，然后拿着笔记本爬到桌子上，与他背靠背地坐着。

光线变得很昏暗，她用手指卡住笔记本的纸张，从中间往后翻。

被泪水打湿过的那一页纸张特别不平整，方灼随便一找就找到了。

她又看见了之前那句让她颤动的话。

"宁愿我没有生过这个孩子。"

这一句话之后，是大段的空行。

可能叶曜灵在调整自己的情绪，她也没想好自己接下来要写些什么。

方灼借着院里昏黄的灯光继续往下翻阅，旧书页上呈现出一种更为老旧的斑驳。她发现叶曜灵在写这句话的时候，或许真的不是因为怨憎或是愤怒，如叶云程说的一样，她很冷静。

"我没有给她一个好的家庭，甚至不能算正常的家庭。可是很快我就要离开了，这要怎么办？"

方灼往后翻了一页。

后面的文字密集起来，但记载的事情也是零零碎碎，基本是想到了什么就写什么。

"今天我去给爸妈扫墓。我看着石板上的名字觉得特别陌生。好几年没有见面，他们留在我脑海中的形象已经变得模糊，但我始终记得他们不爱我的样子。

"这真是可怕。回忆起那些事的时候，比我得知他们去世的消息还要难过。

"现在我也是个母亲，或许会成为比他们更糟糕的人。灼灼以后在面对我的时候，是不是也会说'你带给我的痛苦，比快乐更多'？我不希望她对我那么失望。"

方灼看见了自己的名字,来来回回读了许多遍。哪怕是微小的,她读出了叶曜灵对她的重视。

"这的确是我的错。我在方逸明的身上寄托了太多的期望,以为他是爱我的,却发现他并不如我想象的那么美好。

"他的爱也许只是一时兴起。我并不是最独特的那一个。

"我对他的爱慕或许也不是那么真实。那些期望是给我自己的,当打碎所有的虚幻后,我不得不承认,方逸明只是个普通得不能再普通的人。所以当他选择另外一条路的时候,我只是失望多过于伤心。

"他确实像火柴一样点燃过我的生命,但燃烧过后只留下满地的灰烬。"

方灼看到这里,心说,方逸明果然不是一个好男人。

"我因为害怕未来选择过逃避,因为害怕责任选择过懦弱,因为害怕失去选择过冷漠,我多么失败啊,但灼灼千万不要变成这个样子。"

叶曜灵似乎下了很大的决心,连写字都变得用力了。
方灼透过背面的凸痕,能感受到她当初一笔一画写下去的坚决。

"我要离婚了。

"我不能再装作什么都不知道,让灼灼跟方逸明生活在一起。方逸明会有别的小孩,不一定能看顾好她,我希望她能成长成一个坚强的人,哪怕冷酷也不要像我一样卑微。

"我希望她不要想念我,也希望她可以明白,把所有不爱她的人都留在昨天,昨天是永远不会再回来的,她不必去惋惜自己的昨日。

"我就是她的昨日。我爱她,但是我不能陪伴她多久了。"

再后面是她留给叶云程的一些话。大多是愧疚,对自己突然的离开,以及未能及时了解的叶云程的孤独和无助。

方灼又从头翻了一遍,仔仔细细,一字不漏,而后将笔记本合上,放在膝盖上，用额头抵着。

她身后是严烈的体温，灼热滚烫，连带着手中的笔记本都跟着了火一样，让她心底从火星开始慢慢燎原，烧起了让她血液沸腾的烈火，那道火焰又将她所有的不甘和委屈都烧成了灰烬。

——我爱她。

方灼默默回味着这句话。

为叶曜灵的人生感到心酸，又压抑不住内心深处的那点喜悦。

她留在自己的昨天，所以昨天也不是那么一无是处。

方灼动了动肩膀，此时无比地想听严烈开口说话，然而轻声叫了他两次，身后的人都没什么反应。

他将半个身体的重量都靠在方灼身上，头往后仰着，枕着她的肩膀，沉沉呼吸。

方灼听到他平稳的呼吸声，才发现他是睡着了，脖子上的皮肤被他的头发蹭得有点痒。

她将人叫醒，问道："你这么困吗？"

严烈还强撑地辩解："我没有啊。"

方灼说："你都睡着了。"

严烈有些迷糊。他不失眠已经很好了，怎么可能保持这么诡异的姿势睡觉？

他惺忪着眼，又定睛打量了她片刻，见她此时精神奕奕，能量过剩，不像之前蔫头耷脑的，便道："我回去睡觉了。"

方灼的动作快于大脑，伸手拉住了他的衣服。

严烈投来询问的目光。

她还没想好要说什么，借用了下书里的句子，很是哲学地说："把你不喜欢的人留在昨天吧。"

严烈还困呢，没听明白她的问题，下意识地说："不趁热扬了吗？"

方灼："……？"

严烈摸摸后脑："没什么。你说这个干什么？"

方灼却从桌子上爬下来，敛眉认真思索一阵。

谁不说有点道理呢？

方灼白天几乎睡了一天了，此时全然没有困意。

她也不知道自己为什么能睡那么久。大概是长久紧绷的神经在某一刻得以松动，于是过度的疲惫和压力开始释放，叫她陷在昏昏沉沉的梦境里，醒来后世界重新变得崭新明净。

她觉得现在的状态很好，于是把窗户关紧，打开大灯，拿出包里的英语书背诵单词。

第二天早上，方灼将笔记本拿去给叶云程。

她敲了敲开着的门，将东西递过去，问："需要我念给你听吗？"

叶云程略微失神地看了会儿封面，然后将它收进怀里，说："不用了，我自己看吧。"

他把本子放到书桌正中间，顺势坐了下来，却没有翻开，而是十分平和地透过窗户注视着窗外的绿林。

"其实她早就释怀了。那次回来她表现得特别平静，虽然看着有点憔悴，但精神状态很好。我以为她会留下来，拉着她去她的房间，想告诉她，其实我们一直在等她，一直是一家人。结果她跟我说，她快要不行了。"

叶云程笑了笑："其实释怀不了的是我自己，我总觉得她不是原谅我，她只是不想计较了。离开的时候她哭得歇斯底里，回来的时候她已经走到了人生末期。她跟我在一起，总是没有好事发生。"

"是吗？"方灼站在他身后，淡淡道，"遇见你之后，我身边有很多好事发生。她大概是把好运传给我了吧。"

叶云程回头，笑道："那太好啦。"

方灼要出去的时候，他又说："我也是。"

假期过得很快。除却前几天大扫除并修整了小院，之后几天他们都在平平无奇地做题。

假期结束的前一天，方灼背着包，说要出去一趟。

她拿了一小袋土鸡蛋，还有十几斤橙子。这些都是本地农产品，村里人内部买卖比外面便宜一点。

叶云程见她大袋小袋地拎在手上，不解道："你这是要去哪里啊？"

方灼说："我去 A 市卖卖看。"

叶云程哭笑不得道："你要去试水？怎么可能卖得掉！不能随便摆摊的。"

方灼说："不一定的。"

叶云程见她坚持要去，就当是体验人生了。没再拦她，给她准备了一壶水。

严烈也说要去，顺便回家整理一下东西，明天直接回学校。

他很好奇方灼要去哪里摆摊，跟她一起坐车回了市区，又跟她一道下车。

方灼大概很珍惜他这个不收钱的短工，见他愿意帮忙提重物，默许他跟在自己身边，下车的时候还殷勤地给他开辟出道路，让他走在自己前面。

然而这个不善良的人过河拆桥的速度也是很快的，到了自己找的地方，让他把东西放下，那点小小的殷勤就没有了。

严烈以为凭方灼的个性，做生意前肯定会先考察市场、选择合适的地点，起码会先确认这地方究竟能不能合法摆摊。

结果她下车后一路直奔这里，似乎是早就选定了地点——一个人流量不算高，视野也不十分开阔，可以说不大合适的位置。

离他家倒是挺近。

说是摆摊，方灼只是将东西一左一右地放在那里，然后坐在路边，拿出书看了起来。

严烈不明所以，蹲在她的身后。

方灼转过头，很无情地说："你不要站在我边上。"

严烈问："为什么？"

方灼皱眉："你这样会影响我做事。"

严烈后退了一步，受伤道："你嫌弃我啊？"

"没有哪个贫困学生出门做生意的时候，身边会带一个小弟的。"方灼的良知复活了过来，"要不你先去别的地方逛逛？等我这边完事了，我请你……"

她本来想说请严烈喝奶茶的，又想奶茶实在是太贵了，十几二十块的，还不管饱。她脑子转了一圈，机灵地道："请你吃没吃过的零食。"

严烈从她的脸上看出了她心境变化的全过程，面带微笑道："……我谢谢你。"

方灼谦虚道："不用客气。"

"那我回家一趟，你东西卖完了……卖没卖完都别走，走了我找不到你。"严烈不放心地说，"要是有人找你麻烦你别打架啊。城管来了你也别承认你是在摆摊。"

方灼应了。严烈就背着自己的包回家，草草将东西收拾了下，又骑着车赶回来。到地方发现方灼还在，不知从哪里找了一张小木凳，身边的东西倒是一点都没少。

这时候已经过去半个多小时了。

严烈没觉得意外，在对面的蛋糕店，选了靠窗的位置，一边玩手机，一边准备迎接方灼的零食。

方灼像是在等什么人。如果她是在守株待兔的话，那严烈就是写寓言故事的人。

新的故事名字他都想好了，叫《灼烈的陷阱》，或者更贴切的，《灼灼的负面示范》。

方灼的生意的确一直没有开张，就像她对学习英语的热情一样只能一路看跌。在她反反复复都搞不懂相关语法，准备将严烈叫回来做辅导时，一个人在她面前停了下来。

这位中年女士手上拎着个红色的包，脚上是一双矮跟的黑色皮鞋，跟上次见面相比，剪了一个新的发型。

她路过方灼身边时，目光不由自主地往这个坐在路边看书的奇怪女生身上多看了一眼，随后停下脚步，惊讶问道："诶，小姑娘，你是那个，老方的女儿对吗？"

方灼抬起头，冲她点了点头。

"我是你爸爸的同事啊，还记得我吧？"

妇人对她印象很深，觉得她成绩好、长得漂亮，人又孝顺。还拿来当别人家的孩子举过范例。多关心了一句："你坐在这里做什么？这里又冷又潮的。放假不去跟别的同学玩？"

方灼说："卖点东西。"

"卖什么呀？"女士侧蹲下身，用手拉开塑料袋的口子，好笑道，"卖鸡蛋？"

"土鸡蛋，一个两块钱。"方灼说，"橙子一斤四块钱。"

妇人笑了出来："老方真是，怎么让你出来干这种事？"

她仔细看了眼，"咦"了一声，又说："这个头看起来还真是土鸡蛋，你哪里来的？我前几天还看见他在群里打听，说想找地方给儿子买土鸡蛋，你弟弟不是要去参加什么竞赛了吗？"

方灼神情犹豫，含糊了声，说道："我不知道，我不跟他住在一起。"

妇人抬起眼，在她脸上过了一遍，表情有点讶异，但并不明显。

方灼没看她，指着袋子强调说："真的是土鸡蛋，从我舅舅家里拿来的。你要吗？"

妇人随手挑拣着，又问："你舅舅呢？他怎么让你一个人过来？"

"他不方便。"

"哪里不方便？"

"腿脚不方便。"方灼说，"住得也远，他在乡下。"

妇人若有所思道："哦，这样啊。"

她拿出钱包，从里面抽出两百块钱，快速塞进方灼手里，说："东西我都买了，你赶紧回去吧。街边怎么能看书呢？"

方灼将其中一张还给她："找不开。"

妇人已经提着袋子起身，两只手都是满的，没有去接，爽快道："不用找了，一点小钱。我看你东西都挺好的。拿了钱早点回家，当心街边风大。"

方灼还想再说，她直接风风火火地走了。

严烈从蛋糕店出来，跑到马路对面，望着女人的背影，不敢置信道："真卖掉了？多少钱？"

方灼慢条斯理地把教材收进书包，站起来活动了下僵硬的手脚，平淡道："两百。"

"好厉害啊，你跟她说了什么？"严烈瞥了眼时间，"不过已经两个多小时了。我都已经在蛋糕店吃过点心了。"

方灼背包的动作一顿,很认真地说:"这个不能报销。"

严烈:"我没有要让你报销!"

方灼把小板凳还给附近的小店,回来道:"我先去找个厕所。你在这里等等我,我带你去吃东西。"

两人都没想过,为什么要在一起行动。就像严烈没想过,自己明明都已经回家了,为什么还要再跑出来一趟。

感觉那是件很正常的事。

他等方灼走开,跑回马路对面,点了两杯奶茶。

前面还有好几个人,店员在制作的时候,两个长头发的女生朝严烈走了过来。

她们应该是附近大学的新生,有些害羞,又很纯真,大着胆子搭讪:"小哥哥,等人吗?"

严烈点头。

女生拿出手机:"可以加个微信吗?"

严烈礼貌笑道:"不大方便。"

"怎么不方便?"

"等的人不高兴。"

"你女朋友?"

严烈保持着微笑,没有回答,低头去看自己的手机。

"你真的有女朋友,怎么会在这边干坐半天啊?不用陪女朋友去逛街?"边上的女生插嘴道,"我之前就看见你了。加个微信而已嘛,你成年了吧?"

"高三的学生,不能早恋。"严烈头也不抬道,"而且我不加别的女生的微信。"

方灼从隔壁大楼借完厕所出来,发现严烈不见了。四处搜寻了下,才发现他和两个女生在马路对面。

隔着一条马路,依靠她5.0的视力,能看见三个人在谈笑风生。

她朝那边走，没注意脚下的路面，也没看见迎面而来的小狗。等身前突然响起一声犬吠，吓了一跳，脚步往边上撤去，又意外被年久失修而向外翘起的土砖绊了一下，猛地摔倒。

摔倒的地方有一层台阶，她尽量用手挡了一下，闭上眼睛，耳边听见有人在尖叫。

这一下让她撞得有点蒙，缓了缓神，然后自己爬起来。

方灼全身都有点疼，依次检查身上的伤势。

左手手掌有点擦伤，不严重。额头好像磕了一下。

她准备抬手去摸，严烈倏然冲了过来，一把抓住她的手腕，制住她不让她乱动。他顶着张阴沉的脸不停在她眼前晃，追问道："没事吧？晕吗？难受吗？"

周围声音嗡嗡地响，太多人说话，吵得方灼脑袋发晕。

方灼往火辣辣的手心吹了口气，说："我没事。你是等绿灯过来的吗？"

严烈没有回答她的问题，自顾自道："我现在送你去医院。"

方灼觉得他大惊小怪的，一听医院立马严肃道："这要去什么医院？买创可贴都是浪费。"

小时候磕磕绊绊的多正常啊，她觉得完全没有必要。

严烈不看她的眼睛，像是屏蔽了她的信号，视线直勾勾地落在她的额头上，说："你头上流血了。"

方灼想去摸，可是手被严烈牢牢按着，只好放弃。

她觉得应该不严重，因为没感觉到血液流淌，多半只是擦伤。正要这样说，眼皮就觉得变沉了，有什么东西落在了睫毛上。

边上有人递来餐巾纸，严烈小心地擦了擦血渍，没碰到她的伤口。然而血好像有点止不住。

方灼睁着一只眼睛，视线里只能看见严烈那张近在咫尺的脸。

他不笑的时候，显得很冷酷。下敛眉眼和紧抿的唇角，都像是在发脾气。

可是他为什么跟自己发脾气？

严烈收起纸巾，拉着她道："我叫辆车。"

方灼抗拒道："不用。过会儿就好了，又不是没摔过。"

严烈的脸色已经不是阴沉可以形容的了，他没有说话，只是固执地往街边走。方灼跟着走了两步，妥协道："那还是坐公交车吧。"

严烈回头，仿佛之前的耐心和温柔临时下架了，声音不自觉高了起来："你还想顶着这个能直接演鬼片的造型去坐公交车?!"

方灼沉默了两秒，纠正说："国内不能拍鬼片了。"

严烈深吸了口气，像是在极力克制，但效果不大。

还是后面的路人告诉他们，附近就有一家正规医院，才让气氛稍稍缓和下来。

等坐在医院明亮的诊室里包扎的时候，严烈的气依旧没有消。

方灼看着医生，严烈观察着她，医生目不转睛地清理着伤口，三个人都不说话。

房间里太安静，方灼的思绪就跟屋外的人群一样不断飘远。

没多久，她听见严烈问："医生，你再给她看看，她脑袋真的没问题吗？怎么好像……不大聪明了？"

方灼抬起头，说："我是在算账。"

严烈问："你算什么？"

方灼拧着眉头，失望地说："亏了。"

严烈的脾气被她这两个字磨没了，搬过一旁的凳子，坐在她的对面，双手环胸，想看出她脑袋里究竟都装着什么。

方灼知道，他肯定是觉得自己小气、财迷。

"你要是不关注它，它很快就好了。"方灼阐述自己的宝贵经验，"这是自然疗法。大家小时候都是这样的。"

严烈说："我关注它还能好得慢吗？"

方灼坚持地道："我是说，你不关注它也能好。"

"可是我会很担心！怎么会没人关注！"严烈气道，"医生你说。"

医生没答，他只是拿着纱布，在伤口边缘按了下去，疼得方灼呲了一声，严烈也跟着皱了皱眉。

处理完，医生才调侃了句："难怪你脑袋后面好几个包。"

方灼："……？"

见他开始收拾盘子，方灼又问："纱布要钱吗？"

医生掀起眼皮，揶揄地问："怎么？你还想带点赠品回去啊？"

方灼说："我想把伤口包扎得严重点，这样我就不用上体育课也不用做早操了，可以多留一点时间在教室里学习。"

医生被她勤奋求学的精神给打动了，说："要钱。"

方灼很快放弃，叹了句："那算了。"

"小年轻，整天想什么稀奇古怪的东西。"医生被她逗笑了，"我给你开张证明，你先去交钱吧。伤口别碰水，注意休息，回去多睡一会儿。找你们学校医务室的人换药就行了。"

方灼："哦。"

严烈让方灼在外面的休息区里坐着，看着她本来就没什么血色的脸变得更加苍白，忍不住道："你怎么会摔呢？我当时看见你了，怎么那么粗心？平地都能扑。"

他不说就算了，既然他主动提起，方灼也不客气地说："都是你的错误。"

"方灼同学，你开始不讲道理了吗？"严烈说着笑了出来，"哦，如果你是因为看我才摔的话，那确实是我的错误。你干吗那么关注我？叫我一声不就行了？"

方灼没想到他是这么不要脸的人，偏偏又找不到充分的理由反驳，又说："是公共设施不行。"

她的头跟那个劣质的防水砖一样裂开了。

严烈觉得有点好笑，这时手机响了起来，他摸出来一看，发现是叶云程。

他把屏幕转给方灼看，方灼道："别告诉他。"

严烈于是拿着手机去窗边接起来。

叶云程在对面担心地道："烈烈啊，你知道方灼在哪里吗？她怎么还没回来？如果东西卖不掉就不要卖了，再不回来天要黑了。"

"她在路上碰到班主任了，我们聊了会儿。老班看她一个人，下周又要月考，就让她过去跟另外几个学生一起补习。"严烈说，"所以她今天不回去了，下周看情况再回去。"

叶云程觉得有点不对劲，没马上接话，但也没拆穿，只是说了句："这样啊。可是她的校服还在家里。"

严烈说："我明天过去给她拿吧。"

叶云程："那好。"

严烈拿着手机回去，方灼正在研究她的病历本，试图看懂医生写的字。

他将本子抽了出来，等方灼看过来后，一本正经地说："我跟他说，你去我家，今天不回去了。"

方灼莫名道："我去你家干什么？你怎么找这样的借口？他肯定要猜到了！"

严烈盯着她看了一会儿，用她自己说过的话怼道："你为什么十八岁了还可以这么单纯可爱？"

方灼："……"

旧仇得报，严烈高兴了，说完不给方灼反击的机会，拿着单子乐颠颠地过去交钱。

排完队，交完钱，严烈拿着收据走出来，发现方灼就跟在自己身后，正仰着头看天花板上的灯光。

她侧颜清冷恬静，乖顺地站在一旁等人，看着极具迷惑性。

严烈笑了下，拉着人去取药口，领了两条药膏。

医生应该看出方灼的经济情况不大好，没收清创的钱，开的药价格也很便宜，最后一共才花了三十多块钱。

他把东西都塞进方灼书包的小格子里，背在身上。

走出医院，外面的阳光瞬间投了过来，刺得方灼眯起了眼。

她还记得正事，招呼道："走吧，我带你去吃东西。"

严烈拿她的逻辑跟观点总是没有办法。

"你不是已经亏本了吗？"他新奇地说，"受伤了连出租车都不肯坐，还愿意请我吃饭？"

方灼说："这是两件事情，我已经答应请你吃东西了。"

严烈简直受宠若惊。

他以前以为方灼对他一毛不拔，没想到她宁愿背负财产赤字都可以请自己吃饭。这是不是说明他们之间的友谊实现了质的跨越？

看来他还是挺值钱的。

方灼带他去了一家面馆，给他点了一碗小馄饨还有一碗拌面，自己则买了一个烧饼。

她不是很有食欲，总觉得脑袋还有点晕，吃多了东西会反胃，勉强吃了个饼，又喝了点店里免费的汤。

严烈则吃得很珍重，感觉每吃一口方灼的钱包就瘪了一块，不认真品味都对不起这份付出。

将筷子放下以后，严烈托着腮，笑意盈盈地问："我是不是你第一个请吃饭的人？"

方灼看他的眼神，觉得他才是那个撞到脑袋的人，站起身道："回学校了。"

因为明天下午才正式上课，学校里还很冷清，一眼望去只有两三个人在走动，大门也只开了一条缝。

两人进去的时候，迎面碰上了班主任。

老班看见方灼头上的纱布，震惊道："方灼，你的头是怎么了？"

方灼不是很想回顾，给严烈递了一个眼神，让他帮自己解释。

严烈说："方灼今天去市区摆摊，想把舅舅家带来的农产品给卖了，赚点钱。"

"嗯。"老班表情严峻，伸手摸了摸方灼的额头，冷声道，"被城管打了？"

严烈说："然后上个厕所回来摔了一跤。"

老班："……？？"

严烈忍笑："嗯！"

方灼瞪着他,不是非常高兴,疲惫地说:"我可以走了吗?我要回去睡觉了。"

严烈将包递给她,老班看她脸色实在不太好,太担心了,亲自将她送回去。

第五章

家长会

假期结束的第一天早上,方逸明惯常走进办公室,发现一位女同事在发橙子。

假期后的工作日总是容易让人倦怠,方逸明的情绪不是很积极。他沉默地坐到位置上,打开电脑,在妇人路过的时候,礼貌地跟她说了声"谢谢",并顺手将递来的橙子放到桌角。

有人剥开吃了口,称赞道:"这橙子真甜,汁水也多,比我超市里买的好吃多了。许姐,你哪里买的?"

妇人在方逸明身边停了下来,朗声笑道:"老方他女儿那儿买的!农家自己种的,四块钱一斤,可便宜了。你们要想买,可以问问老方那里还有没有。"

方逸明跟别的同事闻言都是愣了下,一时间很难将她的话跟她话里的人联系起来。

方逸明在单位一向是斯文人、有涵养的形象。上班的时候从来都穿着一丝不苟的西装,看着生活讲究。加上面部轮廓坚毅硬朗、五官端正俊秀,让人第一眼就能心生好感。即便对待同事不算热络,人缘和口碑也一直不错。

同事笑道:"许姐你记错了吧?方哥哪里有女儿啊?而且方哥家里怎么可能卖橙子呢?"

妇人将手搭在方逸明的桌上,涂着红色指甲油的指尖在桌面上点了点，居高临下地瞥着他。脸上分明是和善笑着的，但从方逸明的角度看过去，总觉得有些讽刺。

"很大了已经，今年都高三了。听说以前在乡下跟奶奶住，没人照顾才搬回来。前段时间还来给老方送伞呢。是吧，老方？"

方逸明面色不善，心中是极为抗拒和不满的，饶是再迟钝也知道这女人是在针对他，又不知道她对自己发难的原因是什么。

他没有马上附和，也没有出声反驳，众人就知道多半是真的了。当下满是震惊与尴尬，又不知道是哪种情绪更多一点。

先前开口踩雷的那个同事无奈干笑两声，又不好直接停在这个容易让人误会的话题上，只能硬着头皮继续道："那这橙子是哪儿来的啊？"

"哎呀，我真给记错了，你瞧我。就昨天的事。"妇人拍了下手，懊恼道，"不是老方家里的橙子。"

众人暗中松了口气。

不等将场面圆过去，妇人立马接了一句："是老方他女儿从舅舅家里带过来的。"

众人沉默，开始埋头摆弄桌上的键盘。

"我昨天出门，看见小姑娘在路边摆摊呢。她现在跟她舅舅住在乡下，听说长辈腿脚不是很方便，她帮着带鸡蛋和橙子过来卖。一个人坐在街头，一边看书一边卖东西，干坐一整天了都没卖出去。要不是我碰巧路过，不知道还要守多久。"

妇人含笑往自己的工位走去，高跟鞋在室内清脆地叩响，跟她的声音一样带着刻意扬高的音调，仔细听去，阴阳怪气的味道十足："现在的小孩子真是节俭，一件衣服都要穿好几年，看着就知道是旧的，连校服也买旧的，鞋子更不挑。主要人还特别自觉，出来养家糊口都不忘要看书。又孝顺又懂事又漂亮，我真是太羡慕了。什么时候我儿子能有她一半好，我做梦都要笑醒的！"

同事们感觉空气有点凝滞，憋着口气难以呼吸。敲着键帽打下一行乱码，再按着删除键清空。私下交换眼神，频频朝方逸明的方向飘去。

方逸明抬起头道："我上个月刚给了她五千块钱。"

"是吗？"妇人坐下去，惊讶地说，"她一个学生，你怎么突然给她那么多钱？你家那位同意了吗？"

　　这位父亲先前对方灼的冷漠有点不加掩饰。谁不是在社会上混了好几年的人？还能连那么点肤浅的虚情假意都看不出来。

　　只是对于别人的家事，一向当作自己不知道，顶多背后讨论两句。

　　方逸明知道自己说不过她，一时又找不到合适的解释，索性闭上了嘴。隔一会儿又说："她没跟我说过缺钱。"

　　而后不管别人的看法，潜心投入工作。

　　然而他的工作效率也不高。总结文件写了好几个小时都没整理完，脑海中反复出现那天方灼离开时的决绝表情和最后丢下的那句狠话，认为这就是她预谋许久的报复。

　　他觉得方灼很过分，如果有什么需要，可以先来跟自己讲，为什么要做这样的事？利用别人的好心、自己单纯的外表，来抹黑自己的父亲，她是个什么样的孩子？

　　又想方灼跟她妈妈果然是不一样，不知道从哪里学来了一身市侩气，变得这样可怕。

　　他越想越是愤懑，胸口涌动着一股邪火。周围人探究的目光更是让他如坐针毡，好像他每一秒的冷静都是一种错误。连带余光瞥见的那个橙子，都变得外貌可憎了起来。

　　他顺手抓起来，丢进抽屉里，用力合上，眼不见为净。

　　中午时分，方逸明请了假，说要去学校看看方灼，跟她解释一下家里的误会，便提着公文包匆匆离去。

　　Ａ中离他的工作单位不远不近，他自己开车，一路畅通无阻，半个小时就到了附近停车场。

　　走到校门口的时候，他稍微冷静了下，摸了摸下巴，控制在面无表情和慈祥亲善之间。

　　然而当他走进教学楼，才恍惚发现自己并不知道方灼就读于哪个班。

　　他隐约记得应该是五班或是六班，但不大清楚。拿出手机翻看，又发现自己并没有她班主任的号码。

　　相比起来，他连儿子住哪个宿舍、盖什么颜色的被子都知道得清清楚楚，而方灼的一举一动就很难牵动他的神经。

  毕竟一个是他从小亲自带大的儿子，一个是只草草相处过几次的亲戚。

  高三段一共有十几个班级，方逸明索性站在窗户口，一个个教室寻找过去。

  方灼还是很好认的。方逸明往里粗粗一扫，很快就找到坐在最后一排认真听课的女生。

  他看了眼门牌，心说原来是一班。

  方逸明绕到前门，敲了敲，推开进去，主动说："你好老师，我找一下方灼。"

  几十双目光一齐扫向教室最后排。

  方灼头上贴着块纱布，那个突兀的东西让她原本就苍白的脸色显得更加阴沉。

  老师见她坐着没动，拿着卷子过去问："你是学生的谁？"

  方逸明往后退了一步，说："我是她爸爸。我跟她说两句话。"

  方灼这才慢吞吞地起身，从靠墙的走道穿了过去。

  方逸明一看她这了无生气的样子就有点烦躁，想催促她快一点，又勉强忍住了，好不容易待她走近，拉着她到走廊尽头去说。

  他刻意避开了方灼头上的伤，黑着脸道："你跟人打架了？"

  方灼："我没有。"

  方逸明没多追问，斟酌着开口道："方灼，我毕竟是你爸爸，你有什么意见，可以直接来找我，不应该用这样的手段。如果你真的回来求我要钱，我还是会给你的。"

  方灼静静看着他，问："你指什么？"

  "你都跟我的同事说了些什么？"方逸明哪怕做足了心理建设，还是不免生气，"你一个高三生，怎么会跑去街上摆摊？你舅舅又是什么情况？是不是他挑唆了你什么？你以前见过他吗你就信他说的话！"

  方灼打断道："跟他没有关系。"

  方逸明质问："你为什么要跟我的同事说我虐待你？"

方灼依旧不温不火道："我没有这样说。"

"可你让别人这样想了！你去街上摆摊像什么话？哪个年轻人能做你这样的事？"

"别人怎么猜不关我的事。"

方逸明有些绷不住了，无处发泄的愤怒从他的脖子开始上涨，慢慢憋红了脸。

他冷冷注视着面前的人，教训的话还没有说出口，一道声音插了进来。

"方灼。"班主任走过来问道，"怎么了？"

方灼转过身，摇头道："没什么。"

"你的家长？"班主任说，"你先去上课，高三课程紧，我跟你的家长聊聊。"

方灼没问方逸明的意见，直接走了回去。

班主任伸出手寒暄："你好，方先生是吗？"

"是。"方逸明瞥了眼教室的方向，把视线收回来，心不在焉地问，"方灼在学校还好吧？"

班主任笑道："她挺好的，倒是我一直想看看她的家长，担心她家里是不是有什么困难。"

方逸明的敷衍不是很到位，扯了扯嘴角道："没有的事。只是她以前跟她奶奶一起长大，有些习惯没改过来。"

"是吗？"老班收回手，插在腰间，"我还是挺担心方灼的，她的生活不大顺利。"

方逸明认真起来，沉声道："她跟你说了什么？"

"她没跟我说什么，她什么都不说，但身为老师能自己看。"班主任问，"你知道她的头是怎么受伤的吗？"

方逸明面上略显窘迫："刚刚在问。"

班主任点了点头，面不改色道："她太饿了，走在路上摔了一跤，脑袋磕在台阶上，流了很多的血。"

方逸明惊讶地睁大了眼。

"没有钱吃饭，所以她趁国庆假期的时候出去赚钱。"班主任说，"如果你们父女之间有什么误会，我想还是早点说清楚的好，她现在是高三生，不应该过这样的生活。"

方逸明被她说得无地自容起来，又开始怀疑自己先前的猜测难道是错误的？后面的话有点听不进去，只好找了个借口匆匆离开。

班主任看着他近乎落荒而逃的背影，轻叹着摇了摇头，感慨这世上真是什么家长都有。

等下课铃响之后，班主任将方灼叫到自己的办公室。

方灼本来以为老班听信方逸明的话，要找她做家庭思想教育，来得不情不愿。进了办公室后直接靠墙站着，一脸已经选择性失聪的架势。

班主任哭笑不得道："你舅舅给我打过电话了，你放心学习就行。有什么问题告诉我，你现在的第一要务是冲刺高考，"

方灼没想到竟然是和叶云程有关，奇怪问："他说什么了？"

"他说的不多。"班主任单手压着教案，想了想，还是补充了句，让她安心，"你不会转学的。回去上课吧。"

方灼了然。

叶云程帮她告状了。

从小到大，读了十几年的书，还是第一次有家长帮她向老师告状。

沈慕思趁方灼不在，正趴在严烈的桌上小声讨论道："方灼家里，原来没有那么穷啊？我以为她家可穷可穷了。"

话音刚落，方灼就从后门走了进来。

沈慕思神色一慌，连忙转了个话题，问道："你的头还疼吗？"

方灼坐下，朝他浅浅地笑了笑，说："不疼。"

沈慕思却打了个寒战。

有点害怕。

这就是黎明前的杀机吗？

方逸明回到家，还有点心神不定。他推门进去，屋内立即蹿出一股奇怪的味，不知道陆女士又在捣鼓些什么东西。

她总是喜欢研究各种道听途说的小窍门，偏偏没有一双巧手，也没什么分辨力，说话做事很不讲科学，闹得他头疼。

方逸明在沙发上坐下，将钥匙随手一丢，然后仰着头闭目养神。没多久，陆女士走出来，一看客厅便生气道："衣服又随便团在这儿，你就不能让我省点心吗？我在家里不忙吗？专门伺候你？"

方逸明抬手按住额头，露出不耐神色。

陆女士收拾了会儿，又直起身道："不对啊，你今天怎么回来得这么早？你们单位不是应该才下班吗？"

方逸明不想跟她争吵，随意找了个借口搪塞过去，逃到书房假装工作。

夜里，他躺在床上，辗转反侧难以入睡。

陆女士在一旁粗重地呼吸，睡沉了之后，又开始打起呼噜。响亮的鼾声更是让他毫无睡意。

中年人的婚姻走到这一阶段，已经不剩什么爱情了，更多的是责任跟亲情。

他觉得自己就算不爱现在的妻子，也会跟她走一辈子，细心照顾自己的孩子。他这样的年龄不喜欢什么变数，更热爱追求一种生活的安稳。跟年轻时的张狂不一样。

如果叶曜灵能晚一点遇到他，或许他们不会离婚。不，或者根本就不会结婚。

当时他们都太小了，根本不懂什么叫生活。

真是奇怪，他已经很久没有想起叶曜灵了。

方逸明自认为，两人有过一段真诚而炽热的感情，只是那点虚幻的情感很快就被现实消磨得一干二净。

离婚之后，他记忆里留下的全是贫贱中的鸡飞狗跳，全然忘记了最初遇见叶曜灵时的惊艳，只知道她是一个漂亮、单纯的女人。

现在，那种隔着昏黄岁月的漂亮、单纯，重新变得鲜活了起来，跟掘到出口的山泉一样汩汩地往外冒。

是的。叶曜灵长得漂亮，且十分顾家，方方面面都很崇拜他。

她从来不会拿家务上的事情来烦人，家里总是打扫得干干净净。同时也将小气刻到了骨子里，一分钱恨不得掰成两分花。眼光古旧又土气。

她太穷、太压抑了，好像一个没有性格的人，又自卑敏感，让方逸明觉得十分疲惫。

那个时候的年轻人比较喜欢追求"性格"，叶曜灵被他的朋友嘲笑为"没有灵魂"，方逸明渐渐跟她生疏了起来。

他跟陆女士结婚的时候，陆女士的娘家在当地很有势力，比叶曜灵要富裕得多。

年轻的陆女士穿着漂亮的连衣裙，身上喷洒着清雅的香水，张口闭口都是国外华侨的生活，让方逸明沉迷了进去。

现在陆女士依旧喜欢购物打扮，刚与外人见面时，也依旧是一副端庄得体的表现，可方耀明已经不爱她的这些"优点"了，因为他认清了陆女士的刻薄跟短视。

方逸明转了个身，望着飘动的窗帘，又想起方灼来。

他白天的时候还觉得方灼跟叶曜灵不相像，现在又觉得不是。她们都一样倔强、脆弱、敏感。不懂得权衡利弊。

叶曜灵死时落魄，方逸明是有那么一点同情的，此时这种同情转移到了方灼的身上。

他久违地，产生了一种"那是他女儿"的想法。

何况方灼已经十八岁了，成年懂事了，不需要他操心多久，自己为什么要跟她闹得那么僵，还落人口实呢？

第二天下班之后，方逸明带了点钱，再次去找方灼。跟她站在校门附近少有人经过的花坛旁边。

方灼头上的纱布被她自己手闲给拆了。然后照着医药单上的指示，将药膏涂抹上去。

结了痂的伤口看着有些狰狞，在额角的位置，虽然伤口范围不大，

145

位置也不显眼，还是很让人担心会不会留疤。

方逸明终于知道关心一下她的伤势，见面第一句话是："你的伤还好吧？"

"我都快好全了。"方灼问，"你昨天还有话没说完吗？"

方逸明听着不大舒服，又劝着自己不要跟她计较，从钱包里摸出一沓平整的纸币，没数，直接对折了下交给她："这些钱你先拿着。之前给你的生活费你已经用完了？只要你不乱花钱，不够的话可以来找爸爸。"

方灼的脑海里当即放起了一首烂大街的口水歌，她的目光很冷淡地从她最喜欢的金钱上扫过，落在方逸明的脸上，无声地注视着他。

他们总是这样，做事不坏到透底，发现你要跟他们决裂了，就给你分享一点好心，等以后有需要的时候可以寻找转圜的余地。

这多半不是因为善良，大概只是成年人的圆滑。是他们的社交习惯。

方灼几乎能完全猜到方逸明的想法，这是他们身为父女最可笑的了解。

直盯得对方头皮发麻，方灼才说了一句："不用了，我有舅舅。"

"你舅舅怎么养你？"方逸明都忘了叶曜灵还有个弟弟，脱口而出道，"你舅舅不是个残废吗？"

话一出口，他脸上就有了点悔意，意识到这个词不是那么令人舒服。而方灼的表情瞬间阴沉了下去，那双黑白分明的眼睛直勾勾地瞪着他，有某个时刻让他感受到了骇然。

然而那冷意只是一闪而过，很快被她隐藏了起来，再睁眼时，方逸明只看见些许的不平跟愤怒。

方灼突然起了点恶劣的心思，想知道什么样的刀能最深最狠地插进这个男人的心里。他这样的人，还会为什么事彻夜难眠、悔不当初？

她很好地控制住了表情，牵扯的唇角露出个苦涩意味的笑容。

"我记得我以前问过你，妈妈为什么要离开。"方灼说，"你那时候很生气，没有回答我。"

方逸明问："他跟你解释了？怎么说的？"

"他什么都没有说，但是我找到了妈妈的日记。"方灼反问，"你知道，你在她的日记里是什么样的吗？"

方逸明猜测肯定不是什么好话，也许是极尽努力地辱骂、抹黑了他。他做好了发火的准备，想在第一时间大声地辩驳。

然而对面的人却道："她说你……曾经照耀过她的人生，像火光一样在她生命里燃烧了。"

方灼清澈又浅淡的声音，与方逸明记忆中的人重合了起来。

方逸明愣住了。

方灼天真地问："你觉得她很坏，是吗？为什么你那样想她呢？她做过什么伤害你的事吗？"

方逸明支吾起来，第一次在方灼面前抬不起头，有点不敢直视她的眼睛。

"你可以那么轻易地结束掉一段感情……也不会有什么眷恋我的地方。"方灼很平静地说，"我没有做错什么事，但我很早以前就不是你的女儿了。"

方逸明知道，如果这是一场投资，方灼这只股票已经对他停止交易了。

准确来说，和叶曜灵离婚的时候他抛售了一次。叶曜灵去世之后，他没有选择接纳，又抛售了一次。方灼回来，向他寻求关注的时候，他的自私让他失去了最后一次机会。

他没有资本了。

他的卑劣仿佛已经被面前的人所洞悉，他以比昨天更狼狈的姿态匆匆离开，等坐到封闭的车里，才如释重负地松了口气。

方灼的话在他耳边挥之不去，在他不自觉地回忆叶曜灵时，手机响了起来，陆女士的名字显示在屏幕上。

方逸明深吸一口气，滑开屏幕。粗鲁的骂声立即从扬声器里传出来，可以想见对方在以多大的声音朝他嘶吼：

"方逸明！你女儿在外面抹黑你，你怎么那么孬？"

他一点也不意外。陆女士尖酸刻薄，喜欢奚落别人，遇到这样的丑事，肯定有看不惯的"朋友"第一时间告到她的面前。

方逸明没有敷衍她的心情，直接挂断了电话。

他抱头用力挠了把头发,觉得最近什么都不顺利,无论是工作还是家庭。

他比陆女士烦心多了,回去还要面对一帮议论纷纷的同事。年底的测评快要到了,不知道会产生多少影响。

他期盼的,安稳的生活,似乎一夕间就要结束了。

……因为妻子当初那令人惊愕的冷血无情。

方逸明一拳在方向盘上砸了下去。

方灼慢悠悠地回到教室,晚自习已经开始了。严烈等她坐下,压着声音问道:"你跑哪儿去了?"

方灼说:"没什么,赶了个小人。"

听说生气会多长几条皱纹,不知道会不会多留几道疤。

方灼拿出药膏,往伤口处厚厚地抹了一层。

严烈趴在二人的桌子中间,拍了拍她的手臂,神秘地道:"给你看一个秘密。"

方灼问:"什么?"

严烈往上掀起自己的刘海,露出白净光洁的额头。

因为日光灯投下的阴影,方灼看不清严烈所指的地方,只好凑近了看。认真分辨后,发现他的额角也有一块疤,在相似的位置。因为年代久远,已经不大明显。

她仔细地端详,研究那块疤痕的形状,温热的鼻息几乎要喷在严烈的脸上。

严烈觉得方灼靠得太近了,这个距离让他不知道该把视线落在哪里。

挺巧的鼻梁,湿润的嘴唇,黑白分明的眼睛。

方灼的脸像描线过的画一样素净清秀,偏偏额头那块暗红色的疤显得格格不入。他略微直起了身,鬼使神差地抬起手,在将要摸到方灼的脸的时候,一本书插了进来,险些擦到两个人的鼻尖,将他们都吓得退了开来。

班主任臭着脸将辅导书抽回来,意味深长地横了他们一眼,从他们身边走过。

方灼好半响才回神，不解地问："她为什么要白眼我？"

严烈喉结滚动，转过了身，语气淡淡地道："我怎么知道？大概是你不学习吧。"

一周后，方灼的疤还是没好全。她打电话给叶云程，说下周要月考了，所以周末想留校补习。

叶云程应了声，叮嘱她天气转凉，注意保暖。

在要挂断前，叶云程犹豫万分，还是问了出来："最近有人来找你吗？"

方灼装傻道："谁啊。"

叶云程："你说是谁？你班主任都跟我说了。"

"哦。"方灼说，"他不敢来了。"

"为什么不敢来？"叶云程说，"你别跟他撕破脸皮，闹得太难看别人会说你的……算了，你还是专心学习吧。"

"我知道的。"方灼说，"请照顾好我的鸡。"

"你怎么变成烈烈了？"叶云程失笑道，"阿秃很好，你放心吧。我给它搞了个单独的鸡笼，也不用怕别的公鸡啄它。"

方灼听着那偏颇的待遇真是为别的鸡打抱不平。

子凭父贵，鸡凭秃贵。

世态炎凉啊。

她把手机还给严烈，这位老父亲却一句都没提他的吉祥物。

方灼于是又在心里感慨了一句。

人情凉薄啊。

这段时间，方灼将老班给她的册子大致梳理了遍，最近正在做专项练习。顺便跟严烈借了几张以前的卷子做巩固。

不得不说理科是很奇妙的学科。普通的人可以通过繁复的题海来征服。而有天赋的人，只要摸到半掩的大门，就能攀到突破的长梯。

方灼还谈不上开窍，但相关题型的解题时间确实有效缩短了。虽然那个"有效"可能只是几秒钟而已。

至于她的弱项英语，严烈也在试图带着她进行攻克，领她念了很久的英语单词，纠正她的口音。多番尝试后，发现这是一项比较艰巨的任务，而高考的英语口语又不是那么重要，于是改变了策略。

他把单词和短语单拎出来，让方灼进行造句，他再进行批注修改。

方灼不知道有没有用，反正确实掌握到了新的知识。

这一次月考的难度有点大，方灼出来的时候听见有不少学生在抱怨。

她从考场回到自己的教室，将草稿纸跟笔袋放到桌上，脑海中还在回忆卷子上的题目和自己的解题思路。

似乎没有问题，今天的数学卷子就和广告里的巧克力一样，纵享丝滑，每一个都出在她能理解的考点上。

这让方灼觉得很高兴，毕竟她的好运在一般情况下都属于稀有物品。

严烈紧跟着回来，从书桌里拿出手机按下开关，见她一脸跃跃欲试地往自己这边望来，很贴心地问了一句："要对答案吗？"

方灼自己也很纠结，怕自己的幸运值中途腰斩，拿着书看了会儿，实在找不到状态，就说："你可以强迫我对。"

严烈："……？"心想：你还有这种爱好吗？

严烈还想揶揄她一句关于"强迫"的定义，沈慕思跟赵佳游这两个人像小鞭炮似的气势汹汹地冲了进来，一进门就围在他身边，拽着他的衣领大声问道："烈烈，最后那道大题的第二问，你告诉我答案是二分之一还是二？"

方灼默默说了个"无解"，就听严烈在一旁道："都不是啊，你怎么回事？取值范围你没看吗？图像怎么画的？"

两个小鞭炮安静了几秒，然后跟点着了火一样噼里啪啦炸了起来，抱着对方的头嗷嗷大叫，无法接受自己又一次被坑的事实。

方灼于是更开心了，感觉今天什么都在照着自己的预想走，十分幸运。

严烈看出她周身洋溢着的无形的光芒，恶劣地凑到她耳边，提醒道："同桌，下场考英语。"

方灼微翘的唇角瞬间压了下去，表情也愁苦起来。

成年人的世界，快乐都是这么短暂的吗？

严烈在一旁放声大笑，不顾方灼的冷眼，笑得非常放肆。

他这人的笑点委实很奇怪，而且态度善变，过了会儿又过来安慰方灼，一脸很好心的模样，说："没事的，你把那篇作文背下来，起码有大半的题材可以套用。烈烈教你的小妙招，起码能让你的成绩长个十几分。"

方灼对英语一向没什么信心，考得好考得差她都不知道原因。

这门学科的精髓难以揣摩，但作为一门语言，它又是由各种基础的单词拼凑出来的。很多时候能靠着所谓的感觉摸索到正确的答案……当然摸索错了的情况也不少见。

跟严烈一样。

方灼这样想着，凉凉地朝他瞥了过去。

"你为什么用这种眼神看我？"严烈以为她不相信，拍胸保证道，"我说真的！"

方灼幽幽地道："I know（我知道）。"

数学的卷子阅得是最快的。

方灼晚上考完最后一门的时候，卷子已经批出来了，只是成绩还没统计。

沈慕思果然是年纪小，闲不住，跑办公室瞄了眼试卷，回来后郁郁寡欢，趴在桌上不想动弹。

因为月考刚结束，各科老师没给他们安排太多的作业。

严烈打了把游戏，有点不大习惯这久违的安静，上前拍了拍沈慕思的背，试图加深一下彼此的"父子情"。

"儿啊，别太难过，爸爸这次也考得不好，所以不会怪你的。"

沈慕思气得大叫："给爸爸滚远一点！你都快满分了！"

"是吗？"严烈用不要命的口气说，"这不还没满分吗？"

方灼很担心他那么欠打，会高考未至而中道崩殂。

严烈一点都不关怀自己受了心伤的儿子，低着头问："我同桌的卷子

151

呢？你看见了吗？"

沈慕思说："我不知道她的考号啊！"

方灼报了一个。

沈慕思很喜欢给人看成绩，短暂地打起了精神，又跑去办公室给她翻卷子。

五分钟后，蛋糕同学一脸颓丧地走了回来。方灼就知道，稳了。

"你好高，你这回考得好好。"慕斯蛋糕说，"但是我没给你算，我才考了一百二。"

方灼安慰他说："你英语一定考得比我好。"

沈慕思睁大了眼："这话你能跟班里的任何一个人说。"

方灼："……？"这孩子不善良。

很快方灼的数学成绩就被别人传了回来，因为她考了148，是目前已知的第一名，比严烈还高了2分。

她的数学一向都挺好，没拿过第一但也一直在前排游动，众人没觉得太惊讶，只感慨她这次发挥得确实优秀，这种难度的卷子也能把最后一题给做出来。

另外几门理科跟她的平时成绩相比没有太大差距，属于绝对不会拉胯的水准。

第二天中午，令方灼忐忑不已的英语成绩出来了。

鲜红的成绩标在右上角，上面的数字让她瞬间晴朗起来。

她终于摆脱了及格线的诅咒，不仅摆脱，还超了十几分，最终卡在了85的大关。

虽然这跟优秀绝对搭不上边，毕竟她旁边这个人就比她高了二十几分，但对方灼来说，着实是一大进步。

严烈也不看自己的答题卡，只催促她拿出考卷，圈出错误的题目，严厉地指导说："不是对了就行了，蒙对的不能算对。你快看看哪里不会，我再给你讲讲。"

方灼点了点头，由衷承认他教学的成果，听话地用红笔把每个语法都标注了出来。

　　下午的时候，英语老师来讲卷子，总结过后特意提了下方灼。
　　她还是个刚毕业没几年的年轻老师，大概是方灼这个万年坑里蹲着的化石选手终于冒了一下头，让她回忆起了自己当年对这个行业的热忱，她特别激动，夸奖了方灼好几句。
　　要不说她年轻呢，她夸人没有那种岁月沉淀过的技术含量。
　　不夸方灼有英语天赋，也不能夸她的作文措辞优美、词汇量庞大，翻来覆去都是"特别努力！""努力是有回报的！"。
　　像一篇生拉硬拽出来的命题作文，搞得方灼有点尴尬。
　　严烈见方灼不是非常受用的表情，闷声笑了会儿，举起手问："老师，你不夸夸我吗？"
　　英语老师停顿了下，喝了口水，笑道："你还缺人夸吗？"
　　"缺啊！"严烈说，"方灼的成绩就是我们友情的见证！我也很努力了！"
　　"那希望你们的友情可以越来越深厚。"英语老师高兴得口不择言，"高三只剩下半年了，你们努努力，快点加深一下感情！"
　　方灼："……？"仔细琢磨着，她总觉得不大对。

　　语文的卷子出得最慢。
　　这门学科嘛，要考高或是考低都不容易，方灼已经快要忘记这件事了。
　　两天后班主任终于拿着答题卷走进来。她先做了个总结，再让大家拿出试卷进行讲解。
　　由于一节课讲不完，她直接挪用了后面的自习。分析完阅读理解后，跳到了本次的作文题。
　　这一次的作文题目大致一看还有点诗意。
　　他们省出卷一向都挺抽象的，考官的心思也九曲十八弯的让人难以参透。相比起来这回的题目可以说得上简单。
　　题干选用了一段简短的对话作为材料，然后让考生以"如果你变成一种植物"为话题，进行创作。

老班讲解了一下材料的引申意义，好笑地道："有几个学生偏题了，不过总体都还好。写四君子的人是最多的，无名花草的切入点选得也不错。但是居然有学生写彼岸花。干吗？你栽在黄泉路上给人迎来送往吗？"

众人大笑。

老班说："我不是说不可以写彼岸花，还是那句话，你太过标新立异，又写得不够让人信服，很容易拿低分。比如这次这个就写得不行。"

她抽出了几篇高分作文，作为范文念给众人听听。

第二篇读到了方灼的卷子。

方灼写的是风滚草，从风滚草强大的生命力入题，写它艰苦卓绝且不言放弃，在极尽严苛的环境里耐心等待时机，然后一线求生。

中段引用古代比较知名的几个典故和诗句，结尾再呼应一下，结构完整又不乏气势，阅卷老师顺理成章地给了高分。

班主任念完之后，还是觉得这篇文章写得不错，有几句话精辟动人，情感也十分饱满。觉得方灼大概是代入了自己的经历，所以字里行间都透露着坚韧。

她多看了几眼，夸了句"情感真挚，文笔流畅"，把卷子放到旁边。抬起头，发现严烈高举着右手。

她心情好，点了人问道："干什么？想夸奖一下你的同桌啊？"

严烈站起来道："老班，我不觉得情感真挚，方灼不应该是棵风滚草啊。"

方灼抬起头，仰着脸看他，见他虽然脸上带笑，但眼神里透着认真。

老班好笑道："什么啊？不是你觉得是不是，这是人家的作文！"

"风滚草又叫猪毛草，这也太难听了。"严烈扭头问方灼，"你觉得呢？同桌。"

方灼一秒被他劝退，当即改口道："我也觉得不是。要不然我再改改。"

严烈又举手，不等老班同意，自顾自说道："我觉得她是向日葵。"

"向日葵没有那么旺盛的生命力！"班主任无奈道，"严烈，你搞事情吗？把煽情的文章给弄没了。"

　　严烈捧着脸道："但是向日葵一心向阳啊。"

　　方灼沉思了下，发现她很喜欢严烈的各种奇思妙想。好像没有根据，又好像很有道理。每一个都叫人觉得生机勃勃。

　　班主任气得去抓粉笔，要砸到他脸上。"我是让你欣赏别人作文里的技巧和论点，谁跟你一心向阳！"

　　严烈捣了乱，还一脸不知错地在那里轻笑。

　　老班拿他没有办法，将桌上的卷子整理了下，让前排学生分发下去。

　　教室很快喧哗起来，各种吵闹的声音混在一起。

　　老班喝着水，看着底下一帮让她头疼的崽子们，咋舌道："都坐好，不要乱动。屁股底下埋地雷了吗你们？"

　　要结束前，她又通知了一声："还有，下周家长会别忘了。高三了啊，能来的都来，你们懂我意思吧？能让各科老师绞尽脑汁说你们好话的机会不多的，一定要来！"

　　严烈的卷子发下来。方灼很想看看这位天马行空的语言大师写的是什么，手指摸到了他的桌角，后者先行抬手盖住卷面，不让她看。

　　严烈笑道："你猜我写的是什么？"

　　方灼拿不准他的心思，但看他满脸炫耀的表情，觉得应该是什么新颖又生僻的植物。再想到他连鸡都喜欢秃的，怎么可能理解得了他这种年纪的直男的喜好？

　　严烈催促："你猜嘛。你觉得呢？"

　　方灼只好小声道："狗尾巴草？"

　　"……？"严烈表情放空了一瞬，"你的世界里是不是有各种奇奇怪怪的野草？"

　　方灼感觉得到了提示："一棵菜？"

　　严烈又好气又好笑："我在你的心里就是这样的吗?！"

　　方灼大惊："那个彼岸花不会就是你吧？"

　　严烈深吸一口气，对着她无辜又真诚的眼神，缴械投降，将手挪开

155

让她看。

很标准，很主流，很中正，写的是竹子。

严烈说："我也要屈服在应试教育的规则之下的，好吗？不然我的成绩怎么稳定？"

方灼意会点头，粗略扫了遍正文，发现学霸的高分宝典就是将主流的题材写得出众。

哪怕同样是写一棵竹，严烈那工整劲挺的笔锋，已经给他的竹子增添了三分风骨。

不像方灼。主题是风滚草，字迹是猪毛草。

严烈又问："你是不是有点失望？"

这有什么好失望的？

方灼狐疑道："难道你更想写一棵狗尾巴草吗？"

严烈像是被她气到了，噎了半天，冒出一句："你怎么那么直？"

"你是在吐槽我吗？"方灼说，"你不直吗？你还是公认的钢铁直男，我都一直没这么说你。"

她大有"其实我有在包容你"的态度。

严烈张口欲言，又被她堵得无话可说。

他装了那么多年的钢铁直男，没想到会遇见一个有质保的正牌货，这大概就是他的报应。

他气不过，奚落了一句："你这字，该从小学书法开始练起了。"

方灼默默拿出作业本。

没一会儿，她又转过来问："小学书法怎么练？"

严烈："……"

一拳打在棉花上，都比跟她生气舒服点。做人还是要对自己好一点。

因为这周是小周，整个休息日算起来才一天时间，方灼不想在坐车这件事上浪费宝贵的半天，就没回去。

她向严烈借了手机，向叶云程告知一声。

她已经有半个多月没回去了，叶云程想必很担心。方灼先编辑了一条很长的短信，说明一下自己近期的情况，顺便汇报了这回的考试成绩。

叶云程收到后很高兴。准确来说，只要方灼出现，任何无关紧要的小事他都觉得非常高兴。

两人短信交流了几句，把杂七杂八的小事统一沟通了一遍，方灼才拨打过去。

严烈对她如此给自己省话费的举动感到了动容，又觉得这辈子让方灼和自己实现短信自由、通话自由的生活怕是没什么希望了。除非她能买一部智能手机，并办一张带大额流量的卡。

看起来应该快了。上大学联络必须要用手机的吧？

严烈嘴里叼着冰棍，坐在操场边空旷的看台上，脑袋里全是乱七八糟的想法。

信号提示响了一声，叶云程接了起来。

方灼跟他先寒暄了两句，问他近日生活怎么样，身体是不是还健康，得到正面的回答后，直白说道："我们学校下周要开家长会了。"

叶云程愣了下，说："怎么这个时候？"

别的学校一般会比较注重百日誓师大会，随着高考不断临近，鼓舞学生的士气。A中历来传统不大一样。

越临近高考，他们越不想在形式上进行强调。

家长和学生哪个不知道高考的重要性？不能再去撩拨他们敏感的神经了。

学校一般都是默默增加压力、增加习题，延长课业时间。

班主任美其名曰"温水煮青蛙"，等煮熟了，端上桌，就知道是不是盆菜了。

所以别人搞百日，A中喜欢搞两百日。

叶云程听方灼解释完后就没说话，似乎在斟酌着下一句的措辞。

话筒里的呼吸声不是那么平稳，方灼听出了他的犹豫，几乎能想象到此番他欲言又止、止又欲言的状态，补充道："老师说高三了，最好是都能来。"

"哦。"叶云程说，"要不我问问你刘叔？他如果有空，让他帮忙去旁听一下。"

方灼皱眉，调整姿势坐正了一点。

严烈不明白，怎么那么简单的一件事他们要说那么久。碰了碰方灼的手臂，与她近距离地贴在一起，让她开语音外放。

有些絮叨的声音从扬声器里传出来："不过你刘叔挺忙的，这两年乡镇扶贫岗都很忙，他不仅要管脱贫，还要管规划、项目开发……可能没什么时间。"

方灼问："你不方便来吗？"

叶云程也有点小心地问："我方便去吗？"

"我不知道你方不方便啊。"方灼不解道，"你最近有不舒服吗？"

两人仿佛又回到了第一次通话时的状态，进度变得很缓慢。好像每一句话都要经过推敲，再隐晦地试探。

叶云程说："让你同学看见了不好吧？"

"有什么不好的？"方灼声音大了点，"你不长挺帅的吗？"

严烈笑出声来，在一旁跟腔道："那当然，咱舅舅的脸拿出去，怎么也得是个村草吧？我不是说别人的家长不好看的意思，但你知道中年男性身材走形的比例有多高吗？"

方灼顿了顿，说道："我舅舅今年其实才三十四岁。"

严烈着实惊了一下。

虽然叶云程长得很俊秀，但他身上总有一种岁月沉积的感觉。或许是他的沉稳和内敛叫他看着更像一名长辈，以至于严烈从来没有思考过"他的年纪"这个问题，只觉得他值得依靠。

叶云程笑道："你们觉得我还很年轻吗？"

因为身体的缺陷和接踵而来的不幸，他总觉得自己的人生早早就被定了基调。

从懂事开始，飞一般地越过了青春期，跳过了成长期，降落在暮气沉沉的晚年。

如果方灼没有出现的话，他的三十四岁是这样，或许四十四岁、五十四岁，还是这样。也或许根本就没有下一个十年。

"年轻"这个词对他来说，竟然显得有点遥远。此时落在他的耳朵里，却让他有一种酥酥麻麻的痒意，大约是枯木逢春前的征兆。

严烈说:"是还很年轻啊!"

三十四岁,分明是一个人大有作为的年龄。

"反正我家长不来。"严烈抓着方灼的手,将手机拿近了些,软和着语气道,"舅舅你来呗,顺便帮我也开个会。你不来的话,我俩不成孤儿组了吗?"

"不要胡说。"叶云程语调里都是轻松,"那我当天早点来?"

严烈热情道:"也不用那么早来,开大会是在下午。不过你早点来的话,我可以带你逛逛学校。A中最近几年有钱了,翻修了好几个花园和教学楼,逛着还挺有意思的。"

叶云程连声应道:"好好。"

周日晚上,班长拿着单子过来做统计。

方灼在自己的名字后面写了叶云程和他的联系方式,要顺便给严烈也填上的时候,被同桌抬手阻止,自己端端正正地在后面抄了一遍。

班长看着名单,奇怪地"咦"了一声。

严烈手指灵活地转笔,抬起下巴,炫耀地说:"没见过吗?好同桌当然也要共享家长。"

班长推了推眼镜,冷漠地说了句:"没听说过。"然后不感兴趣地走开了。

家长会当天,叶云程还是来得特别早。乘坐第一班车,赶在上午10点前到了学校。

严烈接到电话,对他叮嘱了两声,招呼方灼道:"走,带你去接舅舅!"

方灼站起身,心里暗暗计较。

总觉得比起来,严烈更像叶云程的外甥。

他们肯定会在夜里悄悄用短信聊天,熟悉地叫着彼此的称呼。

叶云程今天穿了件深色的风衣,宽大的衣袍为他遮挡住了一部分的拐杖,得体的剪裁又突出了他肩背的线条,使他看起来有点风度翩翩的俊朗。

虽然腿脚不便,但他还是努力站得笔挺,等在花坛旁边,一瞬不瞬

159

地观赏着里面的绿植，走近了才能看见他飘忽的眼神。

方灼有理由怀疑这件衣服是他跟别人借的。因为一看就不便宜的样子。再看他梳理得整齐，可能喷了发胶的头发，猜他或许天还没亮就起来捯饬了。

今天的叶云程，帅得不像是来开家长会的，像是能上街当模特的。

方灼不大会夸奖，走过去的路上，脑海中还在搜寻可以形容的词。

身边的人比她要坦诚得多，他好像可以随时随地说出自己心底的话。方灼正想跟他讨教一下，严烈灿烂地笑了出来，竖起拇指，朝面前的人扬了扬眉，大声喊道："舅舅！"

叶云程回神，低下头羞赧地笑了一下，又重新看向他们，有点局促地问道："我是不是来得太早了？"

严烈说："也没有，我们在布置教室呢。不过老师还没来，你想找她聊天的话可能要晚一点。"

见方灼一直盯着他，叶云程也忍不住看了过去。

"怎么了？"

方灼想了想，还是坦率地道："很精神。很好看。"

叶云程抬手去揉方灼的头，笑道："你也很精神，很好看。"

他顺势摸了下方灼额头上还没有彻底消去的疤，抿了抿唇角，当没有发现，揽着她往学校里走去。

叶云程想在学校里随便逛逛。他走得很慢，两人也陪着他慢慢走。不是因为腿脚不好，而是他见到任何一道风景都觉得极为感触。

叶云程读高中已经是十七年前的事了。

那时候乡下的高中只有一栋教学楼。别说电脑，连间好点的教室都没有。

学校背面毗邻着坟地，侧面是一座炸毁了一半的山。他们每天从学校正门口进去，绕过中间栽种着的桂花树，走进四季都会漏风的教室里，用一块灰白色的老旧黑板艰苦学习。

老师操着一口乡音很重的塑料普通话，永远会把"数"念成"朔"。

那个时候对他来说，读书就是一件吃苦的事情。

三更眠，五更起。冬寒霜，夏酷暑。

他最青春的那段时间，笼罩着朦胧的白雾，连七八月三伏天里最烈的太阳都晒不穿。

他很难去设想未来，也无法支撑自己独自生活，所以选择了放弃教育。

但当时的他也知道，离开学校，他就更没有未来了。

那时候的他，想不到未来会朝着什么方向发展。

也想不到，十七年后，学校能变成这个样子。

他像是一个没有上过学的人，第一次走进学校，直面这个日新月异的社会，在他停滞不前时所发生的改变。

真好啊。

叶云程想。

世界变得广阔了。即便是贫穷也不用再面对贫瘠的天空。只要伸出手就会有人来帮助你。

读书真的可以改变人生了。哪怕他们都不在，她也可以傲然地活着，去做任何想做的事情。

还好方灼出生在这个年代。

严烈走在前面给他介绍："那座爬满藤蔓的教室是音乐教室，刻意建得比较偏，不过器材还挺全的，有时候能听见他们弹钢琴或唱美声的声音。边上那个地方，以前是垃圾场，后来改建成了器材室。只要仓库里有，学生也可以过来借球。"

叶云程和方灼皆是露出大长见识的表情。

严烈震惊地看向方灼。

不至于，灼灼，真不至于。

你怎么回事?!

方灼假装没有看见他的眼神。

她虽然来了一年多，但还没有人带她系统地逛过。她永远在三点一线间徘徊，对学校还真是不大了解。

三人绕了半圈，来到生活超市附近。

此时学校里的人已经多了不少。学生带着家长四处闲逛，几位值日生挂着红袖章在各条小路上负责指路。

他们从门口经过，迎面遇到了沈慕思和他的家长。

沈爸爸就是严烈说的那种不注重身材管理的中年男性。

他长相温和亲善，不说话的时候表情也是笑眯眯的，外形有点像那尊广为人知的弥勒佛。

沈慕思远远见到同学，抬手招呼了声："烈烈！"

几人走近碰头。

沈慕思不大会隐藏，看清叶云程的腿后露出点惊讶的神色，然后很刻意地将视线撇开，落在严烈的脸上，与他大眼瞪小眼。

沈爸爸倒是很自然，握住叶云程的手寒暄道："您就是严烈同学的家长吗？您可太厉害了！教出那么懂事的孩子！"

方灼张了张嘴。

学霸就可以自由任性地借走别人的舅舅吗？

沈爸爸看向她，又道："这位就是新同学是吧？小姑娘长得真漂亮。蛋糕跟我提过你，说你特别独立，特别……诶？别说，你们仨长得还有点像，是亲戚吗？"

方灼用力点头："是。"

沈爸爸一脸"果然如此"地道："我就说嘛！可是怎么没听蛋糕说过呢？严烈还有一个同学是亲戚。"

沈慕思拉了拉他的衣袖，沈爸爸回头问："怎么了？"

沈慕思皱着眉，一脸愁苦地纠正说："这是方灼的爸爸。你好尴尬啊。"

沈爸爸："……"

方灼也纠正道："这其实是我舅舅。"

沈慕思："……"

叶云程虚搭上严烈的肩膀，笑道："都是好孩子，我今天给他俩一起开会。"

严烈得意道："怎么样？做我家长很快乐吧？以前还有人愿意付费享受这种被全面赞誉的快乐，只可惜被我拒绝了。"

沈慕思跟他混一起嘴贱惯了，下意识地说了句："我也想付费做你的爸爸。"

话音刚落，后脑就被他爸重重拍了一掌。

"轻点打，叔叔，没有关系的。"严烈贴心地道，"高三生脑袋比较金贵，其实我建议您直接踹他屁股。"

沈慕思哼了一声，觉得他特幼稚，吊着眼尾瞪他。

然而这个极具讽刺意味的表情他学得不到位，歪头歪脑，不仅没有杀伤力，还显得有点呆。

他见严烈还因此笑了，气得叫了声，拿肩膀去撞他。

严烈乐呵呵地揽过，又朝方灼示意道："走吧，烈烈哥哥给你们买糖吃。"然后一拖二地将人拉进了小超市。

"几个孩子的关系真好。"沈爸爸看着他们的背影道，"学生时代的友情太难得了。以后进了社会就不容易喽。"

叶云程笑了笑。

他的眉眼都很柔和，眼神更是平静，淡得像远山上的白烟。沈爸爸见他不搭话，知道他没什么好说，多看了他两眼，又笑道："我儿子叫慕思。我当初给他起名的时候，就觉得，慕思这名字多好啊，又有诗意又有内涵，读着还朗朗上口。"

"哎呀，土鳖呀，后来才知道还有慕斯蛋糕这东西！你说我哪儿吃过那个？"沈爸爸朗声笑道，"不过后来想想慕斯蛋糕也挺好听的。你看他白白嫩嫩，没什么心眼，用现在年轻人的话来说，挺甜的，是不是？"

"小同学特别可爱。外号也很可爱。"叶云程也解释了一句，"方灼的妈妈叫曜灵。曜灵是以前村里老师翻字典给她起出来的，意思是太阳。后来她生了方灼，就给她叫这个。灼是灿烂、明亮，照亮天空的意思。"

"太阳，照亮天空。"沈爸爸琢磨了一下，说，"她妈妈一定特别疼爱她。"

叶云程很认真地说："是的。"

太阳的意义就是为了照亮天空。哪怕乌云遮蔽、日沉西山。

两人正说着，三个孩子从超市出来了。

沈慕思手里拿了个大号棒棒糖，很满足地舔着。严烈和方灼悠悠地

163

走在后面，嘴里叼着两根细棍子。

沈爸爸说："我打算去他的宿舍看看，不知道这臭小子把房间弄成什么样子，我奉他妈的指令，去给他整理一下。"

沈慕思叫道："我没有！班长有洁癖，每周要带我们统一洗袜子，还点数。"

他苦不堪言，忍不住控诉道："神经病！袜子为什么不能穿两天?!"

沈爸爸从来不跟他站统一战线，乐道："我觉得很好。我都想给你们班长买糖吃。"

沈慕思欣慰地道："我们班长不吃糖。"

有方灼在，去男生宿舍不大合适。正好时间差不多了，叶云程先去教室集合。

学生们也都挤在这里。

班主任站在讲台上拷贝文件，时不时跟下面的家长解释一句。

叶云程走进去，在方灼的座位上坐下。想了想，又把椅子挪动了下，坐在两张桌子中间，这样才能体现出他是两个孩子的家长。

拐杖要放在他手能拿到的地方才安心。于是斜靠在腿上，不显眼，也不会绊到过路的人。

桌面已经被清理过，上面没有书本，只有一张班主任写给家长的寄语。

叶云程拿起来，像研究一样，对着那几行字看了许多遍。

严烈的成绩是最好的，方灼是班里最努力的。两个人都是老师很放心的学生。

方灼的寄语后面委婉地提了一点意见，让她再冲刺一下，凭她的聪明，还有很大的发展空间。

叶云程是第一次给人开家长会，态度摆得十分郑重。

魏熙等人小心地溜过来，拉了方灼去教室后排，在她耳边询问道："这帅哥是谁？你跟严烈合租的吗？"

方灼被她逗笑了，说："我亲舅。"

"你亲舅真帅！"魏熙问，"你家里还缺孩子吗？"

寝室长捂住她的嘴。

魏熙笑了两声，把她的手掰开。

几个人凑在一起热闹嘀咕。

"我都不知道你还有一个舅舅，你们关系好吗？"魏熙问，"上回来的那个是你爸对吗？你跟你舅舅像多了。"

方灼点了点头，注意力一直停在叶云程身上，担心他待得不自在。

没过多久，一位家长走进来，坐在方灼的隔壁桌。

他左右看了看，拉着椅子过来，找叶云程搭话："怎么称呼？您是严烈的家长，还是他同桌的家长？"

"今天都是。"叶云程前倾着身体与他说话，"两个孩子关系好。"

"哈哈，严烈的朋友确实多。"那家长问，"您在哪里高就？看您气质挺像老师。"

叶云程停顿了下，平缓说道："我现在没有工作。"

问话的家长顿时语塞，这才发现他腿上摆着根黑色的拐杖，干笑两声，想了半天没找到适合转移的话题。

方灼想上前，被严烈拉了回来。他背靠在墙上，单手玩着游戏，眼睛都没往她这边看，却很固执地抓住了她的手腕。

片刻后，他终于打完了手上的一把游戏，偏过头朝方灼笑了笑，并放开她的手。

方灼那点躁动平息下去，往他的位置靠了一点。

叶云程接着说："我想在 A 市开个早餐摊，但是没来过这里，也不了解。"

"我对 A 市熟啊。我住几十年了，城东城北都住过，城东那个高铁站修建之前我还在那里开过店，你想开在哪里？"家长笑道，"看不出你会想做生意，觉得你是个读书人啊。"

叶云程说："我在家里看了不少闲书，但都派不上什么用场。以前给学校代过课。现在学校有好老师了。"

两人就着城市变迁和市场变化聊了起来，几分钟后，沈爸爸也来了，跟他们凑到一块儿。

班主任抬起头,四面扫了一圈,道:"学生都先出去吧。在外面等一会儿,教室里人太多了。咱们快速说几句,尽量给大家留出吃午饭的时间。A中的食堂还是挺有名的,大家可以去试试。吃完饭后要去会堂开大会。"

方灼脚步犹豫,被魏熙推了出去。

沈慕思见方灼扒着门口不停朝里张望,用手戳了戳她的后背,说:"你别紧张嘛,成年人的世界都是很圆滑的。"

严烈笑着拍掉他的手:"你应该说'友好'。"

方灼收回视线,贴着墙站在外面等候。

严烈朝她靠近,将手揣进兜里,摸出一颗棒棒糖。是之前在超市的时候多买的。

包装纸上的草莓图案特别醒目,他很大方地分享给了方灼,又继续低头玩手机。

微甜的味道在口腔里化开,方灼低头折糖纸,沿着纸张的对角线进行折叠,用专注的动作让自己排除那些琐碎的杂念。

魏熙几人聚在一起说笑了两句,朝方灼靠近,站在她的边上,低头看她折纸鹤。

魏熙摸摸鼻子,将措辞在心里头拐了十八道弯,才开口道:"你舅舅对你挺好的。"

方灼折完纸鹤,托在手心上看了两眼,又将它拆了,点头道:"是对我很好啊。"

"那他以前怎么没有帮助你?"魏熙的耐心只容许她委婉一句话,"你爸爸好像也……不是非常好说话的样子。"

方灼抬起头,解释道:"刚认的亲。"

几人皆是茫然地"啊"了一声。

寝室长道:"他跟烈烈好像也挺熟的?"

严烈长了对顺风耳,插嘴道:"也是刚认的亲!"

毕竟只有一墙之隔,后门也没关,几人的对话还是传到了教室里面。

位置临近的几位家长扭头朝他们看来，又好奇地看向叶云程，分辨他们是说真心话还是在开玩笑。

魏熙解读过后，古怪地道："我就说是你们租的吧。"

"不是，我亲舅，但我们前段时间才见面。"方灼含糊地道，"因为各种各样的原因，没有联系上。"

几人似懂非懂地点头，没有继续这个话题。

中途方灼又转身进去看了眼，发现叶云程的状态很好，听得严肃认真，眼睛明亮有神。

他虽然不是个健谈的人，但并不抗拒交流。而且他喜欢看书，什么知识都有涉猎。只要想跟人聊天，就能找到足够多的话题。就算接不上话，也是一个上佳的聆听者，并不需要方灼太过担心。

方灼反思，觉得自己的担忧来源，其实是希望叶云程能需要她，就像她需要家人一样。正是这种微妙的重视感，才能排遣她心底的不安和孤独。

她的家庭总是奇奇怪怪的，跟凳子缺了个脚一样不正常。她可以接受不完整，但是希望它能稳固一点。

只是在家人这件事上，她有着惊人的不讨喜的天赋，导致她没有办法进行类似的自我安慰。

或许是她还不够成熟。

方灼抬起眼皮，用余光扫向不远处的男生。

严烈就总能很好地处理这些问题。他能轻而易举地获得很多长辈的喜爱。

班主任只是简短地做了个学期总结，再把每个学生的特长和荣誉统计进PPT里放给家长看，争取做到一碗水端平。

因为时间已经不早了，她给每位家长发放了食堂的饭票，又提醒了一遍下午开大会的时间，就喊了结束。

学生们一拥而进，领着自己父母去吃午饭。

叶云程不急不缓地站起来，等身边的人差不多空了，才抽出拐杖，朝方灼走过去。

方灼问："有收获吗？"

"当然有！"叶云程高兴道，"我学到了几个补脑的新食谱，等回去以后做给你们吃！"

方灼捧场地问："是什么？"

叶云程说："煮鸡蛋。"

方灼："……"毁灭吧。

叶云程失笑道："鸡蛋很有营养，不能不吃。"

严烈从后面晃过来，笑道："午饭也很重要，不能不吃。"

叶云程："烈烈说得对。"

于是三个人一道去了食堂。

A 中的食堂很大，而且分了很多个区域，此时人声鼎沸，倒也不算太过拥挤。

叶云程将刚才发下来的饭票捏在手里，被严烈接过。方灼先找了个靠墙的位置，领着叶云程过去坐下，自己再去找严烈一起打饭。

A 中的食堂前两年刚翻修过，看着崭新。白墙上留了一幅硕大的、色彩明艳的手绘画作，底下用黑色的楷书写着节约粮食的标语。

精湛的画技搭配通俗的标语，总觉得风格有些冲突。

叶云程四面观察了一圈，觉得很是新奇，低头看向桌子上的时候，连忙朝后挪了一点。

应该是上一位学生吃完，工作人员还没来得及收拾，木制的桌面上留有少量的油渍。

他将身上的风衣脱了下来，小心地折叠好，放到隔壁的座位上。露出里面一件带点褶皱的衬衫。

衣服确实是借来的，要谨慎一点。

他整理好的时候，路过的几个人在他对面坐了下来。

叶云程认出是方灼的同学，朝她们点头笑了笑。

"我们爸妈逃下午的大会，直接走了，只剩下我们。"

魏熙端了满满一盘的饭菜,一道道摆在中间的桌上。

"饭票不用就要过期了,所以我多打了点,不能浪费。叔叔一起吃啊。"

叶云程趁着方灼不在,向她们打听道:"方灼在学校过得还好吗?"

"挺好的啊!"魏熙问,"叔叔,您是指哪方面?"

叶云程沉吟道:"她看起来是不擅长和别人相处的性格。"

魏熙扒了口饭,沉思道:"是有一点吧。"

她补充说:"不过灼灼努力踏实,学习认真。不搞事、不矫情,长得还好看,我们都是很喜欢她的。不是每个人都要像我一样那么脱线嘛。"

寝室长好笑:"你也知道的啊?"

魏熙不服输道:"我知道怎么了嘛?这还能改啊?"

寝室长不理她,举着筷子在半空,仔细答道:"叔叔你放心好了,我们班的人都很团结,不会搞小圈子欺负人。而且灼灼跟严烈的交情好,严烈是我们班的猴王,男生都听他的。"

叶云程笑着抬起头,视线却是飘向她的身后。

严烈已经走近了,将餐盘放下,不大正经地道:"我一会儿没在,你们就在说我好话啊?"

魏熙道:"我们是在说灼灼的好话,被你蹭到了!"

沈慕思和赵佳游颠颠地跟在后面,顺势也坐了下来。

一张宽阔的长桌很快就被挤满。

方灼将碗筷摆到叶云程面前,就见对面魏熙举起了手,期待地问:"叔叔,这周末我生日,灼灼能跟我们一起出去玩吗?"

叶云程看向方灼,后者表情有些愣神,因为以前没有人对她发出过这样的邀请。

他笑了笑,便道:"灼灼想去就可以去。"

方灼还没回答,严烈先行道:"我们周末也要去市中心,顺不顺路?蛋糕刚才还想拉我去密室逃脱呢。"

沈慕思用力点头,激动道:"高配版的密室逃脱!目前还没有玩家通关,我们去试试吧!赢了的话有特殊奖品!"

魏熙本来就没安排好日程,闻言觉得也不错。

严烈问:"方灼你想去吗?我带你玩?"

方灼被接连的两个邀请砸得有点晕,不知道密室逃脱是什么,迟疑着道:"去吧?"

沈慕思当即高兴道:"那我们就凑齐一组了,谢谢灼姐!"

方灼没听懂,低头吃东西。

因为和朋友约了周末,方灼就不能跟叶云程回去了。

下午的大会没什么参加的必要,久的话或许要站一个多小时,不大方便,方灼建议叶云程先回去。

一群人围绕着他,从食堂到教学楼,再到校门口。

他们热情洋溢地说着些无关紧要的话题,为叶云程挡住了不大自如的身形。

年轻人似乎总有说不完的话,挥霍不掉的活力,还有一些默契的温柔。

秋季的阳光柔和清爽,金灿灿地洒下来,带着浓郁的桂花香。

走在平整宽敞的水泥路上,让方灼又想起了曾经做过的那个梦。他们打捞出了一个桂花味的太阳,漂荡在蔚蓝而没有边际的海面上。

现在来看也不是那么魔幻。

一直到出了校门,几个人才勾肩搭背地散去。

方灼执意要陪叶云程去公交车站。

他们走得很慢,路上没怎么说话,但叶云程抬起头,眼睛里就好像落了太阳一样,熠熠生辉。

并排停在广告牌前,叶云程说:"你有很多朋友。"

方灼不知道朋友的具体定义是什么,标准又是什么。准确算来,他们之间的交流其实并不算多。

但方灼真诚地点了点头。

"你交到了很好的朋友。"叶云程低声道,"太好了。"

方灼靠近他,挽住了他的手臂。

"太好了。"叶云程低头笑道,"舅舅放心了。"

方灼说:"有什么不放心的?"

公交车驶了过来，方灼要送他上去。

叶云程走到台阶前，又停住，转身抱了抱她，将体温传递到她的身上，而后才上了车。

第六章

密室逃脱

周末要去的密室逃脱的地点在市中心附近,方灼不好再穿校服。

她自己的衣服不多,没什么选择的困难,犹豫几秒后套了件黑色的卫衣。两手空空地到了走廊,被过道里的晨风一吹,又觉得有点冷,回去加一件白色的夹克衫。

严烈也住校,跟她约好还是在宿舍楼楼下会合。

这回方灼提前十分钟出了门,下楼的时候严烈已经在了。他单脚踩在花坛边缘,身形摇摇晃晃,百无聊赖地发着呆。

两个人打上照面,皆是愣了一下。因为严烈今天穿的是白色卫衣加黑色外套,连款式都有点相似。站在一起乍一看,颜色和谐得有点醒目。

方灼心里暗道,换一下外套戴个帽,两人就可以直接cos(装扮)黑白无常了。

严烈大概跟她有相同的想法,目光在她身上稍有停顿,很快移开,又欲盖弥彰地转回来,笑了笑说:"缘分。"

他从花坛上跳了下来,心情很好地招手道:"走吧。"

假期的早晨,学校一片空荡,无人的走道像是张被突然定格的照片,只留下一对黑白色的背影。

昨天夜里,银杏的叶子簌簌落了满地,被风卷得到处都是。平躺在路中的叶片还没有染上过多的泥渍,依旧是金灿灿的小扇。方灼绕了一下，从侧面走过去。

严烈放缓步伐，很有耐心地站在一旁等她跟上。

两人走出校门的时候，值班的门卫盯着他们瞧了好一会儿，那直勾勾的眼神一直刺在方灼的背上，等走得远了还恍惚觉得有所残留。

严烈对照着导航在前面带路。公交车抵达之后，他示意方灼先上去，然后和她一起坐在最后排的角落，晒不到太阳的位置。

窗外风景倏忽而过，严烈的侧脸被斑驳的光影打得明暗交错。

到站播报数次之后，他低头编辑信息，等下了公交车，魏熙几人已经提前到车站附近接他们。

沈慕思、赵佳游，加上魏熙和她的两个室友，一共是五个人。

见他们一前一后地走来，魏熙面露惊讶，脑袋后仰，不确定地道："你们是约好的？"

方灼说："都住校，当然是约好一起过来的。"

魏熙将信将疑地点头。

沈慕思手里卷着一张宣传单，催促大家边走边聊，一路上用他那不大高明的宣传技巧，极力推荐大家玩古堡主题的密室。走了差不多十分钟的路程，终于到了他心心念念的店铺。

店长是一位中年男性，下巴留着一撮小胡子，懒散地趴在柜台上盯着电脑。见有客人进来，依旧半眯着眼，只是拍了拍桌上的宣传册，示意他们自便。倒是边上一位年轻的工作人员主动跑过来给他们介绍。

在他们询问的时候，方灼的视线在店铺内大致扫了一圈。

墙上贴了不少广告牌，按照人数和配置，标价七八十到两百多不等。方灼换算了一下单人价格，觉得还可以接受。

转念一想，又觉得两百多可以点两个NPC（非游戏玩家）陪玩两个小时，人工挺不值钱的。

成年人的世界果然艰难。

沈慕思说的什么高配版，就是这家店最新推出的一个真人沉浸式密室。会有两到三个NPC，推荐六到八人一组，提供两个小时的闯关时间。

通俗点说就是鬼屋加密室的游戏形式。

方灼两种都没玩过，但鬼屋是什么意思总还是知道的，第一时间看向严烈。

这个怕鬼的人难道会答应玩这种游戏吗？

沈慕思听得亢奋非常，好像并不知道他的好兄弟还有这个弱点。赵佳游也没什么反应，与他凑着脑袋了解详情。

于是方灼视线转了一圈，再一次看向严烈，朝他挑了挑眉表示疑问。

严烈轻笑，心领神会地说："我负责解密，你负责保护我，怎么样？"

沈慕思怕他们拒绝，迫不及待地表态道："我保护你！烈烈你跟紧我就可以！灼姐你跟着佳游！"

严烈说："你灼姐不怕鬼的。"

沈慕思扭头拉拢另外几位合作伙伴："那烈烈你跟着灼姐！魏熙你们跟着我！"

魏熙其实挺不信任他的。这孩子就差把"人菜瘾大"四个字刻在脸上。

严烈拿出手机，过去扫码付款。老板给他递了个对讲机，他没接，示意边上的人拿着。

沈慕思想要，被魏熙抢先一步拿走，她说："我带着，有安全感。跑散了还能让老板带我们出去。"

沈慕思无所谓，他觉得自己用不上，问道："如果挑战成功了，奖品可不可以送给我？"

严烈笑说："反正我不跟你抢。"

工作人员确认好房间，回来带他们进场。沈慕思和赵佳游顿时跟脱缰的野马一样蹿了过去。

严烈主动退到人群最后方，等方灼过来，和她并排走在一起。

方灼暗道这要怎么办？她今天没背包，没有书包带子可以给他拽。严烈也确实有点紧张的模样，几乎紧跟在她身后。

高谈声中，一行人七弯八绕地穿过狭窄甬道，到了密室入口。

这一片隔音做得很好，方灼已经完全听不见闹市区的嘈杂，相反能听到点类似电流的闷响。对话声一停下，脚步声就变得清晰而突兀。

完全封闭的空间与骤然昏暗下来的光线，将氛围营造得十分沉重，饶是方灼都觉得有点诡异，拉着严烈靠墙站立。

工作人员笑着跟他们挥挥手，快速合上木门，宣布开始计时。

沈慕思发热的大脑还没有冷却，打着手电在前面开路。迎面遇见一扇紧闭的门，回头大喊"快找钥匙"。

方灼完全游离在规则之外，不知道他们花钱囚禁自己的乐趣是什么。

严烈耐心跟她解释，拉着她摸索，不久后从墙上的一个小凹槽里抠出一块磁铁，然后再利用它去寻找别的道具。

方灼不能理解："好像没什么逻辑？"

"好玩就行，玩的其实是一种刺激。"严烈笑道，只是声线微微颤抖，"其实多玩几次，摸到套路就会容易很多。不少线索的隐藏方式都是类似的。"

方灼觉得，这种刺激性的游戏对他们俩的吸引力着实有限。

一个过度害怕，一个过于胆大。

严烈目前还算镇定，主动说："我带你玩玩看。"

沈慕思等人早已走远，去别的地方寻找钥匙。

严烈带着方灼探索了半天，都没找到能用上这块磁铁的地方。

不久后，沈慕思那边不知道怎么发现了线索，顺利把门打开，高声呼唤他们过去。

教学失败的严烈掂量着手里的磁铁，干笑道："呵呵，有点东西。"

方灼："……"

玩什么游戏？看严烈一个人的戏就够了。

严烈明显不大甘心，想着要翻盘，胆子都大了起来。敢离方灼三步远，在方灼前头带路。

他试图寻找被遗落的线索，就没去追随同伴的脚步，只在回廊附近反复研究。

未刷漆的墙面上挂了一排风格阴暗的画，用不同的相框装裱，高低错落地摆放。

严烈皱着眉头看画，方灼摸着下巴看他表演。

不同于他们这边的安静，沈慕思等人喧哗不断。

他们横冲直撞地进了一个小房间，在里头发现一个棺材。

赵佳游手欠，无意触发了机关，从棺材里蹦出个自带BGM（背景音）的骷髅，将几人吓得连声惊叫，回身撤逃。

跑到一半，看见跟黑白双煞一样在后面镇着的两人，又是惊恐大叫。

沈慕思恐惧中都没认出人，张开手臂径直扑向他们。快要抱到方灼面前的时候，被严烈一把抓住，按到墙上。

虽然严烈没用力，但沈慕思的脸还是被磕了一下。重要的是严烈没在第一时间放开他，不知道发什么愣，一直别着他的手。

沈慕思等了等，挣扎着道："烈烈你干什么？你想在这里杀人灭口吗？"

严烈这才恍如初醒地松开手，朝后退了一步。

他明显不在状态，都没像往常一样关切一句，只定定地僵在原地，低垂着头看不清神色。

赵佳游等人跟了过来，喘着粗气，同是心有余悸。

身后那个拙劣的棺材机关还在摇晃，阴森的音乐重复播放了两遍终于结束，恐怖的氛围也少去了大半。

魏熙气道："慕斯蛋糕，我不是被棺材吓的，我是被你的尖叫吓的！我魂都在后面追了，你怎么那么菜?!"

沈慕思抱着手臂委屈地说："那钥匙也是我找出来的啊，玩密室不就是要大胆想象吗？"

他快速转移矛盾，大声指责道："而且他们两个，穿这一身，知道的以为是情侣装，不知道的以为是杵这儿守地狱大门，我也被吓得没魂了！"

"对啊，你们在门口干吗呢？叫你们好几声了，是太害怕了吗？"魏熙这才看向他们，挥了挥手道，"没事，方灼你跟着我，离蛋糕远点就很安全。"

魏熙上前要带走方灼，站在边上的严烈顿时浑身紧绷，急切地从后面拉住了她，冰凉的手指用力地握紧她的手腕。

方灼回头，对上严烈的眼神。

那目光里，真是饱含无助和脆弱，说一句楚楚可怜都不为过。

方灼的思维或许有些跳跃，她在某种程度上忽然理解了严烈对阿秃的喜爱。

谁能拒绝一个小菜鸡对你发出这样的请求？

她从魏熙手里抽回手，挡在严烈身前，解释说："我不怕鬼，严烈在教我怎么玩密室，顺便看看有没有遗落的线索。"

几人听她声音，确实声线平稳，从容镇定，没有过多怀疑。

赵佳游说："遗落的线索这个也太宽泛了，我看我们还是先找钥匙，把房间都给开了，找找哪里有出去的路。"

方灼说了声好，跟着他们一起去先前那个房间。

房间很狭小，只有不到十平方米，加上摆放的家具，七人站进去显得有些拥挤。

沈慕思指着中间的棺材，经验很足地说："这里面肯定有道具。要么是开保险箱的钥匙，要么是开地道的钥匙。"

魏熙紧紧贴着墙面，五官狰狞道："这谁去拿啊？赵佳游！"

赵佳游犹豫片刻，壮着胆子上阵。

他用之前的方法打开棺材，木板推开的同时，一个白色的人形道具弹了出来。

沈慕思再次带头尖叫，将头抵住墙面不敢去看，尖刺的嗓音听得众人心里直发毛。

方灼明显察觉到严烈整个人震了一下，而后趔趄一步背靠住墙，像是用了极大的克制力才没当场晕厥过去。

现代年轻人的喜好她是真的不大能理解。沈慕思的恐惧里或许还带点兴奋，严烈似乎没有。

所以他为什么要来玩这样的游戏？

方灼因为严烈而产生的心理波动，比这个密室带给她的恐惧要多得多。

她实在看不过去，独自上前，在工具人身上摸索了一阵，顺利从它胸口缠着的绷带里翻出一把古旧的钥匙。

音乐声很快停了下来，惊悚的感觉却还残留在大家的身体里，皮肤上的汗毛都一根根地竖着。

几个女生长吐口气，崇拜道："方灼你也太厉害了吧！"

"还行吧。一般般。"她将钥匙递给赵佳游，让他们去找地方开锁。

几人重整旗鼓，拿着钥匙到保险箱前面捣鼓。用手电打着钥匙扣，还没研究出成果，房间角落的一个柜门晃动了两下，从里面被推开。

先是伸出一双枯败的手，而后一个 NPC 披头散发地爬了出来。

由于光线昏暗，几人又讨论得很入神，除了方灼，没人发现。

她往 NPC 身上瞥了一眼，默默移开视线。

NPC 绕开她，在人群背后打转，连续发出几道怪声，都没刷到存在感，有点不信邪。

为了保证游戏效果，广播开始播放阴沉的音乐。沈慕思等神经大条又"眼瘸"的人，只是抬头看了眼天花板，没什么发现又继续讨论。

NPC 的尊严仿佛受到了挑战，他放弃了高端的演技，采用最朴素的技巧——放声嘶吼，引得众人纷纷回头。

沈慕思合格的反应瞬间带动第二波高潮，众人互相推搡着，慌不择路地朝门口逃窜出去。

严烈一直贴墙站着，在那一刻箭步朝方灼奔了过来。

方灼是很感动的，可惜严烈都没看清楚自己抓到的人究竟是谁，一个转向又冲了出去。

数秒之后，房间里只留下方灼和那位工作人员。

两人面面相觑。

小哥理了理自己的假发，将脸露出来，迟疑着道："你这是吓傻了还是……？"

方灼说："不至于。挺无聊的。"

小哥："……"这简直是对他们专业的侮辱！

方灼换了个委婉的表述："不是非常有趣。"

她走到保险箱前面，看了两眼，忍不住问道："所以我们之前找到的那个磁铁到底有没有用？"

小哥准备出去追人，闻言停了下来，说："有用啊，不然我们放个道具干什么？那墙都快被玩家抠烂了。"

方灼又问："那相框呢？"

小哥纠结道："我们不能给你太多提示，这样会没有乐趣的。"

方灼真诚地问："什么乐趣？"

小哥沉默了。

但是方灼隐约听到了点类似咬牙切齿的声音。

方灼觉得自己不好太扎人心，对他耸了耸肩，决定去找走失儿童烈烈。

过了一会儿，小哥收拾好心情从后面追上来，问道："老板问你，要不要加入我们，给你的朋友找点乐子？"

"加入你们？"方灼问，"有钱拿吗？"

小哥语塞，跟老板沟通了一下，说："你的费用我们可以只收一半。大家都赚点辛苦费嘛。"

方灼欣然应允："那可以啊。"

"行，那我们去前面的房间拦他们。"小哥说，"别玩得太过分，不要拉拽他们，以免出现冲突。"

密室里有几道隐蔽的小门，小哥给她翻出一件白色的染血外袍，带着她在员工通道里爬行。

这一块昏暗沉闷，且空间逼仄，比方才的密室有意思多了。

方灼越想越觉得不对。布置房间、水电费、员工费，怎么算都应该不止两百一个主题。可是单人两百多的价格又过于离谱。

爬到一半的时候，方灼压住心底的惴惴不安，探问道："你们这个游戏多少钱？"

小哥试图回头看她，然而通道太过狭小，他刚转了个方向，脑袋就差点磕到墙壁。

"你不知道吗？"小哥说，"现在有活动折扣，七个人组团一千两百块啊。"

这实在是方灼听过的最恐怖的故事，感觉生命力都被这句话暴击掉了一半。

她静默良久，再次开口的声音有点沙哑，问："你们干这一行多久了？"

小哥没察觉到异样，回忆道："这店开了两年多了吧。不过这个主题是上个月新出的。"

方灼问："快乐吗？"

"快乐啊！"小哥说，"我们店在 A 市很有名的，很多副本都是我们自己想的。有些店就特别不要脸，派人过来抄我们的副本。"

方灼五味杂陈道："换我，我也快乐。"

抢钱谁能不快乐？

"太贵了。"方灼心头淌血，在后面不住念叨，"太贵了。"

"嘘——"小哥示意道，"前面有人了。"

方灼还沉浸在一千两百块元的悲伤情绪里，仔细去听，才听清是严烈在喊她的名字。

"这边就一个人，大概是走散了。"小哥压着嗓子道，"这里交给你，我到前面去。"

方灼顺着通道又爬了一会儿，到尽头后从一个柜子里钻了出来。

这个房间的门是半掩的，她循着严烈的声音找过去，转了两圈辨认方向后，直接分不清东西南北了。

或许是察觉到了她的存在，严烈那边安静下来。方灼凝神听了会儿，再一次失去他的踪迹，倒是从墙后面听见了沈慕思等人的惊叫和奔跑声。

就这，还缘分？

方灼一脸抓瞎，干脆跟无头苍蝇一样乱逛，拐了个弯，迎面撞上躲在角落里的严烈。

两人都定住了。

方灼当即反思了一下。她虽然穿着一件很宽大的血衣，但真的一点都没有鬼屋工作人员的素质。

她应该第一时间冲上去，对着严烈龇牙咧嘴，然后张狂地跟在他的身后，追着他奔跑到密室的尽头。

而不是站在这里进行自我反思。

好在严烈这人素质非常高，并不需要方灼出力，已经把自己吓得转了个身。

方灼等着他主动离开，却不知道他为什么停在原地，只盯着她的方向出神地看。

如果说，封闭的空间、循环的走道以及只能从夹缝中透出的光影，每一个要素都可以构成严烈恐惧的原因的话，当他回头发现方灼不见了的时候，他忽然不觉得这个世界小了。

他近乎五感丧失的世界和无法冷静的情绪，被一种更为强烈的念头所覆盖。奇异地，在心脏剧烈跳动的过程中，他像是慢慢找回了思考的能力。

他没有见过那么笨的 NPC，连在如此简单的地图里都会迷路。光凭脚步声就想象得出，她是怎么在两点之间徘徊不定、犹疑不决，然后再自暴自弃地开始闷头前行。

他粗略估算了下，方灼一直在距离他十米以内的范围，听见了他的喊声，却始终没有回应。

他也没见过那么单纯的鬼，以为披了件血衣就可以跑出来吓人，事实是只会傻愣愣地站在对面和他瞪视，满脸的苦大仇深，连虚张声势都做得不到位。

借着昏暗假装不认识对方。

方灼想严烈怪可怜的，在乡下连道黑影都能给吓出阴影来，在密室里不知道受了多少委屈，决定还是不为难他了。

正要开口说明一声，对面的人先一步快速朝她冲了过来。

方灼下意识地想要闪躲，然而比不上严烈的爆发力，刚朝后退了一步，就被严烈一把抱住。

巨大的冲势让她险些向后栽倒，又被对方有力的手臂稳住。

严烈将头靠在她的肩颈上，勒得她快要喘不过气，在她耳边喷洒着温热的鼻息，连怀抱的温度也是滚烫的。

他肯定是太害怕了。

方灼不大擅长处理这样的事情，大脑有一阵是空白的。就像网络延迟的游戏，以为已经跑出了这个地图，刷新后发现还留在原地。

她简单判断了下严烈是不是已经认出她，紧跟着发现这并不是非常重要。严烈如果向她卖可怜的话，她的宽纵似乎可以被放大到没有边界的地步。

这样不行。

她默数了几个数，想到十了就把人推开。

然而数到"六"的时候，后面的数据开始混乱。

拥抱在她的记忆库里，本身就不是经常出现的事情。

准确来说，她觉得那是人类在成长过程当中最先戒掉的一种需求。

如果要往前回溯，大约是在她很小的时候，奶奶曾经给过她这样的安慰。

然而老太太的温情总是很短暂。似乎生怕久一点，就会让她上瘾。

方灼躺在她的怀里，从来没有数到超过"六"的数字。她的软弱从来不会胜利。

然而就是那停顿的数秒，让她抓心挠肺地难以忘怀。

方灼没有计算准确的时间，但她觉得严烈停留的时长已经足够她数十几个"六"了，或许更多。

这是不正常的眷恋，从解题的角度来说应该要舍去。

在她抬起手的时候，严烈好似察觉到，主动松开了她。不给她说话的时间，转身跑了。

另外一面墙后，几人被 NPC 追得抱头鼠窜。

魏熙想去拽赵佳游，因为这位同学是除严烈外看着最大胆的青年了。结果他和沈慕思两个怂包紧紧抱在一起，吓得五官齐飞。在魏熙靠近的时候，甚至手挽手地逃开了。

魏熙突然就不害怕了。

这世上有什么鬼是比直男更可怕的吗？她身边待着好几个呢。

她木着脸拿出对讲机，朝里面问道："喂，老板，我的朋友呢？跑掉的这俩就算了，刚刚在房间里落了一个，另外一个同学去找了，他们回来了吗？"

信号接通，老板慵懒的声音响起："帮你们看着呢。"

"不用你帮我们看着！把他们还给我们！"魏熙激动道，"我们队伍里就这两个胆大的人了！没了他们密室没法玩！"

对讲机里沉默片刻，还是老板那欠揍的声音："不大方便。"

几位女生一齐控诉道:"有什么不方便的!你们是开密室还是当人贩子?把人还给我们!"

"要拐的话换个目标行吗?我把刚才那俩货换给你们!"

老板冷漠地说:"不行。"

最后这场密室没有挑战成功,甚至是满地鸡毛。

不知道是他们太倒霉,还是游戏工作人员太敬业,不管走到哪里都能碰见 NPC。

起初他们还会配合着恐惧一下,到后面几乎已经麻木。

两个小时很快过去。店长因为后面没有客人,出于对他们的同情,免费为他们延长了半个小时,让他们和里头的 NPC 交流感情。

后来见他们实在找不到通关的线索,才让人进去带他们沿着整个机关走了一圈,把他们领出来。

几人回到店铺前台,神色一片萎靡。

沈慕思耷拉着脑袋,长长叹了口气。寿星公更是难过,她一点都没享受到小仙女应有的待遇。

严烈正闲适地坐在餐桌边玩手机,见他们出来,抬手打了个招呼。

魏熙惊道:"严烈,你怎么在这儿啊?"

严烈笑了笑,没有回答。

魏熙问:"那方灼呢?"

方灼正好从后面出来,拍了拍衣服上的灰尘,把外套脱下来挂在手臂上。

几位室友围住了她,问道:"你去哪里了?我们翻遍地图都没把你找出来!"

"打不过他们。"方灼说,"所以我选择了加入他们。"

老板拿起手机晃了晃,笑道:"打工人,钱转刚才的账户里去了。"

方灼点头。

魏熙品味了两秒,恍然大悟道:"刚才一直追着我跑的 NPC 原来是你!你怎么打进敌人内部的?"

方灼问:"好玩吗?"

185

沈慕思硬着头皮道:"好玩!"

魏熙冷笑:"没有下一次了。"

众人都玩得有些累,去魏熙订好的餐厅里吃完饭后,方灼跟严烈就要回学校了。

两人并排坐在公交车上,一个望着窗外,一个注视着前方的电视,有十来分钟的时间没有说话。

这一次他们没有选到好位置,严烈有半边脸被窗外的太阳照着。

明明坐得不近,方灼却仿佛听到了他的心跳声。即便已经离开那条隐秘的走道,感触仍旧有些许停留在那个地方。

这是不正常的沉默。

在相同的广告播到第三遍的时候,方灼动了下,将手伸进上衣的口袋,说:"钱,过段时间再还你。"

严烈终于从雕塑的状态中解除,回过头,先是说:"我不能给你花钱吗?"

又道:"说了我请客的,毕竟是我邀请你。"

紧跟着加了一句:"上次你请我吃饭了。"

方灼一时不知道该回应他哪一句话。

"我只请你吃了一碗面。"

"你生日我还没送你礼物呢。"严烈脑海里冒出很多的理由,一个又一个地往外抛,哪怕彼此间没有逻辑,"你有两百块钱,愿意请我吃二十块钱的午饭,我只是请你玩场密室而已,你自己还赚了一半,我觉得你亏了。"

方灼又遇到了没有办法接他话的情况,抬手挠了挠眉尾,重新将目光投向电视。

无言的空当,严烈发现自己还是妥协的那一个。

"我的生日是七月十六。"他说,"不要问我喜欢什么,我才不要给自己挑礼物。"

方灼说:"好。"

公交车广播的女音冰冷地播报，下一站 A 中。

方灼确认了身上的物品，准备起身。

严烈一手搭在前座的靠背上，突然感慨了句："什么时候才高考啊。"

方灼转身朝他看去。他目光游离，唇角向下轻抿，低声似抱怨地说道："忽然不想再回这个地方了。"

方灼帮他算了下，说："还有 197 天。"

197 天，仔细掰着手指数，是一段很漫长的时间。然而当它被作业、课程、考试充斥之后，快得就像本随手一撕的旧日历，眨眼间就跳过了一个月份的日期。

在时间即将步入一月的时候，叶云程告诉她，他在 A 市租好了房子。

位置距离 A 中不大近，但靠近市区。曾经出过事故，因此不好出售，租赁价格也便宜，是沈慕思的爸爸给他介绍的。

叶云程本身不忌讳这些，加上房子的地段、周边的配套设施都挺不错，跟刘侨鸿简单商量过后，当场决定租下。

房东人很和善，得知他们的基本情况，同意他们租金月付，而且不收押金。每月一千块钱房租，首月减半，暂签一年。

对普通人来说，一千块钱或许算不了什么，可是对叶云程来说，这已经是他积蓄的很大一部分了。

他还要给方灼上大学做准备。哪怕已经没多少东西可以失去，他的风险抗压能力依旧很小。

下定这个决心，是他思虑了许久的结果，也可能是他成熟懂事后做过的最大的一次冒险。

方灼是在他已经签完合约后，才得知这个消息的。

叶云程在电话里同她说笑道："还好我们有国家补助，就算做不下去，也不会没饭吃。"

他刻意说得轻快，浑不在意、踌躇满志似的，但方灼知道他并不是这种性格的人，担心他压力太大，安慰他说："没关系，我们家里还有鸡，已经开始下蛋了。现在这个时代，怎么可能吃不起饭？"

叶云程深吸一口气，轻笑道："你说得对。我们争取早日实现自给自足，不领国家补助。"

他让方灼安心上课，等学校放假了再过来看看。还抽空来学校送了一次盒饭，说是让她尝尝自己的新品。

因为元旦假期调课，学生们已经高强度地连上了六天课，状态都有点萎靡不振。

严烈稍好一点，他的太阳能储蓄电池是持久型的，有需要的情况下还可以保持力量，可到了下课时间也变得不想说话，一有空就埋头玩手机。

午休的时候，方灼去门卫那里领了饭盒。

叶云程目前所谓的新品是煎饼和饭团。里头夹了点菜跟肉松之类的东西，普通又健康。

她自己留下煎饼，把饭团递给严烈。

两份食品外面都有独立的包装纸，边角折叠得十分规整，看着有模有样。

严烈单手接过，说了声"谢谢"，但是只吃了一口，就露出了然的表情，笃定地道："这是舅舅亲手做的！"

方灼惊讶："你怎么知道？"

严烈放下手机，得意地轻笑道："因为有家的味道。"

方灼不知道家的味道该怎么形容。她觉得多半是滤镜的味道。

严烈又吃了两口，研究着外包装上的图案，高兴地说："好吃。我觉得能行。舅舅打算什么时候开业啊？"

方灼摇头："我不知道。"

叶云程为了不打扰她学习，总是将事情处理好了才告诉她，而且从来是报喜不报忧。

她觉得一个小摊，估计没有什么开业仪式，证件下来就可以开业，有时间了就拉出去摆摆。

叶云程或许已经趁她埋头苦读的期间完成了创业的全过程。

她感觉叶云程脱离了自己原来的那个小水潭之后，游动的速度好快，迎着巨浪冲击，一点都不懈怠。

可能因为他本身就是个很优秀的人。

方灼一直觉得，如果不是生活的不幸，叶云程一定可以过得光鲜又张扬。

如果不是因为贫穷，他的不幸也不至于让他变得如此凄惨。

他生在一个糟糕的年代，成长于一个孤独的环境，经历过许多的挫折与不平。

可是只要他能窥到光，就跟种子一样，多厚重的岩层都能用新生的枝芽顶破。

但方灼并不是很希望让叶云程再经受一次失败的考验。

就算是唐僧转世，他也该历满劫难取得真经了。

方灼再次向自己的同桌确认道："你是真觉得好吃吗？有意见提还来得及。"

严烈认真地听着她说话，却没有马上回答，去后面给她倒了一杯水。正好沈慕思提着打包的饭菜回来，他开口叫住，将饭团递过去，说："蛋糕，你吃吃看。"

沈慕思就着他的手咬了一大口，坐回自己位置上，可惜没尝出味道，让严烈再给他吃了一口，才评价说："还行啊。你们为什么这眼神？"

"你看吧！"严烈粲然一笑，再跟沈慕思解释说："这是方灼舅舅做的饭团。他自己的店快要开张了。"

"啊我知道！"沈慕思顿时激动地说，"这个我爸跟我说过！他们家长群的人还给叶叔一起选址、选包装来着。"

方灼怔了怔，放下吃到一半的煎饼，问道："他跟你们家长一直有联系吗？"

沈慕思说："有吧，我听我爸谈起过好几回了。"

方灼问："谈了什么？"

"嗯……"沈慕思苦思冥想一阵，"他说跟叶叔聊天挺解压的，相处起来也很舒服。叶叔这人看起来有点柔弱，但骨子里有股韧劲，决定了的事就雷厉风行，很有我们 A 市生意人的风格。哦对，他还说叶叔的思想其实很前沿，如果他想努力，肯定能行。"

方灼多少放下心来，若有所思地点了点头。

沈慕思说："你还想听吗？还想听让我们烈烈给你编。他可会夸人了。"

方灼："……"

"怎么？真的想听吗？"严烈凑近了他，"你想要哪款定制？一箩筐我都能给你抖出来，而且全是真心话。包括且不限于舅舅。"

他垂下手，切换了状态，字正腔圆地道："滴滴，请向客服输入姓名。"

沈慕思先一步喊道："慕斯蛋糕！"

严烈："输入失败。"

沈慕思给他气笑了，越过身捶他："你怎么这样？你怎么那么双标！"

严烈装正经的时候反而看起来不大正经，因为他的眉眼都是弯的，藏不住的笑意从里面不住地漫出来。

但是你能从他的眼睛里看见他的旷达和自信，仿佛他的世界深处连着的是一片无边无际的大海，所有的风浪最后都会被泛着波光的温柔海面所吞噬。

他好像有很多的勇气，可以让他面对各种失败，而且他不吝于向边上的人发放，只要靠近他，就会被他的阳光洒上一脸。

"退出。"方灼坐正道，"不用了，我现在已经好了。"

漫长的补课终于结束。假期开始的第一天，方灼借严烈的手机查了下导航，而后背起包去往公交车站。

并不那么意外地，严烈又一次站在她的对面。

方灼定定看着他。

严烈耸肩道："我跟舅舅说过了，他热情地邀请我去他家。"

方灼不知道他们背着自己聊了多少天。

"因为我自己一个人在家里只能吃外卖。"严烈面不改色地说，"外卖里都是食品添加剂，厨房里会有死老鼠，出餐用的是速食包……"

方灼忍不住打断他问："你吃了那么多年外卖，出过事吗？"

"以前的我无所谓。"严烈义正词严道，"但现在我是高三生，金贵起来了!"

方灼觉得他说得好有道理。

从走出 A 中校门,到抵达小区门口,在不堵车的情况下,大约是四十分钟的路程。

方灼在途中看见了一所大学,离得稍有些远了,人流量辐射不到。小区周围开了几家小型超市,两公里内有个免费公园。交通尚算发达。

两人沿着绿化的小路走进去,仔细打量四周。虽然建筑有些老旧,但维护得还算不错。

严烈说:"我觉得挺好。"

方灼点头。这价格,她能打九十分!

然而等进了大门,方灼有点笑不出来。

两室一厅一卫。客厅挺大。负一层还有个独立的储物间,可以留给他们使用,也是叶云程看中这个房子的主要原因。

叶云程给他们开了门,请他们进来,连一句"随便坐"都不好意思说。

房间里很空旷,几乎什么都没有。

出事后房东把所有的家具都给扔了,叶云程又不方便整理,来得匆忙,只带了自己的小推车和一些简单的衣物。

从角落收拾出来的行李可以看出,他这几天应该都睡在地上。

叶云程那样的身体,睡在冷硬的地面上,该有多不舒服?何况最近天气骤冷,夜里降温幅度大,方灼翻找了一圈,都没找到应该出现在这里的厚被子。

叶云程见她脸色迅速阴沉,忙解释道:"我让小牧给我带了。过两天他搬过来,住对面那个空房间,他会照顾我的。"

方灼听得迟疑了下,转过身道:"这间房不是留给我的吗?"

另外一个房间是留给小牧的。

叶云程没有办法一个人照顾摊子,需要别人的帮助。小牧身强体壮,听话懂事,虽然不大聪明,但已经了解社会的基础规则,知道该怎么生活。

他经过几次不愉快的工作经历，现在有点自闭，对刘侨鸿介绍的一切工作都不满意。要么把自己锁在房间里，要么可怜巴巴地蹲在叶云程的门口，跟他赖在一起。

对小牧来说，从小看着他长大，没有对他表现过歧视的叶云程就是他的家人。他受了委屈，想要安慰，所以回来了。叶云程舍不得对他说不。

方灼能理解，轻叹道："好吧。"

"你还是住在学校吧，比较方便。舅舅这里没有床、没有家具，你住得不舒服，会影响你学习。"叶云程说，"而且烈烈也住在学校，他一个人待着多无聊？你们周末搭个伴，一起在教室学习。"

短短两句话他提到了两次"学习"，方灼已经能很好地明白他的用意了。

叶云程的确从一开始就没想让方灼参与到他的创业计划中来。

前期工作必然是很辛苦的，但这是成年人的事，不能转嫁给学生去做。

严烈正在窗边拍照片，闻言头也没回地搭了句腔："就是，都是一家人，你怎么忍心丢下其中某一个？"

他说得那么理所当然，将方灼堵得无话可说。

严烈回过身，说道："是吧，舅舅！"

叶云程点头："对。"

严烈说："今天下午我去把床垫给你搬过来。"

叶云程蒙了："啊？"

"我家也在A市，平时没什么人住。"严烈说，"我先把床垫给你搬来，你这样睡地上可怎么行？"

叶云程忙道："不行，你家里人不在，我怎么能动你的东西？"

"只是一张床垫而已，等小牧给你带过来，我就搬回去。"严烈单纯地说，"不说是一家人吗？你跟我这么计较？"

叶云程哭笑不得。

方灼不管他们，把书包放下，拿出作业摆到卧室的飘窗上。

叶云程见状，放轻了声音不敢打扰她。

严烈也拿出书本，坐到她边上。

飘窗的位置并不好坐，两只脚没有摆放的地方，高度也不舒适，两人需要弯着腰写作业。

叶云程觉得他们这样不行，把自己的活动小推车给拆了，勉强拼了张简易书桌给他们。他在两人身后站了会儿，忧心道："要不你们下午还是回学校去吧。我先去给你们做午饭。"

其实他这点东西，已经是用小货车运过一趟的了，只不过那是老乡的顺风车，能装的空间不多，他先将赚钱的工具给搬了过来。

本来打算这几天再租个货车把常用物品也带过来，小牧被他大伯喊回去过元旦了，要三号才回来。他就想暂时将就一下，等小牧回来一起收拾，免得要租两次车。

半个小时后，两人闻到了从厨房飘来的鲜香味道，勾得他们无心学习。

两人放下笔，悄悄猜测了下今天中午吃的是什么，叶云程就来喊他们开饭了。

中午吃的是面。

汤底是普通的番茄鸡蛋汤。猪肉剁得碎碎的，浓油赤酱地和豆腐炖在一起，作为浇头淋在面上，令人食指大动。

方灼喜欢吃辣，三个人里也只有她能吃辣。严烈则是一点辣都不能碰，一吃就嘴巴起泡。

叶云程知道后，特意跟家长群里的人学习怎么熬制辣椒酱，顺便还能用来做他小吃摊的秘制酱料。经过几次实验，终于大获成功了，今天给方灼额外舀了一勺在她碗里试试味道。

方灼看着汤里的鸡蛋，才想起来问："我们院里的鸡呢？"

"我让你刘叔帮着喂了，过几天我再回去清理一下院子。"叶云程十分遗憾地说，"本来我想把阿秃也带过来的，可惜这边不能养鸡，会弄得很脏。"

方灼瞥了眼严烈。鸡它爹一点反应都没有，仿佛已经忘了那个丑儿子。

严烈以后一定不能养宠物，他的兴趣太短暂了，最后接手的人还是她。

严烈顶着她的视线，没什么反应，吃了两口后才抬起头问："好吃吗？"

方灼很单纯地说："好吃啊。"

严烈恍然大悟："这就叫秀色可餐吗？"

方灼："？"

方灼等面快吃完了，才反应过来他刚刚那句话的意思，炯炯有神地抬起头，欲嘲笑严烈自作多情，然而那人已经不在餐桌上了。

叶云程起身收拾碗筷，见她表情古怪，问道："怎么了？"

方灼惋惜摇头："没什么。"

吃过饭后，严烈回去搬他们家的床垫。方灼决定回村里清扫一下后院。

叶云程来Ａ市已经有一周多的时间，不打扫的话院子会发臭。

顺便可以把屋里的东西整理一遍。这样叫货车搬运的时候，叶云程可以不用那么麻烦。

叶云程觉得可以，便同意了，在她出发前，又拉着她叮嘱道："这不元旦了吗？你刘叔一直帮了我们很多忙，这次的证件也是他帮我们申请下来的，以后还少不了让他操心的地方，过年过节的应该要谢谢他。你下楼的时候，给他买点礼物带过去。水果或是什么都行，记得别太贵。贵了他不收的。还有，家里的鸡蛋我说送给你刘叔了，他如果执意不要，你就顺他意思拿几个回来。"

方灼点头表示知道。

"知道怎么去吗？"叶云程将手揣进兜里，"反正我暂时用不到，你把我手机带上。记得早点回来啊。"

方灼把书包清空，带着轻便的黑色背包下了楼，按照导航，去隔壁的世纪联华里买水果。

她细心挑选苹果的时候，听见广播在播广告，说洗护区的霸王防脱发系列在做活动，今日购买打七折。

方灼也不是觉得谁秃来着，就是觉得未雨绸缪也不错，毕竟再浓密的秀发也需要保护。于是过去拿了一瓶，出门付款。

这可真是刘叔无法拒绝的礼物。

今天下午的出行特别顺利，转车的时候几乎没有等待，比平时快了半个小时到村口。让方灼整个心情都好了起来。

她计划先回家打扫一下院子，再去找刘叔送节日祝福，最后带着愉悦的心情回学校，开始快乐的晚习。

不想到家门口的时候，直接碰见了刘侨鸿，让她的两项进程合并到了一起。

刘侨鸿站在泥路边上，正摆弄他那辆老式自行车。

他穿了件黑色的外套，衣服背面因为沾了泥渍变得灰一片白一片，脑袋低低地垂着，一条链子装了几次都没卡回去，看着没什么精神。

方灼走近，没有刻意放轻脚步，出声喊"刘叔"的时候，还是将他吓了好大一跳。

刘侨鸿做了两个深呼吸才冷静下来，后知后觉地抬手去拨额上的头发，想用刘海把脸遮起来。

方灼在他脸上清晰地看见了两道红痕，语气冷了下来，问道："你怎么了？谁给你打的？"

"没什么。"刘侨鸿不想在她面前说太多，"意外摔了。你怎么回来了？"

方灼气压低沉："意外摔了能给你摔成这个样子？"

刘侨鸿："工作冲突而已，算了。你怎么回来了？"

方灼很执拗地问："什么冲突？"

刘侨鸿张了张嘴，还是跟她说了实话，叹道："我给他们送鸡蛋呢，他们嫌少不要，说我们作秀，让我们给钱。还把东西扔到路上。我们部门那个小姑娘气不过，和人吵了起来，他们就动手了。"

方灼一口气上不来："怎么这样？！"

刘侨鸿低着头道："有些穷是扶不起来的。算了。他们这样的人毕竟是少数，不用太在意，像你就这么争气。"

他声音里没什么委屈，大概已经对这种事情司空见惯。有些人习惯了被帮扶，没什么文化，也没什么进取心，脸面都可以不要，你能拿他们怎么办？

只有方灼这样的年轻人还义愤填膺。

方灼兀自气了好久，帮刘侨鸿把自行车的链条给修好了，才想起正事，说："我是回来打扫院子的。"

刘侨鸿说："我给你打扫过了，鸡蛋也给你捡了，放我家冰箱里呢。你来得正好，省得我给你们送过去。"

方灼闷头闷脑地站在那里，沉思良久，文不对题地问了句："能打回去吗？"

刘侨鸿没料到她还在计较，失笑道："你还生气呢？挨打的人是我，你为什么那么生气？"

方灼不希望善良的人受这样的委屈。

也许这想法太天真，但她就是不想刘侨鸿经历这样的事。

刘侨鸿说："我们已经报警了，那几个人多半要拘留七天，罚款五百元。跑不掉。"

方灼这才好受了一点。

正道的光。

刘侨鸿拉了她一把，说："走吧。"

刘侨鸿的自行车已经有些年头了，加上风吹日晒不及时保养，车身上有不少生锈的地方。

方灼不忍心骑上去加速它的灭亡，只和刘侨鸿推着慢慢往前走。

乡间的风时急时缓，从辽远的天边吹过来，带着秋末植被成熟的味道，又夹杂着萧瑟肃杀的冷意。

方灼看着刘侨鸿的背影，抬手拍了拍他的外套后背，却发现那泥渍拍不干净。

刘侨鸿跟着用手扯了一下，说："没事。这是我的战绩，等我回去洗了它。"

确实可以说是战绩了，看得出刘侨鸿被按在地上滚了一圈。

方灼叫道:"刘叔。"

"诶。"青年应道。他跟叶云程一样,外形看上去文弱,却莫名让人觉得可靠。

方灼心道,这难道就是公务员的光辉?

她问:"你刚工作的时候,遇见这种事情,会怎么调整?"

只能忍的事情哪里还有第二种办法?

刘侨鸿半真半假地说:"多背背党章。"

方灼惊讶地说:"你会背党章?"

"我要是不会背党章,你觉得我怎么坚持下来的?"刘侨鸿挺直胸膛,"我把它垫在我的枕头底下,每天入睡或起床,都要拿出来看一眼,让它开启我红色的人生。"

他说得实在太有迷惑性,方灼有那么会儿确实动摇了,她将信将疑地问:"那党章的第一句是什么?"

刘侨鸿还挺能唬人,脱口而出道:"中国共产党是中国工人阶级的先锋队!"

方灼紧跟着问:"那第三句呢?"

刘侨鸿沉默了,紧跟着听见身后的人发出低笑。

"够了啊。"刘侨鸿也笑道,"我都没问你四级英语单词的第三个是什么。"

方灼提醒道:"我还是个高中生。"

刘侨鸿在基层工作,习惯了闲不住嘴,走到半路的时候,开始絮絮叨叨地跟方灼聊起来,说自己这些年扶贫的见闻和成果。

他举例隔壁村的一个小姑娘考上了大学,虽然只是一所专科院校,但对她来说也已经改变命运。因为在上大学之前,她妈妈给她介绍了一个对象,让她跟对方一起去城里打工,做北漂。

"打什么工?"刘侨鸿说,"女孩子不读书,未来的生活很苦的。而且社会越发展,越会让人瞧不起。但凡能坚持就不要放弃这个机会。"

他说着回过头看了方灼一眼,笑起来的眼神温柔明亮,跟平时不大一样地闪着光。让方灼深信他是真心投身于乡镇扶贫这一事业,将自己的青春和梦想都作为筹码，砸进这场不能回头的时代洪流中，给更多底层的人赌一个重新开始的机会。

他说："你很厉害。有意愿考 Ａ 大吗？我们学校校风挺好的。"

方灼也觉得挺好。她觉得能教出刘侨鸿这样的人，那所学校一定哪里都很好。

……除了分数线太高。

她看着刘侨鸿过长的头发，动容中忍不住说了句："刘叔，你后面的头发有几根白了。"

刘侨鸿的动作稍稍僵硬了下，而后大声道："年纪大了啊，能没有白头发吗？你到我这年纪你肯定也有！"

他其实也才三十多岁而已。只是最近几年，国家的发展重点落在扶贫上，扶贫岗可以说是乡镇里最苦的岗位，真的消耗了他太多的心力。

刘侨鸿的家在不远处的镇上，那里相对热闹，有一个集市。

路过一家理发店时，里面还停留在 2000 年的装修风格让方灼想起正事，停下脚步道："对了刘叔，我给你买了瓶洗发露。"

刘侨鸿不解接过，看见熟悉的霸王标志，笑着推了她一下，说："你什么意思啊？"

然后又道："不要随便浪费钱！你哪里来的钱？"

"一瓶洗发露而已，难道我要去抢才买得到吗？"方灼说，"等我以后有钱了，我给你换辆新车。"

刘侨鸿拍了拍自行车的座，佯装严肃道："不许你说它坏话，这是我的老搭档。"

他斟酌片刻，还是将东西收下了，放在车前面的小网筐里。顺便揉了揉自己的头发，确认还是茂密的。

基因拯救了他，没给他带来地中海危机。

刘侨鸿松了口气，想起之前组织活动，被网友嘲笑的事，含糊问道："你说我是不是该去染个发，或者烫个头，显得年轻一点？"

方灼说："可以啊，让年轻小姑娘看看你的帅。"

"我有什么帅不帅的。"刘侨鸿嘟囔了两句，余光往前方的玻璃上瞥去，侧着脑袋偷偷看自己的脸。

随后发现方灼也在打量他，脸色微红，虚张声势地叫道："干什么？我在看里面的电视！"

方灼忍着笑意，转过视线道："我知道。我也在看。"

理发店里的电视节目没什么人看，上面正在播报新闻。说的是今年开大会时提出过的，"我们既要全面建成小康社会、实现第一个百年奋斗目标，又要乘势而上……"。

两人静静看着，一时寂静无声。

身后是嘈杂的世界，身前是狭小的发廊。

川流不息的人群从他们身边经过，全是与他们无关的虚影。各种叫卖的声音，使他们产生一种错觉，好像生活只是柴米油盐、日复一日的平淡。

但是他们知道，再往外，是一个欣欣向荣、正在崛起复兴的大国。脊骨里的傲气，正要挺直，踩着无数先辈的血汗，嘶鸣着向上奔腾。

"发展真快啊。"刘侨鸿感慨道，"有时候都怕自己追不上。"

方灼说："都是筑梦人，有什么怕追不上的。"

刘侨鸿笑了，转过身，抬手抚在她的后脑上，轻声道："好孩子。"

刘侨鸿给所有的鸡蛋写了时间作为标注，以免放久了会坏。

方灼只拿了六个鸡蛋，放进包里，说是 A 市的房子里暂时没有冰箱，剩下的留给他吃，麻烦他多看顾自己的吉祥物。

刘侨鸿表示知道，笑着送她离开。

等方灼回到 A 市，严烈也回来了。

他不止叫车送来了床垫，还送来了干净的被子跟枕头，顺便搬了几张不用的桌椅。

这套房子终于有了勉强算是可以小坐的地方。

叶云程陪他们吃过晚饭，又打包了两个饭团作为消夜，便催促他们早点回学校。

高三的每一个假期都很宝贵，学生们抓紧时间好好休息一下，不然躺在床上学习一会儿也行。

方灼确实感到疲惫，坐公交车回学校的路上差点睡着，迷迷糊糊之中快要靠到严烈身上，还好广播及时播报下一站停靠 A 中。

下车之后，方灼困意未消，状态依旧浑浑噩噩。

一月份的日头变得很短。才晚上 7 点多，灰蒙的天幕已经落下。

方灼打了个哈欠，走在照着黄昏灯色的主道上。

她想快点回宿舍，可是严烈的脚步放得很慢，方灼每走几步，就要停下来等他，几次过后，干脆也跟他一样放缓步调。

闲庭信步地踩在明暗交错的投影中，迎面而来的凉风与安定下来的心境，反而让她清醒了一点。

严烈就跟在她的身后，影子长长地拖曳在她脚边。方灼不用回头，偏斜着视线就可以看见他在做什么。

低头族严某，现在正在玩手机。

闪光灯在夜色里无可掩饰地亮了起来，刹那间照亮了方灼目之所及的世界。

她顺势转过身，迎面对上的时候，相机自带的灯光又闪了一次。

她眯起眼，觉得自己的这张照片肯定拍得不好看。也许是满脸困倦或是凶神恶煞，愚蠢地张着嘴，瞳孔被闪光灯反射出诡异的光。

然而严烈看着照片，再把目光转到她的脸上，脸上带着很纯粹的、方灼看不大懂的笑容。

他收起手机，背到身后，小跳着退了两步，冲方灼露出讨好的微笑，不想让她删自己的照片。

方灼其实无所谓，因为她觉得严烈不会拿一张丑陋的照片来嘲笑她，只是问道："你拍什么？"

严烈说："今天是新年的第一天，拍照留个纪念。"

方灼愣了下。

他们的假期过得很平淡，只是一起吃了顿饭而已，什么都没有做。

节日的喜气，纪念的意义，离他们似乎很遥远。

方灼仔细回忆了一遍今天发生的所有事，实在找不出能让严烈觉得开怀的地方，问道："跟着我是不是很无聊？"

"嗯……？"严烈掰着手指数道，"今天有四分之一的时间休息，四分之一的时间学习，四分之一的时间做些乱七八糟的事，还有四分之一的时间跟方灼同学在一起。"

他笑着总结道："很好，今天我过得很开心。比我去年过得好多了。"

方灼有时候觉得他真是一个很奇怪的人，带着她无法理解的乐观跟奇思。

"你在 A 市有家，为什么要住校呢？"方灼不解地问，"你以前是不是不住校？"

严烈不知道该怎么回答，他的语言好像还不足以准确描述他的想法。

他想，如果他的生活是一个平面坐标轴的话，那么跟方灼在一起的空间，就是正半轴，没有方灼的区域就是负半轴。

看起来没什么不一样，但同样是在往前走的时候，一个离零越来越远，一个离零越来越近。

X 小于 0 的取值范围，他的解都是不快乐。

所以他想往方灼所在的方向延伸，变成一条直线，没有尽头。

方灼没有得到答案，扭头一看，发现自己的宿舍楼已经到了，她动了动嘴唇，只好与他告别道："那我先回去了……节日快乐。"

严烈点头。

她背着包，从两侧的树影中穿过，沿着小道消失在视野之内。

严烈盯着那盏送她离开的路灯看了许久，感觉世界随之安静了下来，晃着脚步坐到不远处的长椅上，拿出手机翻看相册。

他的手指来回拨动了几次，把照片移动到专门的相册里，设置好名字后，对着屏幕上浅淡的荧光逐渐出了神。

没多久，消失的脚步声又从寂寥的树影中出现，跟方灼刚才离开前一样，停在他的面前，不到一尺的距离。

一切美好得像是时光倒流。

严烈抬起头，看着这个神色淡得不真实的人。

方灼放下书包，在他旁边坐下，认真地说："我想了一下，我今天的学习时间并没有达到四分之一，倒是不介意跟你一起先完成这项目标。"

严烈眨了眨眼睛。

"新年的第一天从学习开始，总是不会错的。"方灼抽出英语试卷，翻到中间的位置，问道，"你有空吗？"

严烈正要答应，又听方灼道："把之前的照片给我看看。"

严烈说："你不要删。"

"不删。"方灼说，"而且这不是我的照片吗？"

照片并没有方灼想象中的那样不好看。

第一张照片只是个背影而已。

她穿着件过于宽大的外套，袖子软绵绵地垂下，盖住了她的手指。衣服的肩线滑到手臂上，露出一截细白的脖颈，背包的重量勾出了她消瘦的肩膀线条。

她和叶云程都喜欢买大两号的衣服，因为可以穿得更久，冷的时候里面还能多套一件卫衣，这是环境所带来的习惯。

荧白色的光线从上方打下，照得她的发色变得浅淡，身材也更为清瘦。

而她正侧着头，专注地看着地上的长影，像在透过它看拍照的人。

方灼以为自己不回头就可以知道身后的人在做什么。

原来她身后的人也知道她在做什么。

那种藏在深处的、细碎难言的心绪，如同长夜将明时丛林间最后的几点萤火，委婉又隐秘。

方灼手指滑过，翻到后面一张。

她以为自己当时的表情应该是不好看的，没想到那一瞬的抓拍，拍出了张色彩分明的照片。

背景昏沉朦胧，只有淡如云烟的树影。她的皮肤白得像素净的月色，正毫无防备地看着镜头，里面的人甚至叫她感到陌生。

严烈用余光打量着她的脸色，见她并没有讨厌的意思，放心笑道："我拍得好看吧？在你拍过的照片里，这水平算不算前三？"

方灼又看了一眼，将手机还给严烈，说："我只拍过证件照和同学照。所以你是第一。"

手机的背面还残留着一点温度，严烈握在手心，开玩笑地问："那可以只有前三吗？"

方灼眼尾一斜，没有作声。从包里抽出英语课本，展平在手里，就着后面的单词表开始阅读。

值班老师裹紧外套从宿舍楼里出来，被冷风吹得打了个寒战，小跑着活动身体，去找各位宿管员确认住校学生的返校情况。

刚从已经关门的小超市前走过，就看见路边的木制长凳上坐了两个学生。

他知道，这个年纪的学生总是有很多感性的情绪，在单调而高压的环境里生活了太久，容易对身边的人产生依赖。

他们会因为偶尔放松的状态丧失理智，进而忘记自己真正应该做的事。

譬如现在。

那两个学生坐在暖色的灯光下，即便吹着冷风瑟瑟发抖，也不愿意在温暖的宿舍里闲适休息。

这样堂而皇之的行为，说明他们已经无所畏惧，脑海里的想法一定十分危险。

太严重了。

不正之风应该要被扭正！

值班老师阴沉着脸，放轻脚步走过去，特意绕了个路，从二人身后靠近，想听听他们不休息也要挑灯夜谈的话题是什么。

为了保留证据，以便后期劝诫，他还拿出手机，打开了录音功能。

然而等他走到树影下，听见的却不是什么腻歪的话，而是一连串古怪的发音。

再认真去听，才发现女生在背单词，并用单词进行造句，而男生在一旁指导，逐字逐句地纠正她的口音。

他们竟然真的在学习。

值班老师心下有点震撼，又不敢轻易相信。

他已经因为过于相信学生，深刻认识到了社会的险恶，不能再犯这样的错误。

于是保持相同的姿势，他极有毅力地在黑暗中站了半个小时，一直等到脸被冻得发僵，长椅上的两个人都没露出他预想中的破绽。

不过他听出来了，方灼的英语水平是不大行，连词根词性之类的基础都不是非常了解。这情况比什么态度问题要严峻多了。

听到一半的时候，他实在忍不下去，跳出来急躁叫道："完全倒装句的考点，动词要提前，要提前啊！同学你都高三了，不能这样啊！"

被打断的两人错愕回头，表情从茫然到复杂，随后不大赞同地撇了下嘴。

严烈拖着长音道："老师，你偷听啊？"

值班老师干咳一声，生硬地转移话题："我只是担心。这里灯光那么暗，你们在这里学习，会很伤眼睛。以后去教室吧，熄灯前记得回来就行。我不打扰你们学习了。"

他匆匆走开，摸出手机，将录音的按钮停止，又回头看了两人一眼。

这个世界真单纯。

他心道。

他都快理解不了了。

第七章

新年快乐

第二天早晨，严烈来找方灼，向她转告叶云程发来的消息。

小牧昨天晚上提前回来了，在叶云程的指导下试着卷了几个饭团，成品看着不错，让他深受鼓舞，多次表示自己想尽快摆摊。

他是第一次那么热情地寻求工作，叶云程不想泼他冷水。反正工具、证件已经齐全，随便哪个日子开工都行。

两人干脆一大早去菜市场买了食材，准备一番后，从中午开始在路边营业。

方灼还是决定过去看看。因为她不知道这对奇怪的组合能否应对社会的考验，也不知道他们首次出征能获得什么样的成果。

过多未知的信息会让她惴惴不安。

严烈作为她的小长工，也陪她去了，顺便带上了作业本，无事可做的时候还能挥霍时间。

两人赶到定位地点时，摊位前等了个客人。但叶云程不在，只有小牧一个人。

相比起上次见面的蓬头垢面，这回的小牧变得整洁许多。

他穿了件白色的棉外套，连袖口都洗得干干净净，向上挽起。里面则是一件宽大的短袖，印着动画片的图案。

这样单薄的着装，站在一月的天气里似乎也不觉得冷。

小牧埋头认真工作，两人的出现都没有分散他的注意力。

方灼跟严烈就一左一右地站在小推车边进行围观。

这个客人额外加了好几种小料，小牧给量又实在，导致他的饭团过胖，几次尝试都卷不上去。

这不在他的学习范围之内，小牧有点急眼，脚步不停在原地起落，抬头看一眼客人，再继续用力卷饭团。

小牧的眼神幽怨又恳切，将客人看得头皮发麻，他很想说"要不就算了"，可对比一下两人的体格，又不是很敢说。

方灼见小牧努力无果，才上前道："小牧，卷不下可以多加点米，把它卷得大一点，或者给它包严实。"

小牧暂时没有办法跟方灼进行正常交流，但好歹听进去了，照着她说的方法，总算将饭团包出了雏形。

他用纸张封好边角，装进小袋子里，一言不发地递给客人。随后脱下手套，拿起一旁的干净毛巾清理台面，时刻谨记叶云程告诉他的"清洁守则"。

客人也没料到到手会是这么沉甸甸的一袋，等了半晌不见老板收钱，哭笑不得道："多少钱？老板发呆呢？"

方灼不知道叶云程是怎么定的价，扭头看向小牧，在他耳边重复了一遍问题。

小牧从自我反思中抽出神来，指着配菜的盒子道："这个五毛，这个五毛……"

方灼快速给他算了一遍，道："十块五，谢谢。"

"好便宜。"客人笑了下，"你们定价也太实诚了。"

小牧觉得自己是被夸了，别扭地说："不好看。"

"已经包得很好了！小牧手真巧。"严烈夸奖他，"能不能也给我做一个？我还没吃午饭呢。"

"你怎么会没吃午饭？"小牧抬起头，严肃道，"不能不吃午饭！我现在就给你做。灼灼要吗？"

客人频频斜视过来，大约是终于发现了小牧跟普通人的不同。他在口袋里摸了半天，后知后觉地意识到自己根本没带钱，不好意思地问：

"能用支付宝吗?"

"要现金!"小牧很紧张地说,"要付钱!"

严烈拿出手机说:"可以的,你扫我吧。"

他这边刚收完款,叶云程回来了。

叶云程把袋子放进抽屉里,笑道:"我刚去银行换了点零钱,你们来啦。"

方灼问:"生意好吗?"

叶云程点头:"挺好的,备货快要卖完了。我待会儿还要再去买点黄瓜、煮点饭,晚上多摆一会儿。附近工作的人说下班后路过会再来买。"

虽然不是他的本意,但不得不说,路人在看见他身体的残缺时,会主动过来光顾他的生意。

他并没有觉得难受,这是别人的善意,他表示感谢。而他能给予的回馈就是卖新鲜的、干净的食物。

"小牧辛苦啦。"叶云程拍拍他的肩膀,"刚刚顺利吗?"

小牧鼻尖沁着微微的汗渍,小声道:"我紧张。"

严烈笑说:"我给你写个牌子吧,挂到前面。一份饭团里不要加太多东西,不然不好卷。"

小牧用力点头,严烈去不远处的文具店买卡纸。

叶云程说:"你们帮忙照看一下,我先去买东西。"

他面容有点倦意,但精神面貌是前所未有的昂扬,一刻都停不下来。

摆摊的位置流量其实并不好,大部分靠的是左右邻里的光顾。等假期结束,如果没有吸引到新的客流,生意也许会冷清下去。

严烈用记号笔写了张提示,贴到小推车的正面,拿胶带封了两层,以免剥落损坏。

——一份饭团,加料最多只能加三样,谢谢。

因为准备得急,摊子上能加的小料其实不多,除了常见的黄瓜、榨菜、生菜,剩下的就是鸡丝、蟹棒之类。

肉松是之前叶云程自己炒的。因为市面上好的太贵,便宜的他又觉得不卫生，干脆自己做，吃不完还能让方灼带去学校做拌饭料。为了节约成本，材料用的是鸡肉。

担心卖不完会不新鲜，每个盒子都只装了一点。

方灼让小牧加料放得少一点，东西更多未必会更好吃。小牧尝试了几次，愁苦着脸摸索合适的分量。

两人都没有上前协助他的工作，只是拿着作业在后面旁观，适当地进行指导，以便让他尽快适应摆摊的生活，顺便观察经营中可能会遇到的困难。

一个多小时里，确实出了几个状况。于是小推车上的提示内容越贴越多。

"他不擅长说话，但已经听到了，能听懂。"

"可以做小份，做之前说。"

"盒子里没有的配菜就是已经没有了。"

"不讲价，不能免费多放！"

"他可以交流，不是结巴，只是怕生，请不要凶他。"

大部分的问题其实都围绕着小牧的社交恐惧。

这和智商的关系不大，他跟方灼的交谈就没什么障碍，纯粹是不想开口。

他的表述确实没有普通人清晰，逻辑也不是很流畅，可能是以前因此受到过别人的嘲笑，留下了心理阴影，现在面对陌生人态度抗拒，说话也会结巴。

所以小牧跟客人的信息交换基本靠眼神。他的眼技十分有灵魂，一般人领悟不到。而为了表现自己的敬业，他偶尔会向过路的人发去品尝的邀请。

脑电波无法对接的双方，最终会带着一脸的茫然擦肩而过。

方灼觉得很好笑，又不敢表现出来，只能跟严烈艰难地憋着。

当然也遇见过很好的客人，轻声细语地跟小牧对话，耐心听他的回答，走的时候还会夸奖他一句。

遇见这样温柔的人，小牧就会非常高兴，收拾餐桌的动作变得轻快，数次回头跟他们强调："那个人真好。"

怕他们吃醋，还懂得端水平衡，补充一句："当然你们也很好。"

严烈笑着回道："谢谢小牧夸奖！"

而遇到比较暴躁的客人，小牧会抓耳挠腮地急，等人走了，再委屈地总结："没有做好。"

他的情绪跟孩子一样，直白又单纯，来得快去得更快，但记住更多的，还是别人的好意。

下午 4 点左右，临近下班高峰期，他们的生意逐渐热闹起来。

因为米快卖光了。严烈联系叶云程，去帮他搬运食材。

没多久，一个穿着灰色西装的男人过来，点了个小份饭团，同时给了小牧一百块钱。

小牧埋头找钱，方灼站起了身，伸手将钱接过。

她坐的位置比较隐蔽，在小摊的正后方，站得远的人可能看不大清楚。

"钱太大了，我去隔壁的便利店验一下钞，请稍等。"

她正要转身过去，却被男人喊住。对方冷冷地说了句："算了，我不买了。"

方灼将钱还给他，他直接抽了走人。

倒是边上的客人反应过来，对着他的背影大骂道："要不要脸啊？要不要脸啊你！去大超市我都忍着不说你，来这儿你的良心呢？呸！"

小牧不知所措，小声地问："怎么了？"

方灼安抚地拍了拍他，说："没什么，阿姨怕你白忙活了。"

小牧松了口气，说："没关系的，我不累！"

他抬起头，鼓起勇气朝对面的人说："阿姨，别……别生气，不想要可以不要的。"

客人放缓了表情，对他笑道："乖孩子，没事。你先给我两个。"

叶云程回来，方灼跟他说了这件事。

从验钞机开始普及，那些不务正业的人就将目光投向做小本生意的商人。如果只有小牧在的话，真的有点防不胜防。只是没想到第一天就

210

能遇上。

严烈皱眉道:"我还是给你们弄一个收款码吧。"

方灼说:"想用假币的人,不会选择移动支付。"

"不单单是为了防止假钞。"严烈说,"现在的人出门不喜欢带现金,移动支付会方便很多,而且能增加一定的客户。"

这对连手机都没有的方灼来讲有点陌生了。

严烈拿过叶云程的手机帮忙设置,然后去打印店印了张二维码出来,让他们注意听系统播报的价格,以免客人付错钱。

晚上6点是晚饭高峰期,小摊子前的人渐渐增多,暮色也开始下沉。

小牧负责卷饭团,叶云程负责收钱,两人配合得有条不紊,比下午顺利许多。

叶云程气质亲和,温声细语地跟客人说话,将整个摊子的氛围都带得融洽了起来。

他让两人再等一会儿,7点半收摊回家,给他们煮馄饨吃。又让他们不要在这个地方看书,光线太暗。

于是,两人搬了小板凳,坐在不远处的一棵大树下背单词。

车辆一阵拥堵,行人缕缕行行,空气嘈杂得如同滚沸了的水,方灼却觉得她和严烈是待在同一个玻璃罐里的人,他们的世界是独立的,跟宣泄而下的灯光一样宁静和缓。

严烈带头念了几遍,听不见方灼跟上,捏着她的脸迫使她回神:"你听见我的声音了吗?方灼,你是不是在发呆?"

方灼转过视线,却是望向他的身后。

严烈顺着看过去,才发现是个熟人。

魏熙站在他们跟前,沉思片刻,好奇地问:"坐在吃的东西前面背书会更有力量吗?"

方灼:"……?"

这孩子的脑子是用瓦计数的吗?那么光,又那么亮。

魏熙转动着她的小脑袋瓜,又问:"严烈为什么也在啊?现在摆个摊,都要模特了吗?"

方灼忍不住笑了。

"虽然哥确实长得帅吧，但主要是为了社会实践。"严烈说，"顺便感受一下劳动人民的光荣！"

魏熙问："摆摊有趣吗？"

严烈："有趣，就是不方便学习。"

魏熙深吸一口气，神秘地问："所以你们的作业写完了吗？"

"昨天就写完了。"严烈用手肘撞了下方灼，"跟灼灼在一起，你觉得我的作业能写不完吗？"

魏熙发现小丑只有她一个，痛苦地抱头大叫。

方灼鼓励说："明天还有半天，你可以再挣扎一下。"

几人聊了会儿，魏熙的目光被一旁认真工作的叶云程所吸引，见他身边围了几个找他闲聊的人，暗道认真赚钱的男人果然很有魅力，大声叫道："舅舅，你应该去年轻人多的地方，或者什么网红地段摆摊，这样你很快就能成为Ａ市最帅的摆摊小哥了！"

说完还冲叶云程眨了下眼睛，给他比出一个赞。

叶云程失笑道："什么Ａ市最帅，你们这些孩子真是。吃晚饭了吗？没有的话我请你吃。"

"不不不，我吃了。"魏熙不好意思地说，"不过如果您想送我当消夜的话我也不介意的！"

叶云程招手："过来看看，想吃什么味道的？让小牧给你包个大的。"

方灼想起来，小学的时候她有一个同学，家里是摆摊卖蛋糕的。

那时候方灼特别羡慕他，因为他身上总是带着一种甜甜的牛奶味。

她订不起早餐奶，觉得牛奶是很好喝的东西。

吃不起西式的糕点，觉得蛋糕是很奢侈的东西。

而这一切，那个同学都可以轻易拥有。

某天放学，她背着破旧的布包从学校里走出来，在路边看见了那个男生。他很烦躁地将包放在地上，跟自己的父母发脾气道："你们不要来我学校边上摆摊！你们太丢人了！"

她不知道什么样的父母可以值得骄傲，什么样的父母称得上丢人。

她觉得有父母疼爱已经是一件很幸运的事情。

那一刻男生身上所有让方灼羡慕的闪光点都破碎了。

长大之后她终于知道该怎样去形容当时的感悟：人不要自卑，自卑会变得卑劣，卑劣会变得丑陋。

她为自己的这段回忆画下了一个完美的句号，正觉得满意，严烈抬手在她眼前挥动，无奈地问："你又在想什么呢？大哲学家。"

方灼诚实地道："我在想，人怎么样才可以不自卑。"

严烈偶尔也会跟不上她转变极快的思路。

方灼自问自答："当他拥有很多东西的时候。"

严烈把本子卷成话筒的形状，姿态谦虚地询问她的答案："比如要拥有什么呢？"

方灼迟疑着道："有飘影，更自信？"

方灼的冷笑话总是很过时，因为远离网络，似乎还停留在十几年前，可不知道为什么，永远能戳在他的笑点上。

严烈愣了愣，放肆地笑了出来。

方灼叫了他两声，他都无法停止，不知道他是怎么回事，方灼兀自转过身背单词。

严烈笑累了，看着她的背影，拿出手机，对着小摊和方灼拍了两张照片。

元旦假期的第二天。

他有四分之三的时间跟方灼同学待在一起。

如果时间不是用小时、天或者年来计量，而是用颜色的话，那方灼的懵懂时期是无知的白色，之后是摸爬滚打所染上的泥灰，现在则是被打翻了的颜料盘。所有只存在于定义的色彩终于有了实质的示范。

各种复杂的颜料混合在一起，构成一幅明艳又平淡的画作。

这要怎么形容呢？

她喜欢在夏天穿过葱郁的叶片仰望苍穹，看着飞鸟从狭小的缝隙中穿过，看着太阳的光线投射出风的影子，看着时间在清透的空气里缓缓流逝。

世界由单纯的绿、蓝两种颜色组成，却又好像能描绘出生命里所有有意义的符号。

方灼现在所拥有的颜色，就是这个样子。

她有些沉迷这种规律又安稳的生活，哪怕它的强度会令人感到疲惫，似乎每一刻钟的日程表上都安排好了学习、拼搏，或是休息的任务。

这一天的计划，原本应该是她和严烈去舅舅的摊位前，完成英语第四单元的复习，同时为叶云程解决一下市场相关的问题。

然而两人刚走到校门口，严烈就遇到了一个在他意料之外的人。

男人的出现，让方才还在说话的严烈瞬间安静下来，笑容也消失了。

这反常的表现十分突兀，方灼跟他一起停下脚步，顺着视线，朝来人身上打量两眼，大概猜到对方的身份。

那是一个长相英俊、身材高大的中年男人。穿着笔挺的西装，外面套一件黑色大衣，浓密乌黑的短发让他看起来颇显年轻。

说实在的，他跟严烈并不是很像，不是指外貌，而是气场。

他唇角的皱纹比较深，眼睛轮廓更加深邃，整体肌肉的线条向下微沉，凸显出严肃的神情。

方灼想严烈以后肯定不长这样。他那么爱笑的人，就算老了，皱纹也应该先爬上眼角而不是唇边。他多半会像一个亲切的老爷爷。

在她乱想时，男人走近，牵扯着脸上的肌肉，试图露出一个或惊喜或想念的笑容，可惜不大成功。

他的情感在面对跟严烈的隔阂时遭遇了滑铁卢，而他并不是一个演技很好的人。

"我回来了。"他抬手看了眼表，但其实目光并没有在表盘上停留太久，抬起头后说出自己的来意，"这时间刚好，我带你出去吃顿饭，你妈妈在酒店那边等着了。虽然晚了一点，也算是给你庆祝过年吧。"

他生疏地加了一句："元旦快乐。"

"辛苦了。"严烈说道，"你也快乐。"

严爸爸又问："你为什么不在家里住而要住学校？是觉得那套房子离学校太远了吗？我今天给你老师打电话才知道，还以为你跑去了哪里。"

他想表达关心，可说出口的话让人听着更像是质问，严烈于是也回答得敷衍："学校里人更多，热闹一点。"
　　这么淡漠的严烈，就跟不会胡闹的蜡笔小新一样。
　　麻木而无趣。
　　可就是这种没有灵魂的表现，严爸爸也没有觉察出异样，他转向方灼，寒暄道："你是烈烈的同学吗？你好。"
　　方灼朝他弯了弯腰，算是招呼。
　　严爸爸问："你们刚才是打算出门？"
　　方灼觉得他二人不对劲，斟酌着说："打算去学英语。不过不重要。你们有事的话，我就先走了。"
　　严烈因为她那句"不过不重要"，表情险些没控制住，在她要离开时拽住了她，说："让我爸送你过去，他肯定开车了。"
　　严爸爸对着方灼，笑容自然多了，说："好，我的车就停在门口，那一起走吧。"

　　三个人上了车，车子驶上主路，车里的气氛依旧沉闷，方灼始终找不到说话的时机。
　　她的目光在两人之间流转了数次，纠结地想了无数个话题，最后觉得缓和气氛这种高难的操作不是她能胜任的，干脆闭嘴。
　　严爸爸大概也受不了这种宛如冰封的状态，想跟方灼聊天缓和一下，顺便旁敲侧击问一下严烈的校园生活，以拉近父子距离。
　　路程过半的时候，他程序性地问了方灼两个问题。
　　先是问她父母是做什么的，方灼隐晦地说她现在不跟父母住。
　　这个问题似乎问到他的心坎上，严爸爸声音大了点，又问是因为父母工作太忙碌吗？
　　方灼思忖良久，很艰难地回答，因为重组家庭不是非常欢迎她。
　　严爸爸哽住了，所有的腹稿全部流产。后视镜里照出了他紧皱的眉头，让方灼不禁对他心生同情。
　　这一番谈话的结果也让方灼感悟到两个道理。
　　——沉默是金。

——比起问候别人父母,"你吃了吗?"是一个更明智的话题。

好在路程并不遥远,这窒息的感觉在方灼一句"到了"的提示声中得到拯救。

待她下了车,严爸爸与她客套了两句,重新启动,汇入主道的车流。

方灼一直看着车尾灯从视野中消失,才挠了挠头,慢吞吞地往摊位走去。

严爸爸和严烈到时,包间里已经坐了一圈人,前菜也开始上桌了。

除了严妈妈,还有几位陌生的长辈,都是他们的朋友,今天来给他们接风洗尘。

"怎么去了那么久?"严妈妈站起来招呼,"烈烈,来了呀。坐妈妈旁边,让我看看你瘦了没有。"

严烈走过去,依次跟桌上的人打了招呼。态度不冷淡也不热络。

严妈妈捏了捏他的肩膀,给他碗里夹了块牛肉。

"是严烈啊?这走路上我可是真认不出来了,一眨眼长这么大了,上次见面的时候还是个小孩子呢。"对面的中年男人朗声笑道,"听说你现在读高三,成绩特别好是不是?长得帅又聪明,太棒了,都不用你爸爸操心,不像我们家那浑小子,每次见他我都恨不得抽他一顿!"

严烈礼貌地笑了笑。

严爸爸说:"成绩是挺好,但读书都快读呆了,你看他这样子,跟我都聊不大来。"

中年男人指责道:"诶,那我要说,老严是你不对。你儿子都高三了你还在外面奔波,你让他跟你聊什么?是聊那个什么导数啊,还是聊圆周运动?"

严爸爸笑道:"怎么?你儿子就和你聊这些?"

"他不乐意听我说话,就会故意拿这种东西堵我。"中年男人挥了挥手,举起酒杯抿了一口,嘴上说得无奈,语气里却是掩不住的疼爱,笑骂道,"当我没上过大学吗?那臭小子。"

严爸爸说:"这次回来,我们过完年再走。"

"那就好,多陪陪你儿子。"

一群人都是多年的朋友。聊生意、聊孩子、聊过去，天南地北的话题牵引出来，说得很是畅快

很快就没人管严烈了。

房间里弥漫着淡淡的酒味。

严烈闻着味道，觉得很难受，借口要去上厕所，离开了包间，打算去外面透口气。

到了走廊尽头的通风口，他才发现，外面不知道什么时候下雨了。

雨滴倾斜而下，连敲打在地上的声音都很轻柔。

严烈心想，一回家就下雨，从来没见过这么阴的天。

方灼是不是还会欣喜这场久违的细雨？毕竟她不必为了自己不在而难过。

方灼肯定难过，因为做不了生意了。

还好叶云程昨天看过天气预报，有所准备，本来就只打算摆摊半天。见雨水将至，提前将摊子收了，推回出租屋。

方灼说了严烈不来的原因，叶云程对那位神秘的家长深感好奇。

"得把他的床垫搬回去才行，不然他爸妈见家里少了东西，肯定得说他两句吧？"叶云程嘀咕道，"怎么他爸妈回来没提前告诉他一声？"

方灼立即说："手机借我一下，我问问他。"

叶云程一惊："这么着急？他今晚要回学校吧？今天下雨，不大方便，你可以让他明天再回复我。"

方灼犹豫了下，说："我还是现在问问他。"

严烈看着一脸让人不放心的样子。

方灼拿着手机，去了没人的阳台，蹲在角落，思来想去，给严烈发了一个字：

"滴。"

严烈正在淫雨霏霏中冷得透不过气，感觉到口袋里的手机振动了一下，没有第一时间去拿，依旧垂着眼看那些在雨中奔走的人。

他以为是广告短信，可因为太过无聊，过了半晌还是摸出来看了眼，没想到是叶云程的手机发过来的。

连疑问都不算。只有那么一个字，却好像隔着几十里远的路程，给他的世界按下了一个暂停。

方灼手里，一定有一个关于他情绪的遥控器。

严烈笑了起来，手指快速按动。

严烈：一毛钱了哟。

方灼脸色一黑，差点撂担子走人。

这人好会说话。

严烈手指敲了敲，知道自己如果不赶快回复点言之有物的东西，对方可能要就此失踪了。

严烈：所以值得你用一毛钱来铺垫的问题是什么？

一分钟后。

方灼：舅舅问，床垫什么时候还给你？

严烈：不用了，他们不住那儿，而且丢了他们也不知道。

方灼表情纠结，犹豫着要不要回个"哦"，屏幕上又跳出来一条。

严烈：两毛钱了。

方灼想把手机砸对方脸上。

为什么要催她？搞得她在挥霍金钱一样，变得很紧张。

方灼打字很慢，对键盘不熟悉，每一个拼音都要从头到尾寻找一遍。所以每回打字时，她总是一副苦大仇深的表情。

可是等她回复，是严烈觉得很有意思的事情，因为每一个字都是她深思熟虑后的结果，她发短信的时候甚至比学习时还要专注。

严烈转过身，背对着窗口，将冻得发红、已经有些难以曲张的手贴在脸上，另外一只手不时滑动屏幕，不让光线暗下。

这一次的回复意外地快。

方灼：你不高兴

敷衍得连问号都不打。

严烈：为什么？

这一次等的时间比较久。

方灼：我为什么会知道你为什么见到你爸爸会不高兴？不过我见到方先生也不高兴，原因你知道的。如果你愿意向我诉说的话，我不会介意，并且我会及时删除短信内容不让别人看见，你可以相信我的人品。

严烈的手指悬在屏幕上，想了很久都没有落下来。

他要说什么呢？

他的生活富裕，家庭成员健全，虽然父母经常不在家，可从来没在经济上亏待过他。冲突和不快早就停留在十几年前，连大人都不以为意地翻过，面向新的生活。

相比起方灼，他的沉闷显得那么不坚强。

他不要方灼觉得他是个斤斤计较的人。

踌躇不决间，严妈妈推门出来，喊了他的名字，说要走了。

"你在做什么？在外面站了那么久。"她问，"你今天下午几点上课？"

严烈最后在回复框里打了一句，说道："我现在要回学校了。"

严妈妈好似抱怨地说了句："怎么跑出来玩手机？"

中年男人正好走出来，闻言调侃道："是不是谈恋爱了？年轻人长那么帅，在学校里肯定很受欢迎。"

严父站在后面，想起什么，表情变了变，笑道："高三生谈什么恋爱？而且他脾气闷，哪儿有女生会喜欢他这么无趣的人？"

严烈将手机收起来，朝他们走去，笑笑没有解释。

方灼帮叶云程将东西收拾了一下，等雨停了，也坐车回学校。

等她到教室时，严烈已经在里面了。

他看起来还是心情不佳，转着支笔，心不在焉地坐着，时不时回头看一眼教室门口，

方灼来的时候扫见了严爸爸在办公室里和老班讲话，严烈应该是在看对方走了没有。

方灼将包放下，问道："吃了吗？"

严烈回过头，说："没有吃饱。"

看。方灼心道。就算明知道他刚才是出去吃饭的，"吃了吗？"还是一个万能的话题。

"还有一点材料没卖完，我做好带过来了。"方灼摸出两个饭团，拿在手里辨认了下，却发现自己分不清了，干脆递到严烈面前，让他先选。

"一个是酱香味的,一个是香辣味的。看你运气好不好了。"

严烈随手拿了一个,笑道:"我一向是欧皇[1]。"

严父这样的个头、气场,即便是坐着也给人压迫感。

他放松身体,理了下外衣,自我介绍道:"老师你好,我叫严成理。"

老班忙道:"你好你好,我姓高。"

严成理:"不好意思,我们平时太忙,都不住在A市,严烈辛苦老师多关照了。"

老班给他倒了杯热茶,客气道:"严烈特别听话,根本不需要老师怎么操心,反而帮了我们很多忙。有他在,我们班里的男生都好管了。"

严成理两手接过茶杯,顺势放到桌角,问:"他现在高三了,成绩怎么样?状态还好吧?"

"很好啊。"老班在他对面坐下,笑道,"我不夸张地说,只要他保持住状态,他喜欢的专业、大学,可以随便填。他对未来已经很有规划了。"

严成理点头道:"所以前提是能保持住状态。"

老班翻找夹在文件里的成绩单,想要给他看看,宽慰道:"您放心吧。严烈分得清轻重,他比大部分的同龄人都要早熟,还剩半年,我觉得没有问题的。"

严成理换了个姿势,两手交握放在腿上,语气严肃了点,问道:"他现在的同桌是个女生吗?"

老班的动作顿了下,收回手,重新坐了下来,神色不变道:"你说方灼吗?她是我们班里最努力的学生。"

严成理沉吟片刻,委婉道:"我知道A中肯定是希望更多的学生能够取得好成绩,但是,作为家长,我还是比较自私地希望,自己的孩子能把注意力集中在一个目标上。"

老班说:"严烈爸爸,我觉得您可能有点严格了。他们是高三生,大部分人已经十八岁了,不是什么都不懂的小孩子,不会因为彼此坐的距离是半米、一米,或者三米而犯错误。"

---

[1] 欧皇:网络用语,指运气好。

"我只是提出一个建议。"严成理说得很慢，带着点自己也不确定的迟疑，"他们是同桌，一起上课，一起住校。这样的距离太近了。"

他看得见严烈从食堂出来时的欢欣，也看得见他目送同学下车时的败兴。

作为一个不大合格的父亲，他有时候觉得严烈很陌生，有时候又能一眼窥破他的想法。或许这就是遗传的神奇。

方灼让严烈先把饭团掰开看看里面是什么味的，他很执意地咬了一口。

二分之一的概率，他选到了他不能吃的香辣味。

严烈的表情很难看，觉得自己的非气[1]要来了。

他扯了扯前排人的帽子，说："蛋糕，辣的，给你。"

沈慕思转过身，从他手里接走，一脸为难地叹道："好吧，爸爸不就是负责消灭孩子不喜欢吃的东西吗？"

严烈说："那你还我，我去送给我的大儿子游游。"

沈慕思高声拒绝："不要！"

方灼将另外一个还没开封的饭团放在他的桌上，大方道："你吃这个吧。"

严烈想说不用了，他其实并没有那么饿，就听方灼说："同桌不就是为了把你错失的好运还给你吗？别难过了，快吃吧。"

严烈将要说的话全部吞回去，默默把包装拆开，吃到一半的时候，又跟方灼说："不是，这才不是同桌的事。"

方灼停下手中的题，耸肩道："随便是谁，有什么关系？"

老班夹着卷子走进来，说道："严烈，你跟沈慕思换一下位置。"

沈慕思和方灼同时错愕抬头，严烈冷冷地回绝："不要。"

他态度强硬，班主任也没勉强，假装无事发生，让人把卷子发下去。

这是学生和家长博弈的结果，她只是个没有实权的班主任罢了。

严烈的笔在纸上用力一画，从这之后表情一直没舒展过。

---

[1] 非气：网络用语，指坏运气。

方灼心说，直男，真不好安慰。

今年的春节假期安排得比较早，元旦结束之后，学校立马组织了一次全市联考，让大家在放假前找找状态。

方灼对联考没什么概念，对市排名也不是那么重视。照她的感观来说，不过都是做卷子而已，还不如班级排名来得有实感。

只要能保持中游及以上，她就肯定能上个不错的一本——这来自她多年来被周围人灌输的观念。

因为是统一阅卷，这次试卷的成绩发放得比较慢。

方灼刚考完就知道自己发挥得不是很好，听老师讲过题目后大致有数，所以没有太多期待。

数学的最后一题，她其实是会做的，具体的解题思路也不算难，只是运算步骤过于繁复。

她很惨烈地在第一次求导的时候就犯了个极为低级的错误，导致后面的数据全盘出错。

考物理的时候状态也不是很好，分明是不难的题目，她居然看了好几遍图示才反应过来，分析运动过程的时候还错漏了一个条件。

不知道该怎么形容她这次考试时的状态，大概就跟水倒进了浓硫酸一样，浮在表面，噼里啪啦全炸了开来。

严烈跟她分析，说她这还是紧张，影响到了她的反应速度。不过关系不大，可以巩固克服。

相比起来，语文和英语翻车的概率就小多了。方灼第一次对这两门学科感到了欣慰。

最终英语成绩公布，方灼有史以来第一次考到了 90 多分。

英语老师很激动。本来以为方灼的成绩就是一辆死也拉不动的牛车，没想到一个学期内能出现那么大的提升。

而且她专门找方灼分析过卷子。方灼的进步是稳扎稳打的，瞎蒙的题目基本都没对，变化最大的是词汇量的提升和基础语法的应用。

照这样来看，哪怕什么都不做，她只要把英语作文里的单词端正地重写一遍，猜题的运气稍稍提升那么一点，分数还能往上涨个五六分，说不定就可以突破三位数的大关了。

谁能不喜欢一个勤勉聪慧的学生呢？

英语老师系统地分析完试卷，心情还是难以平复，干脆让方灼给大家传授一下她的成功经验。

那阵仗，方灼都误以为自己拿下的是市状元的头衔。

学生们起哄鼓掌，方灼盛情难却，站了起来。

她两手垂放在桌上，反思了一遍，觉得自己的进步其实没什么高端的技术含量，哪怕进行艺术包装也找不出好听的理由，艰难总结了一句："努力背单词。"

她说话的表情很认真，可搜肠刮肚实在是想不出别的东西，只留下这么一句看似敷衍的话，干巴巴地杵着。

严烈带头鼓掌，适时将那阵因沉默而积蓄起来的尴尬驱散出去。

方灼松了口气，又说："谢谢大家。"

严烈指了指自己。

方灼赶紧补充道："哦对，还有找一个好同桌。"

英语老师大笑，回忆起一件事情，趁机说了起来。

"我知道，高二组的一个老师跟我们提过。他说元旦的时候正好轮到他值班，晚上8点多，他在学校里碰见两位学生，大冷天的坚守在路灯下背单词，让他大为感动。我一猜就知道是你们！"

两人没有反驳，英语老师又玩笑了两句，正好下课铃响了。

下午老师们要集体开会。

英语老师在电脑里拷了个电影片段，让他们摘抄一句里面有印象的台词，然后自选一个与电影相关的主题，写成小作品交上来。交代完就匆匆离去。

电影放的是什么方灼已经无暇顾及了，舒缓的背影音乐一响起，长期睡眠不足而导致的疲惫让她快速昏睡了过去。

等她醒来时，自习时间已近尾声，她赶紧拿出本子，想要记录一句。

电影的镜头拍摄得十分唯美，但因为前面缺失了太多情节，方灼无法看懂。

屏幕中出现的是一片金黄色的沙滩，被拍打起来的白色海浪，以及在海边奔跑的人。

画面淡然而美好。方灼下意识地想起严烈当初说过想去海边看看的事，扭头朝他看去，发现他果然看得很认真，整张脸都在屏幕的反照下泛着蓝色的水光。

此时旁白音响了起来，电影的女主用一种慵懒而平静的声音吟诵道：

那天和他一起潜入海水，看着水面上的波光，我才意识到，原来在我的春天里，太阳也会开花。

方灼品了品，觉得这段话十分有意境，且很有东方人的浪漫，与她曾经的太阳桂花的设想不谋而合，决定摘抄下来。

可是句子太长了，她没有记住，写了两个单词，去寻求严烈的帮助，让他复述翻译。

严烈一个单词一个单词地帮她写了出来，写完后意有所指地问："你知道这段话含蓄表达了什么意思吗？"

"我当然知道。"方灼说得理所当然，"我其实是个很浪漫的人。"

浪漫到骨子里，才会做那么浪漫的梦。

严烈："……？？"焊死的"钢铁直"怎么敢说这样的话？！

方灼无视了他表情中的不赞同，问："那你摘抄的句子是什么？"

严烈顺手拿过一旁的本子展示给她看。

只有三个单词。

"You complete me."

方灼读了两遍，不是很能理解，问道："你完整了我？是指男人女人各自只有一半的那个说法吗？"

"你的浪漫呢？"严烈撇嘴，勾勾手指，示意她附耳过来。

方灼觉得他古怪，套路多，但还是将耳朵贴了过去。

"这句话的意思是，"严烈在离她不到十厘米的距离，一字一句地解释道，"你完整了我的人生。"

清朗而干净的声音敲打过来，让方灼有片刻怔神。喷洒出来的热息有一部分扑在她的耳朵上，她觉得自己的皮肤跟火一样烧了起来。

方灼若无其事地摸了摸耳朵，与对方拉开距离，拖着长音回了个"哦"。

灯光还暗着，空气还冰凉。那些不正常的悸动很快平息下来。

过了一会儿，方灼迟疑地问道："我俩摘抄的主题是不是有点不对？他们也是这个调调吗？"

严烈说："管他呢。"

他不管太阳在春天是不是会开花，他现在觉得自己的烦恼就跟冬天里的花一样。

你觉得它已经消失了，它又会在不知名的地方冒出来。

等到了春天，漫山遍野的都是。

他烦恼的春天，要在期末考试结束的那一天正式到来了。

一周多的寒假，方灼不能再住校，会跟叶云程回家。

而他也不能再找借口，得回到严成理的家里，做一个沉默寡言的优等生。

还没开始，他已经觉得这个寒假过于漫长。

方灼这边才刚放假，叶云程就提前谋划着年货了。

他的小摊子看起来成本低，实际前期投入不少，起码对他来说超出他的预期了。

房租、搬运的货车、水电费、餐具费、小牧的工资……各种乱七八糟的花销加起来，几乎清空他的存款。

有一段时间，他甚至连买菜的钱都要精算到个位。购置材料时强迫性地反复确认天气预报，以确保第二天出摊不会碰上下雨。如果食材囤积，隔夜后只能丢弃。

一直到了临近春节，街上的人多了起来，他也不需要再购置什么新的工具，才总算攒下来一点钱。

方灼背着包回来的时候，叶云程正坐在客厅里记账。

他做事有条理，习惯将硬币按照大小叠放得整整齐齐，账单上的字也写得端端正正，比方灼的卷子要整洁多了。

等他将支付宝里的零碎收支也记录上去，放下了笔，方灼才开口问道："怎么样？"

叶云程看着两列结尾的数字，憋了憋，说："快回本了。"

方灼将包放下，笑说："是好事。"

"对，是好事。"叶云程说，"小推车升级花了太多钱。但是从会计的角度来说，这笔钱应该要算成折旧，分摊到后面的月份里。所以我们是盈利的。"

他的小推车本来是从别的地方淘来改造的，没有加热的功能，用了一段时间觉得限制太大，决定换个完整版。这样明年他就能卖热食了，也不用再忧虑食品保温的问题。

因为他注重品质，现在饭团的口碑很好，增加一些商品，让顾客多一些选择，相信销售额可以稳定下来。

"如果我们能租个小店面就好了。"叶云程展望道，"那样我们就能上外卖了，可以拓展客源，而且不用怕下雨。"

奋发的小草在茁壮成长的时候希望能有个遮风避雨的地方，这似乎是每一个国人刻在骨子里的追求。

叶云程抬起头，自我调侃道："我现在是不是变得野心勃勃？"

方灼笑出声来，用手指比画了一下，说："一点点而已。"

"那我再多一点点。"叶云程眉眼弯弯地同她说笑，"明年我们先做到温饱不愁，然后攒出学费。等你上大学以后，我跟你一起进步，看看能不能在你学校两公里以内租到店铺。"

方灼坚定地说："会有的。"

叶云程重新拿起笔，将本子翻到最后一页，把这个想法记录下来，提醒自己。

他问："那灼灼在春节前有什么小野心吗？"

方灼想了想，说："有一个不算大的目标。"

"是什么？"叶云程笑道，"考上 A 大？"

"想攒钱，买个仿生假肢。"方灼睫毛下合，羡慕地说，"我上次在街上看见一个，特别厉害，能自由行走，跟正常人一样，还能跑步。"

叶云程愣了下，回头看着她。嘴唇动了动，想说什么，但最后什么都没说出口，只是目光越来越柔和，随着鼻翼翕动带上一点水光。他上前用力抱住了方灼。

"现在的技术真厉害啊。"方灼趴在他的肩膀上,闷闷地说,"什么都能改变。"

叶云程轻声道:"有一天,你也会变成这么厉害的人。"

方灼点头:"嗯。"

两人静静抱了会儿,叶云程将她放开,抬手擦了擦眼角。

方灼想把桌上的零钱收起来,被他抬手按住。

"我还没分完。"

方灼困惑说:"分什么?不攒起来吗?"

叶云程笑着摇头,将账本递到中间,示意她看后面的计划项。

"赚了钱,该花的还是要花的。"叶云程说,"补助金前两天到了,然后你刘叔帮我们申请了一些春节的慰问品,米啊、油啊,还有一床被子。你过两天回去记得领。"

方灼应道:"好。"

叶云程问:"现在天气冷了,咱们家的被子还是不够,我得给你和严烈买床新的。你喜欢什么颜色的被套?烈烈呢?"

方灼听他提起严烈,不由得想起自己准备离校时,严烈那欲言又止的神情。

所有的人都在欢呼庆祝,迫不及待地拥出校门,只有他拽着方灼书包后面垂下来的一根黑色布袋,说了半句话:"如果你有钱了……"

如果她有钱了,怎么的?

这句话其实不应该用"如果",而应该用"以后"。

但是严烈没说完整,大概是自己也没想好该怎么形容。

他当时的眼神,有那么点落寞孤独的味道,和他平时不大像。

"灼灼?"叶云程见她发呆,喊了两声,"想什么呢?"

方灼回神,说:"严烈应该不跟我们一起过年,他爸妈回来了。"

叶云程点头,却没把那条画去,只是问:"他爸妈在 A 市住多久?"

"我不知道。"方灼说,"我问问。"

她拿起手机,编辑了一条短信。

227

对面很快回了。

严烈：过完年。

严烈：舅舅真好，但我可以自带被子，不用破费。

方灼：你现在在哪里？

严烈：我跟蛋糕、班长他们在打球，晚点去吃烧烤，再晚点去看电影，你要加入我们吗？

很好，生活十分丰富。

方灼心说，果然是她的错觉。

没过一会儿，严烈那边又发来一条短信。

严烈：安全到家了吗？

方灼：我在Ａ市过年，早就到家了。

小牧去他大伯家过年了，房间空了出来，方灼正好可以住下。

大年三十街上的行人会多很多，叶云程想再卖一天。

他知道饭团在这一天不会紧俏，倒是零食、奶茶之类的会很受欢迎。经过多番考虑，决定改做卤味。

叶云程花大价钱买了十几斤猪蹄、鸡腿、鸡架等，配上一些素菜，从前一天中午开始处理，晚上上锅炖，第二天大早直接跟方灼推出去售卖。

卤味制作麻烦，但是贩卖简单。而大年三十这一天，受节日气息的影响，路人们都比较喜气。

好些人看见他们一大一小地站在彩灯下面，不由自主地就上前多买几块，让他们能早点回去过年。

加上那锅卤味炖得确实香气十足，叶云程在附近又混了个脸熟，两人早上6点多钟出的门，不到10点东西就卖完了。

这一天赚的钱比以往都要多很多，方灼还收到了一个小朋友送给她的氢气球。

她把气球绑在车头上，兴冲冲地推着回了家，跟叶云程一起准备年夜饭。

两人一个做饭，一个打下手，配合默契。可因为厨房器具太少，一直忙活到晚上6点才吃上晚饭。

他们的胃口都不大，吃了几个饺子差不多已经半饱，桌上的鱼、猪蹄都没怎么动过。

而且因为不怎么擅长找话题，这顿饭虽然吃得温馨，却有点安静。

方灼觉得主要是没有春节晚会做背景音的缘故，少了主持人的问候，就少了灵魂。再不济一起吐槽节目也可以热闹一点。

叶云程忽地感慨了一句："烈烈在就好了，这里有好几道他喜欢吃的菜。"

"我也喜欢。"方灼说，"就是吃不下了。"

叶云程放下碗筷，笑着说："没关系，明天我们不煮饭，肯定能吃完。你饿了再吃，别撑着。"

叶云程由于昨晚没有时间睡觉，吃过饭后不住发困，先回房间休息。

方灼坐在客厅里看书，然而没学多久，注意力总是被楼上传来的歌声打断，干脆拿出手机玩一会儿。

她想了想，给严烈发了一条短信。

方灼：你吃年夜饭了吗？吃的什么？

严烈没回。

等了十几分钟，严烈还是没回。

方灼按照教程，下载了一个消消乐打发时间。

玩了半个小时，切换到短信页面，发现严烈那边还是没有动静。

方灼皱眉，换了个姿势，去应用商店里下载了个QQ。

严烈的这一天，简直可以用灾难来形容。

早上，跟严成理有合作关系的供销商上门拜访，带了一堆礼物。

严烈本来在书房玩电脑，被严成理喊出来会客。

双方围绕着茶几，恭维又热情地开始攀谈。严烈坐在一旁，对着电视里莫名其妙的节目无聊发愣，在对方提到自己名字的时候及时应上两声，以证明自己的存在。

他克制着烦躁，没有流露出来。

这是灾难的开始。他当时就觉得这一天不会好。

下午，精心打扮过的两人带着他出门吃饭。

他们提前在酒店订了个包间，和自己相熟的几个朋友一起吃饭。

酒桌上的时间过得特别缓慢。一群人大声说话、互相敬酒，在觥筹交错的喧哗声中笑得面红耳赤，说着多年未见后的青春回忆，只有严烈一个人与这氛围格格不入。

他什么都没有听进去，夹着面前的菜简单吃了两口，觉得索然无味。又安静等了半个小时，拿出手机和赵佳游匹配打游戏。

同桌有个年龄跟他差不多大的女生，坐在他不远处，眼神时不时往他这边瞥来，问了几次他要不要饮料。

严烈在努力保持自己心态的平和，没有多余的精力去关注对方想要搭话的心情。

同桌的叔叔帮忙介绍了下，严烈装不下去，才抽出精力，跟她互加了微信。

女生问："你今年高考吧？想好考哪所大学了吗？"

严烈感觉今天连游戏都不是特别顺利，和赵佳游一个队伍，匹配到了很坑的队友，接连战败。他抿着唇角，过了两秒才回答："A 大。"

"A 大是不错，但 B 大更好吧？我听叔叔说你的成绩不错，你有考虑去 B 大吗？"女生单手支在桌上，侧着身和他说话，"叔叔的生意不是主要集中在 B 省吗？我也在 B 省上大学。你要是来的话，说不定学姐能关照你。"

失败的字样在屏幕中亮起，严烈憋闷地吸了口气，这才扭头看她，回道："我喜欢 A 大。"

"为什么？"女生问，"你对 A 大有特别的情怀吗？"

严烈说话的语气淡淡的，让人听不出他的情绪，只知道他这人不是非常亲切。

他盯着屏幕中的游戏页面，言简意赅道："嗯。朋友都在这里。"

严成理注意到这边，拍着他的肩膀说："他就是这性格，不喜欢说话，只喜欢读书。特别闷吧？"

几人笑起来。严烈的唇角几不可察地抿紧。

他也不知道怎么回事，跟父母在一起，情况总是会变得很糟糕。

他没有办法从彼此的相处中获得一点温情，只有应付的疲惫。

而两位长辈也察觉不到他的情绪，如果他露出一点不高兴，他们会更加奇怪地表示："你为什么要生气？"

仿佛是生活在两个世界的人，在用不同的语言、不同的规则进行交流。

从酒店出来的时候，严成理喝醉了。

他太久没回 A 市，一回到这个地方就想起自己当初创业失败的惨淡经历。

男人大概就是这样，成功后重新面对曾经的挫折，会有种特别的慷慨，很容易情绪激昂，跟人畅谈过去，似乎这样就可以弥补年轻时的失意。

但是严烈对他的过去一点兴趣都没有。

他叫了代驾，把脚步虚浮的人架进车里，关上车门。

密闭空间里的酒精味道逐渐加重，严烈每一次呼吸，都感觉脑袋阵阵地疼。

严妈妈脱下外套，靠在椅背上醒酒。

车里的暖气缓缓吹出，使人越加困顿。

玻璃外的街道张灯结彩，目之所及全是红色的灯笼与庆贺的对联。

路过红绿灯时，一行人穿着喜庆的新衣服，结伴从人行道上走过。

这一天，这个世界，好像哪里都很热闹，突显得他像个异类。

等车到家门口，严成理已经彻底昏睡过去了，严烈叫了他两声，他只挥挥手，发出几声模糊的呓语。

严烈没有办法，背着他回到房间。

严妈妈紧跟着进来，叹了口气，按着额头舒缓酒劲，吩咐道："你帮忙照顾一下你爸，我先去洗个澡。"

严烈沉默地将人放到床上，给他脱去衣服和鞋子，再把他的领带解开，拿了条湿毛巾给他擦脸。

喝醉了的人手脚特别沉，猛然间的一个挣扎力气又很大。严烈闻着他身上的酒气，所有的好心情零落殆尽，在 X 轴的负半轴朝着背离零的方向不断远去。

太糟糕了。

真是糟糕的一年。

他完全不需要这两个人牺牲事业的"辛苦"陪伴。

小时候都培养不起来的感情，为什么会觉得人长大懂事之后，就可以无条件地给予呢？

严烈走到阳台，用水泼着洗了把脸。

冰冷的液体带走他的体温，也麻痹了他的触觉，冷到战栗的呼吸迫使他压下胸口的火气。

等他闻不见身上那股酒味，才停止这种自虐般的行为。

手指已经红肿起来了，僵硬得难以动作。

他背靠在阳台的墙上，沉沉地吐出一口气，摸出手机尝试解锁。

屏幕上留着方灼的两条短信。

第一条是一个小时之前，他们刚出酒店的时候。

第二条是一刻钟之前，上面写着一个 QQ 号码。

严烈的目光在号码上停留了片刻，回过神来，惊讶地选择复制，粘贴到软件的添加功能中，并在点击确定按钮后，搜到了一个叫"小太阳"的用户。

对方的头像是一个卡通版的太阳，那神似假笑的表情十分具有灵性，严烈盯着看了许久，诡异地觉得好笑。

等他切换到主页面，对方已经通过了他的好友申请。

君有烈名：灼？

小太阳：烈？

严烈有点兴奋。

他再也不用为方灼发一条短信要一毛钱而觉得心痛了。

于是他接连发了好几个表情，以表示自己的快乐。

方灼大概受不了他的刷屏，发了一个省略号。

严烈松开手指，耐心等她打字。

小太阳：你在干什么？

严烈转过身，对着窗外拍了张照片发过去。

没多久，方灼回复。

小太阳：不要发照片，流量不够。

君有烈名：……

好的。还是一样要抠抠搜搜。

严烈笑了出来，抬手用力抹了把脸，将颓丧之气消去。

君有烈名：太讨厌别人喝酒了，过年为什么非要劝酒？喝醉能有什么快乐？

方灼看着面前的一碗炖黄酒，很难客观回应他这个问题。

叶云程擦着手从厨房走出来，见她发愣，催促道："快喝呀，趁热喝。我差点忘了，还好做梦的时候想起来。鸡蛋炖酒特别补身体，这可是你刘叔自己家酿的黄酒，味道香甜醇厚。喝完早点睡，趁着假期好好休息，好吗？"

方灼皱着眉头，违心地回复严烈。

小太阳：是的，一点都不清醒。

君有烈名：你怎么安装QQ了？

小太阳：舅舅要去睡觉了，把手机借给我，让我掐零点帮他发几个祝福。

小太阳：过零点我就把QQ卸载了。

严烈哭笑不得。

敢情这还是个限时应用程序。

君有烈名：那不是要很多一毛钱？你不如把软件留下来，加他们的QQ送祝福。

小太阳：【愁苦】

小太阳：我才知道原来他的短信有套餐，每月可以免费发两百条。

君有烈名：??

小太阳：所以我也可以给你发一条。

小太阳：但是不能发很多，因为没时间数，如果哪天发超了我会很难受。

君有烈名：谢谢你啊。

小太阳：我不是小气。

这话有点欲盖弥彰的味道。

方灼决定转移话题。

小太阳：听说零点市中心有烟火表演。

严烈下意识地朝天空望去。

月明星稀，天色不是墨黑，在灯火的映衬下，透着微微的蓝。

隔着丈量不清的距离，隐约的欢笑声传了过来。

他有一种很迫切的，想跟方灼分享的心情。至于分享什么，他一时形容不清。

小太阳：我这边好像看不到。

小太阳：到时候你可以给我发【一张】照片。

她的重点圈得很到位。

方灼拿着手机，等严烈回复。

可是这回明明不是短信，严烈依旧没了回音。

小太阳：你是不是网络不好？

五分钟后，对方还是没有消息。

方灼盯着聊天框顶部的"手机在线"陷入沉思，将聊天框往上滑了一点，确认自己刚才应该没说什么让人生气的事情。

小太阳：后天小牧回来，我就要回乡下了，到时候给你看吉祥物的照片。

方灼等不到回复，将页面切换到消消乐上，过了两关切回来，发现严烈还是没有回复她。

这是报复吧？

肯定是的。

连曾经最爱的吉祥物都不关心了。

她决定以后跟严烈发短信，末尾要多备注一句："下条我可能不回复了，不用等我，因为短信很贵。"

这样就不会伤人。

234

方灼拿着手机走到窗台上。

他们这一片不是繁华区,所以不算热闹。小区里现在也没多少人。

她试着寻找了下市中心的方向,对照着导航的距离,再一次确认,想要在这个位置看见烟火几乎没有可能,她不由得叹了口气。

虽然她原本并没有很期待,但是严烈不理人后让她莫名地上了心。

方灼找出刘侨鸿的联系方式,提前给他发送祝福。

方灼:刘叔刘叔,新年快乐。

刘侨鸿:灼灼?你也新年快乐~代我向你舅舅问好。

方灼:刘叔,你在干什么?

刘侨鸿:我在放假!刚刚吃完饺子,哈哈哈!

隔着屏幕,方灼都能感受到他的快乐。

楼下忽然亮起了一道白光,左右挥动,吸引了方灼的注意力。

她踮起脚尖朝下看去,还没看清,对方就不晃了。

紧跟着方灼的手机振了一下,失踪人口终于回归。

君有烈名:我带你去看,快下来。

方灼随意换了双鞋子,快步跑下楼。

刚打开防盗门,严烈就冲过来拽住了她,带着她朝小区门口的方向跑去。

方灼感觉冷风倏地从身边穿过,拍在脸上的寒气叫她止住了要说出口的问话,眼神往边上一瞥,看见了停在不远处路灯下拖着虚影的脚踏车。

"来不及了!"严烈看了眼手表,"打不到车,我骑自行车过来的!"

他额头沁着薄汗,脸颊红扑扑的,不知道是因为亢奋还是因为闷热。

严烈利落地翻身上车,单脚支在地上,回头见方灼还呆愣愣地站在边上,又长腿一跨走了下来,快速解下围巾,往方灼脖子上绕了两圈。

"出来怎么不多穿点衣服?夜里风大。"严烈整理了下围巾的边角,将她的头发捋出来,"好了!快出发!"

围巾上还残留着严烈的味道跟温度,方灼吸了口气,有种被包裹的恍惚错觉。纵然放缓了呼吸，从软绵布料上反扑回来的热气，还是快要麻痹她的神经，不待思考清楚，人已经坐上了自行车的后座。

严烈等了等，将手套戴上，还是没等到方灼下一步的动作，不由提醒道："你抱着我呀，不然我总担心你会掉下去。"

他回过头，面容被说话时喷洒出的氤氲白雾遮得朦胧，玩笑着问道："我是哪里不能给你安全感了？"

方灼将围巾往上扯了扯，挡住半张脸，这才慢吞吞地抱住他，生硬地催促道："速度。"

放烟火的地方在人民广场附近，面向靠江的方位，骑过去差不多要二十来分钟。中间会途经一座钟楼。

从钟楼前路过的时候，方灼看见上面的指针显示着"11:10"。

这条街道附近此刻没有多少行人，但继续前行就可以通往市区中心的繁华商场，远远已经能看见高耸大楼上闪亮的璀璨灯光。

在即将抵达某个红绿灯路口的时候，严烈忽然靠边停了下来。

方灼越过他的肩膀，看见一位穿着荧光条纹制服的交警正站在前方的路口，朝他们这边频频张望。

严烈撑住车身，头脑冷却后说了一句："糟糕。"

方灼："？"

"自行车好像不能带人。除非是学龄前儿童。"严烈回头，分明心虚，还敢面不改色地问出口，"影后，你觉得交警哥哥他能信吗？"

方灼："……"

烈烈一思考，灼灼就害怕。

"不是，"方灼问，"你以前不知道？你是故意的吗？"

严烈喊冤道："我真的是刚想起来，我的脚踏车后座一般不带人！你是难得的一位。"

这种场景，这种处境，方灼实在很难高兴。

好在交警小哥见他们自觉停下，没有朝他们走过来。大年三十免了他们一张罚单。

严烈将车搬到路边锁了，看了眼时间，觉得还够，又拉起方灼开始奔跑。

从交警小哥面前经过时，严烈挥了挥手，大声喊道："谢谢同志，新年快乐！加班辛苦了！"

交警小哥笑了下，送他个"下不为例"的眼神。

从街口到大桥，大约还有两公里的路程。但附近一圈都是低矮的建筑，他们只要再往前走一小段，届时就可以看见江面上的烟火，顶多只是观赏位不佳。

方灼迎着夜风奔跑，身上开始热得出汗。她示意严烈放缓速度，顺着逐渐会聚起来的人潮往大桥走去。

严烈的步子迈得很大，嘴里哼着不知名的曲调，目光在波光粼粼的江面与浩瀚深邃的夜空中流转，一直没往方灼的方向扫视。

他眉眼间都是焕发的容光，神采奕奕，看起来心情愉悦，到现在也没有松开方灼的手，像是全然忘记了这件事。

方灼配合着他的步调行走，大脑在松弛下来的节奏中恢复运转，看到街边的一对男女在拿着手机拍照，质问严烈："你为什么不回我的信息？"

严烈理直气壮道："你不也经常不回我的信息？"

这下方灼敢肯定了，严烈就是在报复。没想到这个男人居然斤斤计较。

方灼抗辩道："我真的不是因为小气。"

"我相信。"严烈的演技太拙劣了，前面的三个字说得极其虚伪，他补充说，"因为我也不是因为小气。"

你是。方灼在心里吐槽。

等他们到桥边时已经是 11 点 45 分，零点的时候对面会燃放烟火。

此时桥边聚集了不少人，严烈拉着方灼往汹涌的人群中跑去，找了个相对的高点，站在斜坡上等待零点的到来。

方灼摸出手机，又看了眼时间，问边上的人："你怎么会有时间到这里来？你不用陪你爸妈跨年吗？"

"他们都喝醉了。"周围的嘈杂声太过吵闹,严烈靠在方灼的耳边,问,"你刚才有在我身上闻到酒味吗?"

其实刚刚骑车的时候靠近,方灼确实有闻到一点点,但她想起严烈对酒不加掩饰的厌恶,怕他当场耍脾气,就面不改色地说"没有"。

反正今天是今年的最后一天,还有不到几分钟就要结束了,她现在多说几个善意的谎言,不会带到新的一年去。

严烈皱眉,有点可怜地说:"在看见你之前,我今天一天都过得特别不幸运!"

方灼说:"我倒是可以分享一点我的好运给你,虽然我也没有多少。"

她的幸运值,都是在遇见严烈之后开始积累的,最近似乎涨得尤其快。

严烈盯着她的侧脸,问道:"就像你只有不到两百块钱,但是可以请我吃二十块钱的午饭吗?"

方灼严肃道:"男人,你要得太多了。"

严烈放肆大笑。

离零点跨年还剩最后一分钟。桥上的人们变得更为激动。许多人拿出手机,跟着最后的秒针进行倒数。

严烈笑累了,认真地对着方灼说:"谢谢。在看见你之前,我真的不是非常高兴。我还以为今年就要这样落幕了……你可以答应我一个新年愿望吗?"

方灼瞅了他一眼,没说话。

"不可以吗?"严烈软声同她请求道,"不难,不花钱,也不可以吗?"

"我要给你养鸡,要陪你去看大海,给你买生日礼物。现在还要答应你别的愿望。"方灼一脸愁容,忍无可忍地喊道,"你对我怎么有那么多的要求?就不能一个一个来吗?"

严烈愣了愣,眼中光芒闪烁:"你都记得吗?"

方灼说:"现在清零了!"

"不行!"严烈很大声地说,"存档!存死档!你要是忘记了我就每天给你读取一遍!"

"你自己都忘了！"方灼很生气地说，"你还记得你的吉祥物吗？我当时就说不要买！"

烟火在那一刻撕碎夜的漆黑，冲刺着飞向空中，在最高处炸裂出无数的火花，带着红黄蓝绿的炫丽彩光，照亮整片夜幕。

旧年的末尾在欢呼声中离去，新年的伊始在光耀中迎来。

严烈很大声地笑，抬手捂住她的耳朵，在车辆穿行的鸣笛声中，在这个城市的喧哗声里，嘴唇张张合合地和她说话。

方灼什么也听不见，追着烟火的轨迹抬头仰望，看着无数星河一般的光点向下坠落，又在半空湮灭，张着嘴发出震撼的感慨。

世界在她第一次看见的烟火表演中明亮了起来，又在第一个陪她跨年的人身边变得寂静无声。

她循着光的方向，视线最终落在严烈的脸上，对方漆黑的瞳仁里此刻全是焰火的余光，皓曜炙热地与她对视。

她辨认着，听到严烈似乎在对她说"新年快乐"，最后定格在一个率真又灿烂的笑容。

挫折下的疼痛、生活的心酸、未知的恐惧、曾经有过的不甘或委屈……所有琐碎而无用的事情，都在这一刻退出了她的记忆库，给严烈的未完事项腾出了记录的空间。

方灼如战败般妥协道："开始存档了，所以你的新年愿望是什么！"

冲动和任性是青春的附赠品，在方灼出生后的第十八个春节，迟到地出现在她生命里。

在这之前，方灼不会因为某个一闪而过的念头出现在城市的陌生角落，不会纵容自己去满足那么多无用又奢侈的喜好，也不会在深夜里陪伴一个人漫无目的地散步半个小时乃至更久。

这些似乎都是严烈的特权，他拥有很多天真。

数不清时间的分秒，各种不切实际的妄想，出现成片空白无法填满的预期……这些都是方灼这个迟到青春期的后遗症。

然而等到天边的最后一点冷火湮灭，万千星辰被烟火燃放过的白尘笼罩，严烈还是没有说出他的愿望。

人群散去，如海面滔天的风浪平止。

严烈的声音又一次变得清晰，"不是愿望，是目标。"

他的头发被江边的风吹得凌乱，露出光洁的额头，弯着眼睛道："等哪天实现了我就告诉你！"

方灼无语道："那你为什么现在给我预告？"

严烈不负责任地说："为了考验你的耐心！"

方灼笑着问："你想我考验一下你的耐揍吗？"

严烈转身就跑。

跑了一段路，他又回过头，借着距离掩饰，嬉笑着问："对了，放假的时候，我问过你一句话，还没有说完。"

方灼道："快说！"

严烈混不正经地问："如果你有钱了，介意家里多养一口人吗？"

方灼沉默片响，认真地看了他一眼，说："笨蛋。没钱也养得起一口人。"随即皱起眉头，懊恼道："但是你有点贵。"

严烈大声反驳："我没有！你胡说！"

路灯穿过婆婆的树影，女生走在林荫道的光影下，垂眸在微信上打字。输入一行，想想又删除，只发了一个表情包。

她边上的朋友靠过来问："你在给谁发信息？"

"没有谁，今天在饭局上遇到的一个弟弟，我爸朋友家的小孩。长得还挺帅的，就是特别高冷。"女生退出聊天页面，又在另外几个群里发了几句祝福，随口道，"明年要上大学了，我推荐他去B大，他一直对我爱搭不理。"

朋友兴味索然，说道："现在才高三啊？这个年纪的男生高冷有什么独特的吸引力？高三已经够沉闷了。"

女生笑了一下，抬起头道："我知道你只喜欢帅的。"

"我喜欢开朗有趣一点的，可惜这种男生很多都是'中央空调'[1]，没

---

[1] 中央空调：网络用语，指同时对多名异性散发关爱与温暖，好似中央空调吹向所有人的热风。

法认真谈恋爱。"朋友用手肘撞了下她，朝着前方点了点下巴，小声道，"你看对面那个小哥哥，刚才和我们一起看烟火的，我观察他很久了，不知道现在读大几。"

女生朝着前方望去，看见一张几个小时前刚见过的熟悉面孔。对方那跟"高冷沉闷"无缘的脸上此时带着清爽和煦的笑容，毫不吝啬地将自己的好意赠送给他面前的人。

双方有片刻的视线交汇，对方应该也看见她了，或许是没认出来，或许是没放在心上，下一秒很快移开，继续跟面前的人说话。

两人呼吸时飘出的白色雾气在空中交融，踩着细碎的橙光缓缓踱步，温柔得甚至有点不真实。

女生怔神稍许，重新切回到刚才的聊天页面，将表情包撤回，并装作无事发生地删除了聊天框。

朋友余光瞥见她的操作，揶揄道："怎么了？发现高冷的男生没有阳光的男生有吸引力？"

女生面不改色道："没什么，仔细想了想觉得他还太小，不能让他误会，耽误他的学习。"

"这倒也是。"朋友叹道，"找不到捧在手掌心的人，不如我们去买杯奶茶？"

第八章

迫切长大

严烈不想回家，方灼只好领他回去。两人找到了抛下的自行车，推着去往叶云程的出租屋。

严烈今天晚上没吃多少东西，此刻火气散去，觉得饥肠辘辘。

方灼让他在桌边稍等，端着饭菜过去加热。

锅里才刚倒上水，叶云程就穿着睡衣出来了。

"舅舅，我吵醒你了？"严烈站起身道，"新年快乐！"

叶云程睡眼惺忪，惊讶过后笑道："新年快乐，你怎么这么晚来这里了？"

严烈乐呵呵道："过来蹭顿饭！"

叶云程在桌边坐下，问道："吃过饺子了吗？冰箱里还有没煮的，可以现在给你煮。"

严烈挽起袖子说："好啊。我自己煮。"

叶云程拉开冰箱门，给他指明位置，把饺子拿出来。

"哦对了，还有鸡蛋酒。"他想起来，热情推荐道，"冰箱里还剩半瓶黄酒，我给你打个鸡蛋进去炖一炖。"

严烈急忙推拒道："我不喝酒！"

叶云程问："你是酒精过敏吗？"

严烈含糊地说："倒也不是。"

"那就只喝一点，这个很补的。"叶云程温声细语地说，"甜甜的，跟普通的酒味道不一样,很好喝。不信你问灼灼。"

方灼打开油烟机,做证道:"真的很好喝。"

严烈还在想怎么拒绝,叶云程忽然抬手摸了下他的脸,陌生的感觉使他打了个激灵。

他克制着没躲,就见叶云程脸上满是担忧,嘟囔着道:"你们两个在外面玩得那么晚,又吹了风,脸都冻僵了,更要驱驱寒。喝一点啊。"

严烈嘴唇翕动,没法思考更多,下意识地答应下来。

两个灶台都点上了火,酒精的味道慢慢从蒸锅的缝隙中溢出,和严烈以前闻过的不同,带着一丝甜味的清香。

方灼站在洗手台边看火,莫名其妙地说了一句:"严烈喜欢吃甜的。"

叶云程说:"是吗?"

"是的。"方灼很肯定地说,"还喜欢吃蛋糕,你以前给我做的甜点就是他吃的。"

严烈:"……你是在告状吗?"

"这有什么?喜欢吃舅舅给你做。"叶云程将所有的事情都记得很清楚,"灼灼喜欢吃辣的、咸的,喜欢吃肉,舅舅也给你做。"

方灼回头,露出个得逞的笑容。严烈很少在她脸上看见那么幼稚的表情。

他虚靠在冰箱门上,感觉烘烤到了灶台的暖意,心里不解地想,这个家怎么那么暖和?这个地方他真的特别喜欢。

饭菜热好后,冒着热气端到桌上。

方灼跟着吃了点,叶云程不饿,没有动筷子,但也不离开,坐在边上看着他们吃。

他问:"今天晚上回去吗?"

严烈犹豫了下,说:"不回去了。"

"那你睡客厅还是跟舅舅一起睡?"叶云程说,"你的床垫还在这里呢,明天给你送回去?"

严烈说:"我睡客厅吧。床垫也留着吧,给我留个床位。"

叶云程伸展了下手臂,笑道:"那舅舅以后得租个大点的房子咯。还有你和小牧,咱们家人多啊。"

严烈将自己的床垫搬到客厅里,挑了个靠近窗户的位置,这样掀开窗帘,就能看见第二天早上的太阳从高楼的背面升起。

方灼给他抱来了两床新买的被子,并协助他铺好床铺。

等他们收拾完,已经是深夜两三点了。

就算有两层棉被,在他们这个没有暖气的出租屋里,依旧会有些阴冷。加上没有热水袋,躺在床上,要过许久才能将手脚暖和起来。

还好刚才喝了点酒,酒精在严烈的身体里游走发热,为他抵御了一点寒冬的侵袭。

严烈没脱外套,靠坐在墙上,摘掉手套按动手机。

过了生物钟,方灼此时全然没有困意。可被子外面的空气冷得刺骨,她缩成一团不想动弹。

放在桌上的手机不停振动,紧跟着墙的对面传来三声小心翼翼地敲击声,想也知道那个半夜找人聊天的奇怪家伙是谁。

方灼本来想装作自己睡了,犹豫许久,还是将手机拿过来扫了眼信息。

君有烈名:你睡了吗?

小太阳:没有。

君有烈名:聊聊?

小太阳:冷。

君有烈名:你钻被窝里面打字,过会儿再冒出来缓口气。

方灼心道我为什么要做这么愚蠢的事情?可一只手放在被子外面,不到几分钟就变得冰冷。

小太阳:你不能睡觉吗?

君有烈名:我睡不着。

小太阳:?

君有烈名:你能不能不要这么言简意赅? QQ 发文字不费流量。

可是它费手！

君有烈名：我今天第一次喝酒，怎么它还能醒神吗？我现在特别亢奋。

君有烈名：你说我是不是醉了？

小太阳：你没有醉。

小太阳：但你确实是在耍酒疯。【头秃】

君有烈名：【嘿嘿嘿】

君有烈名：我刚刚刷网店，刷到了一家卖鸡窝的，为什么要给我推这种店？

君有烈名：【图片】你觉得阿秃会喜欢吗？

那是一个草编的鸡窝。

阿秃会不会喜欢方灼不知道，但方灼已经发现严烈对吉祥物的爱十分"塑料"。

偶尔想起来就给它买个房子，想不起来连它是公是母都不在意。

再也不会被他欺骗了。

方灼用无言表示否定，希望严烈自己参悟。

手机还在振动，随着亮起的屏幕一条条地往外跳信息，在这个寂静的夜里不断挑战方灼的神经。

君有烈名：其实我是想给你挑一个新年礼物，但不知道你会收什么。

君有烈名：不知道你会不会收，不知道你愿意收什么，但是我想送。

看着还怪委屈的。

见对方一点都没有要停止的架势，方灼忍不下去了。从床边抓过外套，披到身上，冷得瑟瑟发抖，又赶紧抱住被子快步跑出房间。

她出来时，严烈正在往手心哈热气，抬头看见她，坐直了上身，笑道："咦？你感受到我的召唤了吗？"

方灼说："你太烦了！"

叶云程已经睡了，两人说话放得很小声。

严烈往边上挪了点，把自己的被子卷起来，给方灼腾了一点空。

方灼坐下，无奈道："说吧，你还有什么要说的。"

严烈继续低头打字。

方灼想把他的手机夺走，好笑道："有什么是不能当着我的面说的？我没拿手机出来！"

严烈说："我在找我的待办事项清单，还有我的购物车！"

方灼起身要走，严烈赶紧将她的被子拽住，认错道："好吧，我不找了。"

两人安静地坐着，身后是静谧无边的夜色。

严烈酝酿了会儿，叹了口气，坦白道："我其实没什么重要的事，就是睡不着，想找你聊聊天。"

方灼说："你聊。"

严烈又不知道该说什么了。

无法思考。

方灼在边上的时候，给他机会，他却无法思考，觉得只是这样坐着就很好了，担心自己太过放松，会说出什么奇怪的、不合时宜的话。

方灼等了片刻等不到他开口，放缓语气，主动问道："你为什么不回家呢？你就算在自己家里打地铺，也比睡在这个地方舒服吧？"

严烈愣了下，数息后才答："不想回去。"

"你要是觉得不高兴可以不回答。"方灼没有转头看他，用平静得像是自言自语的声音问，"你爸妈对你不好吗？"

"没有哪里不好……"严烈后仰着头，沉吟道，"说不清楚。"

方灼不懂正常的家庭关系应该是什么样的，但她知道，显然，那是一个不受严烈喜欢的家庭。

她想起上次跟严成理打照面时，严烈那近乎失态的表现，照着回忆仔细分析了一遍，觉得严成理大概是一个不懂交流、比较独断的人，连严烈那么厉害的人都没有办法处理。

方灼问："你和他说过吗？你不喜欢。"

身边人的呼吸变得绵长，在方灼以为他已经睡着了的时候，他才低沉说道："没办法说，他们不理解的。"

方灼迷茫道："是吗？"那方逸明倒是挺有自知之明的。

片刻后,严烈轻声道:"我跟你说,但是到了明天,你要全部忘掉。"

方灼说:"好。"

严烈:"听不懂的地方也不可以问为什么。"

方灼:"行。"

严烈斟酌着,要从什么地方开始讲述。

"他们有很多重要的事,全都排在我的前面,从我小时候开始就是这样。他们把我一个人留在家里,半夜喝得醉醺醺地回来。"

他们总是有很多过来人的经验、苦衷,不将小孩子的情绪放在心上。

"生活所迫"是一个很好的理由,这样他们就有权力可以不去谅解他,却能要求他来谅解自己。

可他本质也是个自私的人,他没有办法那么豁达。

"人在低谷的时候做什么都不顺利,他们会借着酒劲争吵、打闹,砸家里的东西,可是在数落对方的时候又会表现得特别清醒。我不知道酒精到底是个什么东西,能把人只剩下坏的一面。"

方灼也没喝醉过,不明白为什么会有人敢于让理智出走,到无法自我控制的程度,但直觉应该不全是酒精的作用。

她是个很尽责的听众,对所有的讲述只是点了点头。

严烈抬手抚摸额角,某一块皮肤上还有不明显的粗糙触感,被刘海挡住。

他很喜欢摸这个伤口,再思考一些乱七八糟的事情,这已经成了他的习惯,能让他快速变得理性而冷酷。

"我小时候跟着奶奶过了几年,和他们不亲近。他们试过跟我建立感情,挺短暂的一段时间,后来发现不成功,我不是个听话的孩子,就放弃了,全身心地去追求自己的事业。"

那是他过的最糟糕的一段时间,堪称兵荒马乱。

他甚至怀疑过,父母当初选择离开 A 市重新发展,其中有一个原因就是不知道该怎么面对他。

严烈挺讽刺地说:"我又不是自动贩卖机,只要他们投币,我就能推出他们预期的商品。其实从一开始,他们就没有多渴望我的亲情。"

方灼在努力思考,只是没有出声。她总是不擅长处理这样的事情,不知道该给予什么样的安慰。

根据她有限的社交经验，目前最好且最直接的方法，或许是向严烈展示方逸明的糟糕，以证明这世上倒霉的人不止他一个。但方灼知道严烈并不需要这样的安慰。

严烈说："我不明白。"

他们曾经的艰辛是真实的。他们在年轻的时候着实为了金钱的自由劳碌了半生。

严烈不明白的是，那么困难的目标，他们都用几年、十几年的时间去达成了，为什么到了自己的身上，耐心就开始失效？仿佛他是个不值得投资、无关紧要的人。

"算了。"严烈说，"他们只是希望我能自己变得懂事而已。"

方灼终于找到一个能附和的点，忙道："你已经很懂事了，理想儿子……我没有说要做你爸爸的意思。"

严烈大方地没有计较她的口误，在黑暗里叫她的名字："方灼。"

"嗯？"

严烈转过身，看着她的眼睛，问道："你是不是觉得，我有这样的想法很……矫情？"

方灼声音大了点："好，你要开始冤枉我了是吗？"

严烈嘴角翘了翘，说："那我给你一个申辩的机会。"

"我不需要！"方灼说，"没有就是没有，我为什么要申辩？"

严烈往下滑进被子里，躺在柔软的枕头上，又叫了一声。

"方灼。"

"嗯？"

严烈很天真地问："所以你会耐心地获取我的好感度吗？"

方灼问："我现在有多少？"

严烈思忖了下，说："很多很多。"

"那就好。"方灼问，"那还挺好打的，我什么时候获取的？"

严烈在脑海中检索了一遍历史记录，低声笑了出来，说："我自己给的。"

严烈是个很犯规的人,他无心说出的话不能细想,容易叫人迷失。

方灼当时没有出声,但还是不由自主地顺着对方的思路开始回忆,一切的变化是从什么时候开始的。

也许是便利店外刻意装作若无其事的关心,也许是迷途的城市里突然照亮的一盏灯。也许是细密雨幕中倾斜过来的天蓝色雨伞,也许是某个特殊的、温柔得不真实的笑脸。

起始于分不清真假的玩笑,又结束于欲言又止的克制。

当方灼抱着各种晦涩思绪入睡的时候,梦境里也全是犹如被溪流冲刷过的画面。

凉凉的,干干净净的,只剩下一片清爽的带水汽的味道。

在下过雨的清晨,在开满小白花的山壁前,严烈表情认真地笑道:"那么努力开的花,怎么能随便叫它们野花?它们有自己的名字吧。"

所有的努力,所有不值一提的小小梦想,也都有自己的名字。

就算现在还不被知道,也可以被人欣赏。

春节结束后的第二天,小牧回来了。方灼没有地方住,回乡下待了几天。

一段时间没有关注,小院里的鸡已经长成了她认不出来的模样。

方灼挽起袖子,一只只抓过来辨认了下,发现那只鸡的秃毛果然不是遗传,在长成肉质肥美的大公鸡之后,完全融入了鸡的群体。

而叶云程之前说的给阿秃做的专属鸡窝,也早就已经不属于它。

鸡是一种天生好斗的生物,阿秃虽然最受宠爱,却不是最能打的那只,肯定护不住它自己的窝。

方灼有了点危险的想法,好在正式实施之前,刘侨鸿来了,将手机借给她,让她寻求场外人士的帮助。

方灼先是随意选了某只鸡,从下方给它拍了张很显霸气的照片,发给严烈。

严烈回复得很快,且内容不出她的所料。

严烈:长得好快,不愧是阿秃!这鸡养得真好!

好的。

这家伙根本连公母都分不清楚,不愧是他。

他们的父子情也算是走到尽头了。

方灼又把相同的照片发给叶云程,不料他很肯定地说:"这不是阿秃,阿秃尾巴的颜色比较深,很好认的。我还在它脚上绑了根绳子,你仔细看看。"

方灼按照提示将那只好命的鸡找了出来,重新给它绑了条红绳子。

抽空将小院清理了一遍之后,又按捺不住,照着严烈给她看过的那张淘宝图,给阿秃堆了个新的鸡窝。

不知道为什么,严烈各种心血来潮的想法,最后都会落在她的身上实现。

可惜她暂时没机会把鸡窝的照片发给严烈看。

方灼住在村里,跟周围的邻居不算很熟。她白天没事做就打扫卫生,晚上留在房间里写作业。每天晚上八九点的时候,趁对面的杂货店关门前去给叶云程打个电话报平安。

习惯了这样的节奏,哪怕单调也不觉得无聊。

在她住了两天之后,隔壁的一位老乡请她帮忙去修电脑。

方灼自己都没摸过几次电脑,更别说修了,接到请求有点发怵。但两位老人不识字,对电脑的认知仅限于"开机""关机"的功能,再三请求她这个读书人去帮忙看一眼,方灼拒绝不了,就去了。

好在问题不是很严重,方灼借了他们的手机百度,照着教程捣鼓了一个多小时,顺利帮他们把电脑设置好。

看着程序恢复正常运转,方灼也长舒了口气。

她对所有的电子产品都不感兴趣。

老太太给她削了个苹果,塞到她的手里,原本还想留她吃午饭,被方灼婉拒。

送她出门的时候,两位老人跟在她身边,半方言半普通话地说:"小姑娘真是读书人,今天太谢谢你了。上次我们找人修电脑花了两百多块钱,没几天又坏了,可太烦了,我们哪儿搞得定这东西?当初就说不要买了,他们非要买……"

方灼请他们回去，路过屋舍中间的空院时，看见一个木架子上插了几个竹编的工艺制品。有蜻蜓、蟋蟀，各种小昆虫。技术精湛，活灵活现。

她想严烈肯定喜欢这种小孩子气的东西，因为他就是那么一个人。

特别娇气，还喜欢撒娇。

老太太察觉到她的视线，主动摘下一个送给她，说："你喜欢这个？喜欢就拿走，老头儿手闲，随便编的。"

方灼接在手里，转了一圈，抬起头笑道："谢谢。"

她都能猜到严烈会说些什么，肯定会特别高兴地表示："哇，好看！你真的要送给我吗？方灼你太好了吧！"

所以这就是严烈的新年礼物了。

年后，叶云程开始卖卤味了，带着他的升级版小推车。

新业务利润比较高，但也特别辛苦，准备食材需要耗费更多的时间。

叶云程从不跟方灼说不好的消息，只跟她说高兴的事。比如今天的营业额又涨了，再比如有一位老客户，因为公司聚餐，向他们预定了两百多块钱的卤味。他们的事业正在稳步发展。

寒假结束得特别快，高三生没有多少闲适的假期。

方灼将一书包的试卷做完之后，差不多就到了开学的时间。

回学校前，她先去出租屋看了一眼。

到达 A 市时已经是晚上 7 点多，方灼站在屋外敲门，里头没人回应。又坐在门口等了会儿，还是没人回来。

然而早上她给叶云程打过电话，是 6 点半左右，当时他们已经出摊了。

方灼掐算了下时间，等叶云程回来，肯定还要做卤味，那他基本没有多少休息时间。

叶云程的腿偶尔会有剧烈疼痛，尤其是下雨天，根本不能长时间劳作,方灼不免担心。可由于时间太晚,只能给他们留了张字条,先回学校。

第二天一大早,方灼背着包去他们日常摆摊的地方,见到叶云程安然无恙才算安心。

她站在摊子边上叮嘱了几句,表示自己已经知道他们昨天悄悄加班的事,让他们以后不要这样。

叶云程被她一阵念叨,哭笑不得道:"你怎么比我还像家长?我是你的长辈你还记得吗?"

方灼:"因为你们都不听话。"

小牧在一旁急道:"我没有不听话。"

方灼笑着说:"对,小牧最乖。"

等她吃过午饭,重新回到学校,学生已经到了大半。

不到半个月的时间而已,魏熙整个人圆润了起来。方灼走进教室,迎面撞见她,愣了一下,还没开口说话,先被对方抢断。

魏熙很激动地说:"不许说!我知道我胖了!但是你不许说!"

方灼:"……我只是想说你的气色好了很多。"

魏熙的脸色缓了缓,还是忧伤地说:"大概吧。你要是胖个八九斤,也会和我一样红润。"

……看来过年是真的很努力地在补身体了。

方灼退到边上,从侧面过去,眼神在教室里扫了一圈,快速找到严烈的身影。

严烈坐在靠近窗边的位置,正在给沈慕思翻作业。

蛋糕同学戴着口罩,说话声音闷闷的,听起来不大自然。

他身后的背包还没放下,估计是刚到教室。他垂眼看着严烈,恬不知耻地说:"烈烈,你帮我把作业抄了吧。"

严烈被他气笑了,卷起试卷拍他的头:"得寸进尺说的就是你这种人,现在连抄作业都不满足了是吗?"

"我生病了!"沈慕思说得很大声,自以为理由充分,"我可以给你看我的病历本!"

严烈:"你给我看你们家族谱都没用,你不如去跟老班讲,她认不认。"

沈慕思悲痛地捂住胸口。

严烈斜睨他,说:"那还要不要抄?"

沈慕思弱弱道:"要的。"

方灼在边上坐下,听见同桌低声嘀咕了句:"真不让人省心。"

她挺直腰背,准备向他展示自己给他的新年礼物。

她放下书包,拉开拉链,从里面拿出那个草编的工艺品。

理想来说,它应该是一只展翅的蜻蜓。可能是坐车的时候不幸压到了,这份礼物出现了一点意外,某段绳头散开,变成了一个奇形怪状的东西。

方灼拿在手里,陷入沉思,想着拿都拿了,还是皱着眉头递到严烈面前。

严烈一脸了然,顺手插到窗台的盆栽上,意有所指地说:"哇,好有创意,连盆栽都有自己的摆件了吗?你编的是爆炸稻草人?"

方灼:"……"

他胡说八道的样子,好真情实意。

……所以他以前就是这么骗自己的吗?

严烈见她表情不对,将东西拿了回来,认真欣赏过后,迟疑地问:"你编的该不会是我吧?"

他又看了会儿,自我欺骗道:"还真是有点像。"

方灼:"……"这个男人没有原则的。

严烈总有些令人意想不到的技巧。

等方灼第二天再看见那个草编工艺品时,它已经大变样了。

翘出来的边角被修理平整。原先翅膀的位置用不明显的铜丝缠绕定型,修改成手脚的形状。黑色记号笔在脑袋的部位画出五官,寥寥几笔,恰到好处。尤其是那对向上斜竖起的浓粗眉毛,像一个愤怒的中二少年。

不仅如此,它还披上了红色的披风,穿上了蓝色的裤子,俨然一个农田守护者。

严烈将它插在多肉的盆栽里，甚至在旁边立了一个牌子，上面写着"严小烈""方小灼"，标注了箭头分别指向稻草人和野蛮生长的小多肉。

方灼弯腰在窗台边上看了许久，严烈从教室外面走进来，手里端着个棕褐色的小陶盆。

他见方灼被自己的作品所吸引，得意笑道："怎么样？我这个护花使者做得还可以吧？"

方灼慢吞吞地直起身，"嗯"了一声。

没想到他虽然眼光不行，却有改头换面的本领。

严烈兴冲冲地说："我要给它换个有排面的花盆，然后摆在阳光最充足的地方！"

方灼心道，好的，他又开始了，又要搞特殊了，说不定毕业之后还要把这盆小东西带走。

果然，严烈接着计划道："等我毕业了就给它偷走。"

……这位朋友的想法真好猜。

方灼纠正他道："这是我捡的、我种的，给你拿走不算偷。"

于是在教室最后一格的窗台上，能照到太阳的地方，端端正正摆了一个小花盆。

方灼每次转头，都能看见那个表情炯炯有神的草编人，大张着手臂，身披红披风，护卫在多肉植物的前面。阳光有一半的时间会照在它的身上。

在它脸上的笔迹开始褪色，进行二次重绘的时候，三月很快过去了。

开学后很长一段时间，A市的气温都没有回升，有时稍稍转暖，一场春雨过后又变得严寒。

骤变的气温更加危机四伏，让很多学生都猝不及防地患上了感冒。

这一波流感来得汹涌，高三生强压下的体格受到了冲击。沈慕思同学痊愈不久的病症重新爆发，并传染给了他的同桌和同寝的班长，三个人齐齐被家长接走。

每年换季的时候都有可能出现这样的状况，学校如临大敌，让老师每天早读前给学生测一次体温，并取消了早上大课间的体操。

方灼手上的冻疮也复发了，手指红肿发烫，连笔都握不大稳。

这是她多年的老毛病，只要用冷水洗衣服就有可能复发，今年情况本来好了不少，没想到入春后又严重起来。

不知道为什么，方灼隐隐有些不好的预感，她对这种事情的直觉总是特别准确，而这一次也不大幸运地应验了。

在那之前，她刚和叶云程通过电话，让他不要太早出去摆摊，出门的时候多穿两双袜子，或者买几片严烈推荐的暖宝宝。

叶云程当时的语气应该是没大放在心上，或许是因为疲惫，声音听着也不是非常精神。没聊两句就把电话挂了。

于是，方灼决定周末的时候过去看看，盯着他们休息一天，自己帮忙看一下摊子。

那应该是周三早上 6 点左右，天气小雨转阴云。

小牧穿戴整齐，背着自己刚买的黄色小包在门口等叶云程出来。

叶云程今天动作特别慢，昨天晚上明明睡得很早，早晨却喊了好几声才起床。

但小牧很有耐心，没有催促他。

叶云程拄着拐杖走了两步，停在客厅的位置，低垂着头，轻声道："小牧，我有点不舒服。"

"你怎么了？"小牧问，"你要喝点水吗？"

叶云程嘴唇翕动，没有回答，过不久颤颤巍巍地蹲到地上，捂着腹部晕厥过去。

小牧走上前推了推他，他没有反应，又去碰他的额头，才意识到他在发烧。

他把黄色的包放到地上，从叶云程身上摸出手机，拨打了120。

温柔的女声在对面响起的时候，他绷不住，害怕得哭了出来。

"救救我！"小牧哽咽道，"他不能说话了！"

早上 8 点半，A 中在喧哗一阵后重新安静下来，正在进行第一节早课。

门卫坐在收发室里打着哈欠，一口气玩完消消乐的体力，抬头看见一个身材高大的青年在马路对面徘徊。

青年的神情很慌乱，在校门口跟无头苍蝇似的转了两圈，而后横冲直撞地跑了过来。

门卫观察了他很久，见状立马过去拦住他。

结果青年纯粹当他是个路障，径直从他身边绕了过去。门卫情急之下，只能拽住他的衣服，差点将他的拉链扯坏，还被他拖着走了两步。

见青年跟头蠢牛似的不听劝阻，门卫急道："诶，你怎么回事？家长进去也要先登记的！你想做什么？再这样我动手了啊！"

小牧终于停下来，猛地一个回头。

门卫这才发现他浑身都在战栗，额头还在冒虚汗，一脸快要哭出来的表情，不由松了点手上的力道。又听他急切地说："我要找人！"

门卫问："你找谁？"

"灼灼！灼灼！"小牧说着放声大喊了两句，继续往里冲。

门卫抓住他的手臂，喝道："站住！你这样怎么找啊？"

小牧萧瑟地抖了一下，原本就苍白的脸更是褪得毫无血色。

门卫放缓语气，紧紧抓着他的手，说："跟我过来。"

小房间里要暖和很多，门卫让他站在角落，拿过手机和他确认信息。

"哪个班的？"

小牧摇头。

门卫欲言又止，深吸一口气，最后只道："那是哪个年级的？"

小牧还是摇头。

门卫说："你冷静一点，想想清楚，你这样让我怎么给你找？"

"快上大学了。"小牧哑声道，"要上很好的大学。"

门卫说："是高三生？还有什么特征没有？"

小牧将手揣进兜里，过了会儿掏出一张身份证。上面写着"叶云程"的名字，地址是"沥村"。

门卫对这个名字有点印象，曾经有个信件在他们这儿放了好几天。

他翻出通讯录，给一班班主任打过去。

老班正在隔壁上课，讲到文章主题的时候，被手机的振动声打断。她知道如果不是重要的事，门卫一般会给她发短信，和学生知会了声，到走廊接电话。

"喂，高老师，麻烦你在办公室里问一下，高三年级段里，有没有一个学生叫灼灼，然后认识一个人叫叶云程的？"

老班转了个身，望向一班的门口，说道："是我的学生，怎么了？"

门卫瞥了眼小牧，含糊地说："校门口有个人找她，应该是有急事……但是这个人说不大清楚话，我觉得还是让你的学生过来一趟比较好。"

"我是个笨蛋。"小牧贴着墙面站立，两手抓着自己的头发，不住地重复道，"我是个笨蛋！"

门卫赶紧说："快点过来吧！看起来挺严重的，他现在在这儿哭呢。"

老班说："好，我现在通知她。"

方灼接到消息，跑到校门口的时候，小牧直接崩溃地哭了出来，他捂着脸，大声号啕，使方灼也慌了手脚。

方灼感觉喉咙因为刚才的奔跑变得极其干涩，用力吞咽了一口唾沫，问道："怎么了？"

小牧抹了把脸，断断续续地说："他们让我来找你。"

方灼耐心地问："谁？"

"护士，医生，很多人。"小牧回忆起来只觉得天旋地转，对他来说，人太多了，场面太乱了。他紧紧握着叶云程的手，记住了他们让他做的事，"他不会说话了，让你快点去医院。"

方灼手脚都冰凉了，吸入肺部的空气跟个高压炸弹一样，不停地在她胸腔爆破，"怦、怦、怦"，一声声，吵得她无法思考，根本不敢去想他这描述背后是什么意思。

直到门卫摇晃她的肩膀，她才意识到那原来是自己的心跳声。

门卫冲她喊道："我给你叫了辆出租车，就门口那辆，你快过去！"说完又在她手里塞了一百块钱。

方灼的脑袋已经快晕了，她强行保持着冷静，走了两步才想起来道

259

谢，回身给大叔鞠了个躬。

小牧带着方灼在医院里快步行走，嘴里喃喃数数。

他离开时将所有的拐角和路径都记清楚了，怕自己回来找不到人。

走到半路的时候，被一位护士拉住。

护士问："我让你回去找家长，人呢？"

小牧认出她，回身指着方灼。

方灼忙道："我就是叶云程的家长……不是，我就是他的家属。"

护士看清她身上的校服，露出个头疼的表情，说："你们家没有别的人了吗？我让他回去请大人啊。"

方灼摇头。

护士迟疑了下，说："那行吧，你先过去找医生。"

"急性胆囊炎，需要做手术。"

方灼嗡嗡作响的耳边只听见了两个关键词，她憋着口气，等医生说完，问道："危险吗？"

对面那个医生还挺年轻，戴着副眼镜，和善博学的模样，他说："手术都是有一定风险的，但胆囊切除是外科最常见的手术，不用太担心。"

方灼僵硬地说："可是小牧说，他痛得很厉害，还发烧了。"

"急性胆囊炎的症状就是这样，这病确实比较磨人。但是病人送来得比较及时，病发到现在没超过二十四小时，炎症水肿还没形成，还是比较方便进行手术的。我们这边确认好了就可以给他送过去。"医生看着她，缓声说了句，"不要怕。"

方灼听见他说这三个字，一直轻飘飘的四肢总算有了点实感。

医生在电脑上敲击，而后将病历卡递给她。方灼伸手接过的时候，才发现自己的手在剧烈颤抖，连忙用左手扼住右手腕。

医生说："风险不大，你先去缴一下费。"

方灼站在原地没动，低头看着手上的卡片，轻声问道："医生，请问做手术要多少钱？医保能报销多少？可以分期付款吗？"

医生重新抬头看她，推了推镜框，问道："你家里没人了吗？"

方灼点头。她努力控制着表情，不让慌乱显露出来，叫自己表现得像个成熟可靠的年轻人。

"我会付钱的，你们能不能先给他做手术？药也给他用好点的吧……我还年轻，我会还的。"

医生沉默片刻，说："我们还有几项检查的报告没有出来，确认可以手术我们就安排手术室，给他送过去。你先去跟护士了解一下需要准备什么东西，好吗？"

方灼从办公室出来，看见小牧站在休息区的角落，盯着自己的鞋尖，手足无措。

叶云程在他面前倒下，给了他太大的冲击，他觉得是自己的错误，是自己没有照顾好叶云程。

这边的环境对他来说太过陌生，可他已经连正常的恐惧都找不到了。

方灼调整好情绪，走过去故作轻松地说："没事了，医生说很快就会好了。"

小牧抬起头，啜泣着问："真的吗？"

方灼摸摸他的脑袋，扯起嘴角，露出个勉强的笑来："真的。"

刚才那一阵如虚影晃过的世界和前所未有的仓皇，让方灼忽然意识到，她并没有自己想象的那么强大。

人生太多变了，起起落落，明暗不定。或许只是一点意外，就让人难以招架。

同时她也意识到，无论她变得多么成熟，可能都无法冷静地面对叶云程的离去。

原来成熟并不是强大到不可击败，而是能挺直胸膛面对所有不敢面对的事。不能闭眼，不能逃避，偶尔还要笑一笑来表示自己很好。

她又一次迫切地希望自己长大，长大到可以保护别人。

方灼掩藏起所有的负面情绪，笑着安慰小牧："还好你跟舅舅在一起，及时把他送到医院，所以才没出大事。"

小牧又问了一句："真的吗？"

261

"真的。"方灼说，"我们过去看看他。"

走进病房里，叶云程还没醒，安静地睡在那里，眉头紧紧皱着，睡得很不安稳。

床边只有一张椅子，方灼让小牧坐在那里等候。他半趴在床头，很听话地不出声。

方灼也不知道这种时候该做什么，理了理思绪，决定先找刘侨鸿。她拿起床头柜上的手机，点亮屏幕，发现有几条未读短信。

都是严烈发来的，问她怎么了，现在在哪里。连发了四五条，到下课时间停止了询问，应该是直接去找了老班。

方灼正准备编辑一条短信回复过去，新的来电页面跳了出来，联系人显示着老班。

她拿着手机退出病房，往尽头处的小阳台走去，接通了电话。

"方灼，你现在人在哪里？"

方灼报了医院的名字，又简单说了下叶云程的情况，表示自己这两天可能没有办法回去上课了。

"人没事就好，别的都好说。到时候我让班长把笔记复印一下给你带过去，你别着急。"老班问，"你身边钱够吗？你那边有没有大人？"

"我不知道，我还没去了解费用。"方灼说，"我打给刘叔问一问，我舅舅的资料他那里应该都有。"

正是下课时间，老班的背景音十分嘈杂，间或还听见了严烈的声音，她说："行，我还有最后一节课，下课去医院看你。你把手机拿着，有事打给我，知道吗？"

方灼说着知道，把电话挂了，重新拨给刘侨鸿。

医院的走廊狭长昏暗，哪怕白天开着灯，也给人一种逼仄昏沉的错觉。

走进阳台之后，视线豁然开朗，流动的空气冲刷了医院惯有的味道，让方灼的大脑清明了不少。

这个时间，刘侨鸿正在外面做宣传，接通电话后，中气十足地招呼了声:"怎么了叶哥?有什么好事吗?"

方灼听见他的声音,莫名涌起一股心酸,叫道:"刘叔。"

刘侨鸿察觉出不对,找了个安静的地方,说:"是方灼啊,你这会儿不应该在学校上课吗?"

"舅舅住院了。"方灼抽了口气,"要做胆囊切除手术。"

"这样啊……"刘侨鸿的声音很冷静,只有思索,没有过多情绪掺杂,"没关系,小手术。你现在在医院里吗?"

方灼的心情随着他的声音镇定下来,回道:"对。我想问问医保的事,这个我不大懂。舅舅这情况,大概能报销多少钱?"

刘侨鸿干笑两声,说:"钱你不用担心,胆囊切除手术我记得不贵。同村那个老秦胆囊都发炎水肿了才去做手术,我的专家,也就用了两三万吧,他的医保报销80%,你舅舅可以报95%。我现在去给你申请一下临时救助,待会儿给你带过来,你不用花钱。如果有问题,你去大医院,说明一下情况,大医院会先给你舅舅做手术的。别的事等我到了再说。"

方灼点头:"医生说了,检查完就做手术。"

"那就好,没事了。"刘侨鸿说着语调高了起来,佯装生气道,"叶哥怎么回事?急性胆囊炎,还严重到要做手术。我就让他注意点自己的身体,他总是不上心,等他病好了我一定说说他。哦对,你的医保报了吗?我告诉你医保一定得买。"

方灼也不确定,说:"学校应该报了吧?"

刘侨鸿正色道:"你再问问老师,确定清楚。你可没有贫困户口,医保这么好的福利不能错过。"

电话里停顿了两三秒。

刘侨鸿说:"没事,你是不是看新闻里面各种治不起的案例吓得不轻,国家变化很快的,就这两年,利民扶贫的政策特别多。2015年起开始实施精准扶贫方略,你舅舅这样的情况国家重点管,不然刘叔工作是吃干饭的?"

方灼笑了一下,闷声应道:"嗯。"

她看向走廊来处,一道黑影随着光线逐渐明晰,小牧说医生和护士在那边找人,方灼赶紧挂断电话,跑回病房。

医生解释得很详细，方灼把各种注意事项都记在备忘录里，又照着他们的指示把字给签了。没多久手术室那边有了空位，叶云程被推走。

床位空下来之后，边上的几个病人家属主动来找方灼搭话。

一个微胖的阿姨给方灼洗了一个苹果，让她回去整理好洗漱的用品，并和她说了不少看护病人的要点，说晚些时候带她去几个食堂走一遍。

他们见方灼的家庭情况称得上"非常困难"，一个残疾病患，一个智力障碍，还有一个高中生，谁都需要人照顾，所以说了很多。医生离开前也让大家多关照一点。

胆囊切除虽然是小手术，但术后护理需要非常谨慎，得住院观察一周。不重视的话，病人可能会出现感染、损伤，或多种并发症，十分痛苦。

就算做手术不需要多少钱，后续的理疗、调养、饮食，都要花钱。方灼让小牧在手术室外等，自己回家整理一下东西，顺便把叶云程的存款带过来。

坐公交车回去的路上，方灼已经没什么强烈的情绪起伏了。她看着道路两旁还干枯的绿植，迎着缕缕吹来的春风，感觉心境和小区里的那潭湖水一样，只有轻微的波动。

她在楼下的小仓库里翻出了一个尼龙袋，拖着回到楼上。

出租屋里弥漫着浓香的卤味，食材还摆放在桌上。

方灼过去将门窗关紧，检查了一遍灶台阀门和电器开关，确认安全后，回到厨房，煮了一锅饭，又打了两碗卤味到保温盒里，准备带去医院给小牧当午饭，剩下的暂时放进冰箱。

她记得叶云程会把钱跟账本放在一起，藏在柜子的抽屉下面。她走进卧室，先有条不紊地把衣服整理出来，再蹲到地上，翻找抽屉。

东西找得很顺利，零散的钱被夹在账本里，她抽出来后仔细数了下，总共只有一千两百块，是留着日常买菜用的。边上有一张银行卡，方灼不知道密码。

她又从头快速翻查了一遍，想看看有没有遗漏。

这个账本已经用了很多年，到最近才被频繁使用。

叶云程的经济来源十分简单，早年只有代课和各种补助收入，支出更是单调，除了购买食材几乎没有别的支出。

方灼一直有点疑惑。叶云程一个人生活，平时基本不买多余的东西，连家具都不换新，为什么刚遇见自己的时候，会那么窘迫？除了最后转寄到学校的那笔钱，没有多余的存款。明明刘叔对他一直很关照。

方灼往中间翻了翻，看到一个熟悉的名字。

方逸明，后面是一串银行账号，再紧跟着是各种零零碎碎的打款金额，从几百到上千都有。

刚开始是几个月打一次，后来国家扶助力度大了，变成一个月打一次。偶尔因为生病中段过一段时间，但一直坚持了下来。直到那次给方灼寄信，请她回去扫墓为止。

之后几个月的钱，他存着给坟墓做了次翻新。

方灼高垒着的情绪彻底崩盘了，被一场横空掀起的海啸所吞没。

他怎么可以这样？

他怎么能收叶云程的钱？

方灼回忆和方逸明十几年来的关系，总是冷漠疏离中带着无法言说的复杂。

每次以为不会再跟他有任何瓜葛了，也不会因为他有任何的情绪波动，可一旦他的名字出现，就会给方灼带来最糟糕的情绪，让她瞬间方寸大乱。

总是这样。一直这样。

如同有一根绳子从她心脏的最深处连接出来，绳头随意地丢在路边，只要方逸明路过就会踩上一脚。随便扯一扯，就能造成比别人高十倍、百倍的伤害，令她的世界分崩离析。

为什么呢？

她明明已经放弃了，为什么还是会对方逸明留有那么一点点的期望？

想想也是可笑，亲情真是一种很奇妙的东西。它的奇妙并不在于血缘的联系，更不是什么心有灵犀的感应，而是社会环境日积月累、根深蒂固的观念影响。

　　方灼始终无法对这个人的绝情保持无动于衷，是因为她曾经是那么恳切地希望他能够疼爱自己，希望自己可以获得这世界上多数人都应该拥有的东西。

　　她用了十几年才明白，所谓血缘亲情，只是一种社会的规则，以及自我情感的寄托。明白却无法释然接受。而方逸明似乎天生就懂。

　　他不将方灼视为自己的规则，也不想在她身上寄托自己的感情，所以方灼对他而言，只是个比陌生人稍耳熟一些的名字而已。

　　方灼坐上去方逸明单位的公交车时，脑海中飘过的全是各种冷酷的想法。

　　她面无表情地站在后车厢，手中紧紧抓握着吊环。

　　窗外的树影和车流一道道掠过，摇晃着的车身也打翻了她心里的调料瓶。

　　方灼回忆起小时候与方逸明匆匆见过的几面。

　　由于太过稀少，她记得十分清楚。

　　方逸明偶尔会回乡下看望老太太，寥寥数次，方灼都会躲在门后偷看他。

　　少不更事的时候怀揣着许多孺慕，以及对他那种光鲜生活的崇拜。

　　方逸明有几次见到她，逗弄地朝她招手，给她递糖。

　　方灼现在细思，觉得他当时的态度或许跟逗猫逗狗没什么两样。方逸明大概也觉得她这样不修边幅的样子不值得疼爱，远远看一眼就走了。

　　如果说叶云程是一个很豁达的人。他的生活再苦难、再贫穷，他都可以用几个玩笑轻描淡写地打发过去，还能握着别人的手说"你看，这世界越来越好了"。

　　那么方逸明则截然相反。

　　他的眼里和他的生活都写满了世俗。

　　世俗也许不是错，只是他的世俗恰巧伤到了方灼。

　　方灼不停地回忆，每一个片段都化作锋利的刀刃在她心头一片片剐下。

她觉得自己就像一个沙漏，里头的沙粒簌簌地往下流失。等哪一天它终于空了，她就不用再为这个人伤心了。

可是流下去的每粒沙，都是她出生时，这个人曾赠予她的血肉。

等以后别人再问起的时候，她就可以坦然地说："他关我什么事？"

……但是她怎么可以不介怀？

她现在真的好难受。

公交车在站点停下，车门打开，外面的风和熙攘都真实了起来。

方灼松开吊环，掌心和指节上留下了通红的印痕。她面无表情地从后门下车，大步流星地走向方逸明的工作单位。

方逸明坐在办公室里整理文件，听见前台通知，怔了怔。又瞥了眼电脑，还是暂时停下手中工作，走到楼下。

方灼就站在中央大厅，正对着他出来的方向，一瞬不瞬，直勾勾地注视着他。

那眼神里带着令人骇然的冷意，方逸明惊了下，恍惚间有点不认识这人。

他隔了一米左右停下脚步，问道："怎么了？"

方灼呼吸很沉，开口的声音却很低，说："叶云程病了，正在做手术。"

"什么病？"方逸明眉头轻皱，嘴唇动了动，开口也只是说，"我就说他照顾不好你。"

方灼冷声道："给我两万块钱。"

方逸明对她的态度很不满，转念又想，她此刻的心情想必十分仓皇，不应该跟她计较。

他之前给方灼准备的红包方灼没收，叶云程又照顾了方灼那么久。这笔钱数额不大，却很紧急，他短暂地思考了下，决定给她。

他们单位隔壁就有一家银行，方逸明走出大门，从钱包里抽出卡片，塞进自动取款机。

267

两万块钱需要多次存取，方逸明选择单次最大额度，将取出来的纸币码放在平台上，点击继续取款。

在等待机器清点的过程中，方逸明打好了腹稿。

客观、理智、关怀，能叫方灼听进去的。

他觉得自己身为长辈，还是有劝告的职责，或许这也是改善他们父女关系的契机。

沙沙的点钞声停止，方逸明拿着钱走出来，将银行卡塞回钱包，语气温和地说："我先给你一万块钱。我记得你舅舅是贫困户，看病其实不需要那么多钱，你不用把全部的钱都……"

"不用还？"方灼打断了他，唇角下压，表情像哭又像笑，问道，"方逸明，你要不要脸？"

方逸明错愕道："你叫我什么？"

"这钱是他打给你的，你以为我不知道吗？"方灼一字一句道，"叶云程每年都会往你的卡里打钱，持续了好几年，加起来一共是两万多。他需要你施舍他这一万块钱？"

方灼抽出账本，想要翻到那一页，可是纸张粘连，她试了几次，都没找准。而上面那些零碎的账目使方灼的视野变得模糊。

她想起了太多事情，都在方逸明这高高在上的态度里喷薄出来。最终忍无可忍，将本子重重砸到地上，大声质问道："你怎么可以收他的钱！你很需要吗！"

方逸明定定看着她，蹲下身将本子捡起来。

这句话喊出来后，方灼脑子里那根崩到极致的弦，"锵"的一声断裂了。

十几年来她都没有一个宣泄的出口，在这个时候被击破开来，情绪决堤。

"你可以给你儿子报一个月几千块钱的培训班，可以给你儿子买几千块钱的衣服，这笔钱对你来说明明什么都不算，可是你知不知道，我们一整年的花费也就几千块钱？你说老人家用不了多少钱，你就是睁眼说瞎话！"

路人看了过来，方逸明手足无措，想要叫停。

方灼全身上下的尖刺都在爆炸，根本不给他打断的机会。

"我和你妈！我奶奶！我们穷，我们就缺这几百块钱！别说是几百块钱，我每天放学就上山采兔草，喂兔子，放假就去别人家里帮忙施肥、裁衣服、打扫卫生，我只是为了攒一点生活费。

"你以前笑我脏，笑我不洗衣服，方逸明……你真的没有良心！我洗衣服的水都是去河里挑的，为什么？为了省水费。我半夜走几公里山路的时候你不知道。你在过什么样的生活，我在过什么样的生活？"

方逸明张口想要解释，隐约记得有这么件事，可是已经想不起来，他看着方灼糊满了眼泪的脸，察觉到周围人审视的眼神，心中五味杂陈。

好像也有这么一个人，曾经这样控诉过他。后来没过多久，她就彻底消失了。

方逸明感觉空气沉重起来，变得无法呼吸。

"我最不甘心的是什么，是那些没有父母的人可以过得比我好，他们可以领国家的钱。可是方逸明，你给我什么！你什么都没有！为什么你可以轻易地抛掉自己的身份，为什么！"

方灼嘶吼着问道："为什么！所以为什么！"

她到头来也只能问一句为什么而已。

"我不需要你来帮助我！可是我们已经那么努力地生活，你能不能别再来干扰我！"

方灼用力喘息，抬手在脸上抹了一把，将所有的眼泪全部擦去，最后平静地说了一句："把钱还我。"

方逸明有千言万语想要解释，喉结滚了滚，都难以辩解，只低声说道："我……没有拿你舅舅的钱。"

"把钱还我！"方灼咬紧牙关道，"你该给我的。"

方逸明失魂地将钱递过去，被方灼一把抄过。紧跟着怀里的本子也被她拿走。

等他在春日的暖阳中被冷汗浸透，方灼早已经从他的视野里消失。

周遭人的眼神讽刺又刻薄，方逸明已不知道该给什么反应。

他在原地站了会儿，转身回去取了两万块钱，将钱放进包里，拿出手机，想寻找方灼说的那张银行卡。

早些年他出于业务需要办过不少银行卡，而且有段时间，一进银行，柜员就会向他推销办理新卡。

里面都没什么钱，不常使用，随手丢在什么地方他根本没有在意过。

他可以肯定的是，跟叶曜灵离婚之后，他再也没见过叶云程，更没有向他告知过银行卡号。

能收下叶云程这笔钱，还能拿到他银行卡的，方逸明只能想到一个人。

具体的号码他刚才没记下来，只能去银行用的身份证一张张查证。根据交易记录，他很快锁定了一张古早的卡片。

那张银行卡上，除了叶云程的转账，几乎没有什么流水往来。钱一打进去，很快就会被取走。

方逸明将流水记录打印出来，虽然不知道有什么用，但还是想拿给方灼看一看，解释清楚，自己并没有做那样恬不知耻的事。

然而当他准备联系方灼的时候，又面临了和之前一样的困窘。

——他没有自己女儿的联系方式，也没有方灼班主任的联系方式。

方灼说的大部分的话都没有错，他们两个人的世界是分隔开的，他什么都没有留给自己的女儿，除了困苦。

在他自我满足的世界里，没有出现过方灼这个人。

方灼用纸巾擦干净脸，坐在公交车的角落，目光没什么焦距地落在前排椅背上。

等车辆报站"A中"的时候，她惊讶地发现自己坐错车了，赶紧从后门跳下去。

站在公交车站的广告牌前面，方灼沉沉吐出一口气。用手机重新搜索去医院的公交车路线。

方逸明这个人，自私自利，喜欢自我满足、怯懦、不负责任，偏偏最后离开的时候，露出那种很可怜的表情。

因为他确实不是个坏到透顶的人。当被人指着鼻子唾骂，说破他那些连自己都欺骗住的卑劣时,他还会有那么一点点的差耻心。

她想,叶曜灵当初是不是也被这种短暂的温柔所蛊惑,相信了他的浪漫,才会爱上他的表象?

方灼循着导航上的蓝线一路行走,忽然一脚踩进修理厂旁边的排水沟,往地上扑了过去。

这一跤摔得很结实,几张红色的纸币因为惯性从她身后飘了出来。

方灼顾不上疼,连忙用手支撑着爬起来,将钱收回去。她这才发现自己竟然没有拉书包拉链,慌不择路地逃到了这里。

她站起身,手掌和膝盖都火辣辣地疼,幸运的是这次脸部没有擦伤。她快速检查了一遍,深色校服裤子上染了两道很明显的泥渍,怎么拍打都无法清理。还因为小石块的摩擦,撕出了一道小口子。

方灼觉得自己现在的模样肯定十分狼狈,她不能就这样出现在叶云程的面前,会让他担心。

她回身一望,掉转步伐,重新朝着学校走去,决定先回宿舍洗个澡、换身衣服。

方灼把背包塞进储物柜里,就近扯了两件日常私服,进到厕所洗澡。

过了一刻钟,放学的铃声响起,早课结束,校园里顿时热闹起来。

魏熙等人不想去食堂排队,从超市买了小面包,拖着沉重的步伐往宿舍走。

刷过门禁卡,在狭长的走廊上迎面碰上了步履踉跄的方灼。

魏熙笑了笑,抬起手招呼,对方跟没看到她似的,摇晃着从她身边走了过去。

魏熙拉着她,说道:"方灼,怎么不理我呀?严烈正到处找你呢。"

方灼木讷停下,扭头看她。额前的头发湿漉漉地垂落下来,唇色异常苍白,唇角却带着被她自己咬伤的血渍,红得刺眼。

魏熙见她神情不大对,收起不正经的嬉笑,问道:"你怎么了?早上你去干什么了?"

方灼张开嘴,答非所问地说:"我的钱丢了。"

"啊?"魏熙问,"多少钱?要紧吗?"

271

方灼闭上眼睛，很疲惫地说："一万。"

"一万块钱?!"魏熙瞪大眼睛，惊叫出声，"你哪里来的钱?!"

边上的女生全都停下脚步，靠墙站着，惊恐地听她们对话。

方灼说话像是要费很大的力气，她自己或许听不见，她的声音里带着难以抑制的颤音："我现在说不清楚……洗澡的时候丢的。我要先去医院看我舅舅。我刚刚报警了，你们尽量别动里面的东西。还有，阳台的锁被撬了。我先走了。"

魏熙见她一副随时都要倒下的状态，连说话都不敢大声："我们不进去了，不破坏现场。但是你……你没事吧？你要不要先休息一会儿？"

方灼摇头。

寝室长跟在她身边道："方灼我多问一句，有谁知道你带钱到学校了吗？洗澡那么短的时间都能丢，他肯定知道你身上有钱。"

方灼大概清楚，说道："我刚在学校侧门那里摔了一跤，可能被人看见了。"寝室长想把面包塞进她手里，抓起她的手腕才发现她掌心还有伤，愣了下，改成塞进她的口袋，安慰道："没事，钱一定能找回来！这里交给我们。记得吃午饭，一定要吃！你现在脸色很难看。"

方灼敷衍地点头，快步朝外走去。

魏熙下意识地想要跟上，被寝室长拦住了。

寝室长很冷静地说："你快打给老班，给她汇报一下。然后宿舍楼后面的那片地，说不定有脚印什么的留着，警察来之前我们先给它围起来。"

魏熙一面去摸手机，一面骂骂咧咧道："臭不要脸的东西竟然尾随女生进宿舍偷钱！×！太猥琐了！盗窃一万块加猥亵罪能把牢底坐穿吗？"

班主任跟刘侨鸿坐在手术室外，聊着方灼的成绩跟她以后的大学。

正说到 A 大的录取分数线时，"恭喜发财"的手机铃声响了起来。

"不好意思啊，我们班混世魔王。"老班笑了下，接通的瞬间语气变得严厉："给我一个理由，让我不没收你的手机。"

"方灼在学校啊？我说怎么打她电话不接呢。你提醒她一下，让她给我回个电话。"

"什么？她钱丢了？一万多？"

刘侨鸿抬起头，和她异口同声地问道："她哪里来的那么多钱？"

"我不知道呀！"魏熙说，"现在怎么办啊？医院里是缺钱吗？要不要我们班里的人募捐一点？"

班主任抿了抿唇角，一脸愁苦地道："没事，医院不缺钱。你们别惹事，听宿管员的话，暂时不要回宿舍了。方灼还能找到吗？让她马上给我回个电话！"

魏熙说："她跑好快的，长跑冠军，现在已经不见了。"

"方灼。"

方灼闷头走着，感觉今天特别漫长。

发生了太多的事情，快到她无从反应。一重接一重地袭来，好像非要将她按倒不可。

"方灼！"

她又回到了之前的那个不走运的状态，果然好运才是少数的时刻。

身后喊她的那个声音停止了。

方灼回过头，看见严烈不远不近地站在她身后，见她停下，立马小跑上前，问道："去哪儿啊？"

方灼转身，继续往公交车站走去。严烈也默不吭声地跟着。

到车站时，前一班公交车刚刚驶走。

方灼看着汽车尾部亮着的数字，慢慢从拐角处消失，心中那股抓挠着的无力感再次满溢出来，酸涩地堵在胸腔。

为什么她就是那么不走运？

为什么要来偷她的钱？偏偏还是这笔钱。

她告诫自己应该要接受这些不公平的事，和以前的每一次一样，清楚地认知到自己是个不被命运眷顾的人，接受、努力，然后改变。

可是今天垒下来的所有稻草，超过了她的负荷，仅仅是那么一辆错过的公交车，都能叫她平息了一路的情绪再次变得不冷静。

在烦躁凝出实质，慢慢向下倾倒时，她的冲动有一刹那占据了她的理智。于是她对着靠近过来的严烈大声喊了句:"不要过来!"

严烈愣了下,将伸出的手揣进兜里,低下了头。

方灼更难过了。

她怎么会那么糟糕?

下一秒,严烈冲了过来,并着她的肩膀,也很大声地回了句:"不要!"

方灼抬头看他,严烈却只是伸出手,握住了她的手腕。

两人沉默地站着。

严烈的手心很烫,烙在方灼的皮肤上,有种灼热的错觉。

方灼想起来,严烈以前对她玩笑着说过,他是自己的幸运星。

可惜的是,这次的幸运属性并没有运作,等了十几分钟公交车都没来。

但严烈还是紧紧地抓着她,跟船锚一样,让她忽然有了方向。

中午的太阳猛烈起来,终于给早春的风里带了点温度。

严烈说:"不要凶我,也不可以对我生气。"

方灼注视着他。

严烈很认真地说:"你对我说的话,我会当真。"

方灼过了两秒,才闷声道:"可你也没信啊。"

严烈十分绝望地说:"因为我做不到啊。"

方灼静默稍许,握紧手指。掌心的刺痛无比真实地刺激着她的神经,让她从那喜怒不定的不正常状态里恢复过来。

"我真倒霉。"方灼吸了吸鼻子,"人生怎么那么难啊?"

严烈说:"有哪里难?我觉得除了活着,全是没什么大不了的。"

方灼低声道:"我是不是太自私了?所以才给他那么大的压力。我明知道他身体不好,还是让他变成这样……我好狠啊,感觉一直在吸他的营养。"

"你到舅舅面前说。"严烈冷笑,"看他会不会打爆你的狗头。"

方灼哽住了。

魏熙等人守在宿舍楼背面的草地前进行严密检查。

午休已经快要开始了,几个女生还排着队在附近晃荡,用手机不停地对着平平无奇的草地拍摄，同时不允许别的学生靠近，跟野蛮动物圈地盘一样不讲道理。

隔壁班的学生路过，目睹此情此景，直呼不公平。

"为什么她们可以光明正大地玩手机！"

"为什么宿管员不骂她们？"

"我们学校有昆虫观察课吗？不要这样说我绝对不相信！"

"不要胡乱嚷嚷了。"魏熙焦躁道，"有小偷从这里爬进去，撬开阳台的门，在我们宿舍行窃。我们一个室友丢失了大笔财物，在警察来之前，我们得多保留一点证据。你们没事就回去上课，别在这里破坏现场。"

几人惊讶问道："谁啊？"

既然已经报警，这种事情肯定瞒不住。魏熙叹了口气，说："是方灼。她舅舅治病的钱被偷走了，那小偷简直丧尽天良。"

边上的男生脱口而出："啊！就上次那个断了……长得挺帅的叔叔吗？"

他硬生生将话题给转了过来，魏熙瞪了他一眼，没跟他计较。

边上一直沉默的白鹭飞忽然开口问道："怎么被偷的？"

"就放寝室里被偷的啊！"魏熙说，"她在外面摔了一下，估计钱掉出来被人看见了，然后就被人一路尾随到宿舍。"

众人听得直皱眉。

男生说："怎么那么猥琐？"

"门卫没拦着吗？他怎么进来的？"

魏熙翻看着手机里的照片，觉得里面所有的凹陷都有脚印的可能，心不在焉地嘀咕了句："我要是知道，还站在这里干什么？"

白鹭飞迟疑片刻，试探着问："会不会是最近过来翻修宿舍楼的装修工人？"

他们学校隔壁原本是一片空地，后来被开发商买走规划成封闭小区，这两年一直在建。

而A中历史悠久，有几栋宿舍楼的设备已经老化，经常出现停水停电的情况，外墙看着也跟危楼似的，被家长多次投诉。

校方合计过后，跟对面的建设团队商量了下，让他们顺便将那栋颇有历史的楼房翻修一遍，这样后期还能改造成别的用途。

这些人基本是在上课时间来工作的，学生们平时不怎么碰见。

白鹭飞怕他们误会，大声抢白道："我可不是有什么偏见！我之前就看见有个男人经常在学校里鬼鬼祟祟地走来走去，偷看过路的女生，行为特别猥琐！刚刚我们班考试，我提前交卷出来，从教学楼过来的时候，正好看见他慌慌忙忙地跑出来。这会儿不是他的工作时间，他为什么要一个人摸进我们学校？"

"猜测农民工，不大好吧？"魏熙将信将疑地问，"你说的是哪个？"

"这跟农民工有什么关系？我怀疑他又不是因为他的职业，我是真的看见他了。"白鹭飞激动中脑子转得飞快，有条有理地分析起来，"方灼丢东西的时候大家都在上课，说明小偷应该不是学生。能在学校里自由走动还不被怀疑的，只能是学校内部的员工或者最近过来负责翻修的工人，对吧？"

魏熙思忖了下，说："然后呢？"

白鹭飞："宿舍楼背面一般没什么人来，里面那一块草坪地段，监控摄像头也照不到。对方虽然是临时起意，但平时肯定观察过。我见过那个人在附近徘徊。"

这些并不能证明什么，甚至连前后的逻辑连接都有点牵强，大部分都是主观臆测。

白鹭飞见他们不大认同，急道："这边的监控拍不到，但那个人从校外进来，肯定要经过小卖部。你们不信的话就去问问那边的老板，在方灼丢东西的期间，有没有看见一个穿着工装服的男人路过。或者干脆问问老板他们门口有没有监控。我冤枉他干什么？"

众人都有些动摇。

从常理的角度讲他们觉得挺有道理。

魏熙犹豫地说："可是……就算看见他从宿舍楼这边过去了，我们也没有直接证据。还是等警察来采集一下脚印什么的，才能抓人定罪吧。"

"你们要是真等警察过来，那就什么证据都没有了。"白鹭飞说，"那可是钱啊！花钱有难度吗？钱花完了还有什么证据？上面刻方灼的名字了？能要得回来？"

魏熙说:"我们国家出警速度挺快的。"

刚这样说,主路上就出现了几道人影,值班老师陪同几位穿着警服的人走了过来。

老师低头小声说话,向他们介绍学校的安保情况,见到这边围着一群学生,板起脸道:"你们还站在这里干什么?赶紧回去上课!"

魏熙等人留下说明案情,其余学生都被赶走。

白鹭飞和几个同学一起离开,路上盘算了一圈仍旧觉得不行。

等警方问完话,搜集好证据,再过去抓人,指不定人早就溜了。

他们学校教学楼之前丢失了一批电脑显卡,金额比一万块钱大得多,也是取证完就没了后续。

反正在他的观念里,钱丢了就是丢了,寻回的概率极小。

可是,对方灼来说,一万块钱得多大啊,何况是治病的钱。这要是没了,她一辈子的人生阴影都不过如此。

白鹭飞停下脚步,还没开口,边上的男生已经搭住他的肩膀,了然道:"我懂你的兄弟,是不是想去英雄救美?"

白鹭飞听着苦笑了下,心说自己算哪门子英雄救美?他就算把钱拿回来了,估计方灼还是瞧不起他。

说不定他也是方灼的心理阴影之一。

男生看了眼手表,说:"离下午第一节上课还有四十五分钟,你说的那个人是谁?我们先去那边堵着他,四十五分钟肯定够警察问话了吧?"

白鹭飞欲言又止,最后捶了下他的肩膀:"谢了,兄弟。"

那群工人平时住在隔壁小区里临时搭建的宿舍里,几个学生决定从操场背面的小道翻墙过去。看看那个工人现在还在不在宿舍。

几人偷偷摸摸到了墙边,在那里碰见了同样准备翻墙的赵佳游等人。

两伙人面面相觑。

赵佳游率先反应过来,叫道:"×!方灼是我们班的学生,关你们屁事?"

"白鹭飞还是目击证人呢,怎么就不关他的事了?"

"这会儿不怕被学校点名批评了吗?"

"这不是你们好学生才担心的事吗?严烈呢?哪儿去了?"

"不跟你们吵了!"赵佳游说,"快给爷爷搭把手,蛋糕这家伙太废了,根本拉不上去!"

沈慕思气道:"这你也能说我?我是因为大病初愈,刚回学校。你们两个人都拉不动我一个,难道不是你们的问题?"

一行人上回说话还是因为打架,新仇旧恨一大堆,平日见面都是脸红脖子粗,这回默契地握手言和了,互相协助翻过了围墙,跳进隔壁小区。

他们没走多久,就碰上了正在搬运材料的一个工人。

那个中年男人拉着个小推车,见到几人,将安全帽往上顶了顶,笑道:"大中午的逃课啊?那我可是得举报的。好好的学生居然不上课。"

赵佳游忙说:"不是,我们来找人。"

中年男人问:"找谁?"

赵佳游把事情简单说了。

大叔听到一半,冷笑了下,直接打断道:"怎么?见着我们就觉得是小偷?瞧不起我们这些打工的?真了不起。"

赵佳游比手画脚地给他描述道:"不是,我们有同学亲眼看见了,半个小时前,那个人从宿舍楼的方向跑出来。刺头,个头这么高,皮肤黑黑的,眼间距很近……"

大叔哂笑道:"有没有听过一句话?'麻绳专挑细处断,噩运只找苦命人'。"

几人激动地上前:"你什么意思啊?我们是说真的!"

边上理智的同学拉了一把,压着嗓子道:"别大喊,小心把老师引过来。"

大叔调整了推车的方向,准备离开。

白鹭飞紧紧跟在他身边,语速飞快道:"要是别的学生就算了,但是我们那个同学情况不好,家里特别困难。她全家就一个残疾的舅舅,这次生病住院,她不知道从哪里攒了一万块钱,结果刚拿到学校就被人偷了。你知道这钱对她来说多重要吗?你家里难道没有小孩吗?反正这钱我们一定要给她找回来!"

赵佳游:"对!这钱必须还给她!你告诉我们是谁就行,我们不供出你!"

大叔停下,深深看了他一眼。

赵佳游见有戏,正要给他详述一下方灼平日的艰辛,大叔叹了口气,丢下一句没头没尾的"算了",转道去往另外一个方向走。

男生们摸不准他的态度,跟在他旁边不停吵嚷,希望能将他感化。

走到宿舍楼前的空地上,大叔放下推车,扯着嗓子喊了一个听不清的名字,大概是什么"松子"。

随后就见一个皮肤黝黑的人从屋里应声走出来。

白鹭飞眼睛一亮,指着他指认道:"就是他!"

男人陡然大惊,转身就跑,学生们呼喝着追了上去。

"把钱还回来!"

等警方闻讯赶来,只看见一帮人扭打在一起,一帮人在边上拉架,彼此互相撕扯,根本分不清谁是谁,甚至分不清敌我。

为首的警察小哥哭笑不得,厉声道:"都住手!干什么呢!"

刘侨鸿站在医院门口来回踱步,手机拨打着相同的号码,可一直传来忙碌的提示,猜测叶云程的手机应该是已经没电了。

又一次确认时间的时候,方灼跟严烈终于出现在医院门口。

刘侨鸿大松了口气,快步上前,搭住方灼的肩膀,虚抱着她,告知道:"手术已经做完了,特别成功!"

方灼抬起头,眼眶有些发热。

刘侨鸿温声道:"没事了。上去看看你舅舅。"

279

© 中南博集天卷文化传媒有限公司。本书版权受法律保护。未经权利人许可，任何人不得以任何方式使用本书包括正文、插图、封面、版式等任何部分内容，违者将受到法律制裁。

图书在版编目（CIP）数据

灼灼烈日 / 退戈著. -- 长沙：湖南文艺出版社，2023.3
ISBN 978-7-5726-0992-3

Ⅰ.①灼… Ⅱ.①退… Ⅲ.①长篇小说—中国—当代 Ⅳ.①I247.5

中国国家版本馆 CIP 数据核字（2023）第 011754 号

上架建议：畅销·青春文学

ZHUOZHUO LIERI
灼灼烈日

著　　者：退　戈
出 版 人：陈新文
责任编辑：刘雪琳
监　　制：毛闽峰
策划编辑：张园园　史振媛
特约编辑：孙　鹤
营销编辑：刘　珣　焦亚楠
封面设计：白砚川
版式设计：潘雪琴
插图绘制：MORNCOLOUR　齐桑树　闲云野咕　十夜 ShiY
出　　版：湖南文艺出版社
　　　　　（长沙市雨花区东二环一段 508 号　邮编：410014）
网　　址：www.hnwy.net
印　　刷：三河市百盛印装有限公司
经　　销：新华书店
开　　本：640 mm × 915 mm　1/16
字　　数：273 千字
印　　张：18
版　　次：2023 年 3 月第 1 版
印　　次：2023 年 3 月第 1 次印刷
书　　号：ISBN 978-7-5726-0992-3
定　　价：49.80 元

若有质量问题，请致电质量监督电话：010-59096394
团购电话：010-59320018